Dietrich Petersen

Strandraub

Kriminalroman

LEDA

Personenverzeichnis

Clemens Moor	Kriminalhauptkommissar und Fehmarn-Neuling
Hubert Fenderling	Sein Mitstreiter und Insel-Urgestein
Greta Bartholdi	Schöne Diplom-Psychologin mit kriminalistischer Ader
Dr. Harald Münchenhagen	Der Investor
Bianca und Melli Münchenhagen	Seine Familie
Jochen-Gerhard Schulz	Insel-Bürgermeister
Egon Mackeprang	Streitbarer Chef der Bürgerinitiative

Und einige andere.

Dietrich Petersen

Strandraub

LEDA

Dietrich Petersen
Strandraub
Inselkrimi
1. Auflage 2012

ISBN 978-3-86412-004-6

Leda-Verlag, Rathausstraße 23, D-26789 Leer
info@leda-verlag.de
www.leda-verlag.de

Lektorat: Maeve Carels
Titelillustration: Carsten Tiemeßen
Gesamtherstellung: cpi books GmbH
Printed in Germany

Intro

»Und nun zur Personenbeschreibung!«, fordert Kriminaldirektor Wind-Schnittich sein Gegenüber in scharfem Ton auf. Schon spürt Clemens Moor Schweiß auf der Stirn, denn Personenbeschreibungen sind ein schwieriges Unterfangen. Wer achtet eigentlich so genau auf Alltags-Details, dass er sich später daran erinnern kann?

Vor einiger Zeit lief ein Werbefilm im Fernsehen: Ein Typ steht suchend im Vorraum einer Sauna. Vor ihm wartet eine ganze Reihe völlig gleich aussehender schwarzer Schuhe auf die Besitzer. Per Handy fragt er seine Sekretärin, ob sie sich an jene Schuhe erinnern kann, mit denen er am Morgen ins Büro kam. Ähnlich verwechselbar und nichtssagend wie diese Schuhe stehen nun Clemens Moor seine vagen Erinnerungen vor Augen.

»Die Personenbeschreibung!«, wiederholt Kriminaldirektor Wind-Schnittich beharrlich.

Und so stümpert Clemens Moor unter dem gnadenlosen Blick des Vorgesetzten in sein unvermeidliches Schicksal: »Vielleicht einsachtundachtzig, dunkles Haar, gut aussehend, ein Frauentyp.« Das penetrante Räuspern seines Gegenübers drückt Missfallen aus. Clemens Moor versucht es mit einer zweiten Version: »Na ja, vielleicht eher einsfünfundachtzig, ehemals dunkles Haar, jetzt in Ehren ergraut und dennoch passabel. Beruf Kriminalhauptkommissar und ein musischer Typ.«

»Aha«, erwidert Kriminaldirektor Wind-Schnittich. »Musischer Typ, dass ich nicht lache, Kriminalhauptkommissar Clemens Moor und musischer Typ. Wo du auf der letzten Betriebsfeier noch nicht einmal den Flohwalzer hingekriegt hast!«

Jetzt reicht es mit der Selbstbeschreibung. Beleidigt beschließt Clemens Moor, dem höhnischen Treiben seines Vorgesetzten ein Ende zu bereiten und die Notbremse zu ziehen, indem er erwacht. Das geht nämlich, dass man seinen eigenen Traum während des Verlaufs kommentiert oder in Frage stellt. Oder eben einfach beendet, wenn es reicht.

Kriminaldirektor Wind-Schnittich ist der Chef. Aus Moors Sicht leider humorlos, korrekt und ohne Fantasie. So gesehen würde Wind-Schnittich, der mit Moor seinen besten Mitarbeiter zum Ermitteln auf die Insel Fehmarn geschickt hat, dort vermutlich in etwa folgendes Szenario erwarten: Ein Hotelzimmer Standard für 29 Euro, einen abgewetzten olivgrünen Sessel, einen etwas schief hängenden Gardinenschal, Dürers beharrlich anklagende Hände, einen Flachbild-Fernseher, auf dem Nachttisch eine abgearbeitete Bibel und irgendwo auch die unvermeidliche Minibar, in der seit gestern zwei Miniflaschen Red Label fehlen.

Jeden Abend wird Wind-Schnittich im Präsidium der Landeshauptstadt natürlich zum Hörer greifen, Clemens Moor anrufen und nach dem Wetter fragen, auf diesem weit entfernt gelegenen Eiland »jenseits von Europa«. Und nach dem Ermittlungsstand. Also wird ihm Moor pflichtschuldig von der Arbeit berichten, wie in einem Wetterbericht: von Nebelbänken, gelegentlichen Schauern und optimistisch aufklarender Gesamtlage, was die Ermittlungsergebnisse anbetrifft.

Im Grunde ist Wind-Schnittich ja ein guter Chef, das Ergebnis erfolgreicher Schulungen für Mitarbeiterführung und Konfliktmanagement. Er ist der Star des Landeskriminalamts, der das neue Leitbild mit geschmeidiger Eleganz verwirklicht: »Für Ihre Sicherheit schlagen unsere Herzen!« Und weil er das so schön macht, soll Kriminaldirektor Wind-Schnittich auch abends beruhigt zu Frau und Kindern in die schmucke Doppelhaushälfte fahren dürfen, während das Herz seines Mitarbeiters Moor weit weg auf Fehmarn schlägt. Zwischen Windrädern und Rapsblüte, für die Sicherheit der schätzungsweise dreizehntausend Inselseelen.

Wind-Schnittich wäre also perfekt, gäbe es da nicht eine kleine, sagen wir mal sprachliche Unbeholfenheit, die schwer zu beschreiben ist. Clemens Moor lässt es sich nicht nehmen, seinen Chef damit aufzuziehen, so oft es geht.

Ein weiterer kleiner Fehler des Chefs mag seine Abneigung gegen Hunde sein. Und da beginnt ein Problem: Moor liebt Hunde! Nicht alle vielleicht, aber zumindest Henry, seinen Windhund und ständigen Begleiter. Da aber 29-Euro-Hotel-Standard und Windhund nicht zusammengehen, lebt Kriminalhauptkommissar Clemens Moor nicht im Hotel, sondern vorübergehend in einem Caravan. Also: nichts mit Mini-Bar und Dürer, stattdessen Caravan *MLC Dominant.* Und das würde Wind-Schnittich niemals dulden: ein Kriminalhauptkommissar auf einem Campingplatz, direkt am Meer! Man stelle sich das vor: Dienstwaffe in der Familiendusche hängen gelassen, ein nur mit Bademantel bekleideter Polizist auf der Jagd nach seinen Ermittlungsprotokollen, die der Wind quer über den Platz geweht hat, samt Fettflecken vom abendlichen Grillfest. Und dann dieser halb verhungerte Hund, man mag es sich gar nicht vorstellen.

Kapitel 1

Tatsächlich wohnt Moor *in der ersten Reihe* des Campingplatzes, wie Platzwart Buddi ein ums andere Mal betont: dreißig Schritte zum Meer, am Ende einer Reihe verschlafener Caravans und versprengter Zelte. Henry hat seinen schlanken Windhundkörper in Startposition und seinen Besitzer dazu gebracht, Leine und Halsband zu schnappen und den längst fälligen Morgenspaziergang einzuleiten. Kriminalhauptkommissar Moor steckt auch noch die Entsorgungstüte in die Jacke und lotst Henry an den Kaninchenbauten vorbei zum Sandstrand. Dort löst er die Leine vom Halsband seines Hundes und lässt neugierig den Blick schweifen. Im gleißenden Licht der Morgensonne eröffnet sich ein Panorama seltener Schönheit: tiefgründiges Blau des Meeres und weiße Schaumkronen im Wechselspiel, in der Ferne die vorbeiziehende Karawane schnittiger Jachten und klobiger Kreuzfahrer.

Landläufig gelten die Küstenbewohner als Menschen der Weite, den Blick stets aufrecht und stolz auf den fernen Horizont gerichtet, eine Art Leuchtturm in Menschengestalt. Stattdessen wandern Moors Blicke jedoch über Krebse hinweg und die Sammlungen glatt gewaschener Steine, die eine starke Faszination auf ihn ausüben. Hängenden Kopfes schleicht er so seines Weges und meditiert darüber, wie das Strandräuberschicksal einstmals stolze Meeresbewohner zu schnöden Wattwürmern degradierte.

Unvermittelt holt ihn Henry in die Gegenwart zurück: Mit weiten Sätzen jagt er den Strand entlang und umkreist einen struppigen Artgenossen, einen weißen Pudel samt vermummter weiblicher Gestalt im Schlepptau. Es folgt das Ritual, das jeder einigermaßen pflichtbewusste Hundebesitzer reflexartig beherrscht: Lautes Rufen, »hier« und »nein« und »kommst du …?!«, eine Frage, die der Hund wie stets beantwortet: »Kommt nicht!« Und so folgt der unvermeidliche zweite Teil: »Verzeihung, das verstehe ich nicht, sonst hört er immer!«, entschuldigt sich Moor bei der Unbekannten.

Leider ganz vergebens, wie er dem ironischen »Tatsächlich?« und dem anzüglichen Blick der Frau entnehmen kann. Das behaarte Etwas an ihrer Seite nimmt eine vergleichbare Haltung ein. Zumindest kommt es Moor so vor. Der Pudel schnappt sich einen ziemlich albern aussehenden Weidenkorb und folgt erhobenen Schwanzes seiner abdrehenden Besitzerin. So schweben sie dem Horizont entgegen, ganz jenem Modell »stolzer Küstenbewohner« gleichend, das der Kriminalist eben noch in das Reich der Sage verwiesen hatte. Zusammen mit Henry kriecht er Richtung Campingplatz davon, um zu erfahren, was der Tag nach Frühstück und Minimalhygiene wohl noch zu bieten hat. Schließlich ist er zur Arbeit hier und nicht zum Vergnügen.

Kapitel 2

Das schrille Geräusch eines Funkweckers reißt Dr. Sandmann, den diensthabenden Arzt der Inselklinik, aus seinen Träumen und beendet eine recht kurze Nacht, unterbrochen von den gelegentlichen Anrufen besorgter Eltern und dem einen oder anderen Patienten, der den Weg in die Notfallambulanz des Krankenhauses gefunden hat.

Das Krankenhaus bildet das Rückgrat der medizinischen Versorgung der Insel. Dem Zeitgeist folgend erscheint es als eine Melange aus Nobel-Hotel, Hightech-Tempel und Barriere-Freiheit, die seit der Übernahme durch eine bekannte Krankenhauskette als *Sanitas-Kliniken-Südstrand* firmiert. Nachdem Handwerker in der Vorgängerklinik in den Bausünden der fünfziger Jahre versunken waren, erschien ein Neubau unumgänglich. Seitdem reiben sich die Traditionalisten am neuen Krankenhaus und dessen reichlich hochgestochenem Titel, während andere erleichtert zur Kenntnis nehmen, dass der medizinische Fortschritt ihr kleines Eiland doch nicht links liegen lässt.

Dies alles berührt Dr. Sandmann kaum. Er ist Idealist, noch jung an Jahren, in Weiterbildung zum Internisten und in der Tiefe seiner Seele jener Hausarzt-Romantik verhaftet, in der dankbare Patienten nach ihrer Rettung Leberwürste hereinreichen. Und in der ehrfurchtsvolle Kinderaugen für viele Stunden einsamer Knechtschaft im Dienste der Mitmenschen entschädigen. Dr. Sandmann hat sich auch noch nicht in den Gefangenenchor seiner Kassenarztkollegen eingereiht, die quartalsweise nach dem Studium ihrer Abrechnungsunterlagen in tiefe Melancholie versinken. Er hat soeben frisch gestärkt durch seinen Morgenkaffee und ein Lächeln von Schwester Monika den Ambulanzraum betreten, wo ihm Melli Münchenhagen, ein achtjähriges, ziemlich blasses Mädchen, mit seltsam traurigen Augen entgegenblickt. Frau Münchenhagen, eine schlanke, elegante Erscheinung neben ihr, verkörpert die ängstliche Mutter: stets besorgt, zur Übervorsicht tendierend, ihr Kind umsorgend und mit dessen Autonomieforderungen völlig überfordert.

Wie ein Kleinkind hockt Melli auf ihrem Stühlchen und berichtet dem aufmerksamen Arzt: »Ich habe Bauchweh, schon die ganze Nacht!« Und: »Ich hasse Kamillentee und die ständigen Sorgen meiner Mutter!«

Die Gewohnheiten eines Medizinbetriebs haben oft etwas Entlastendes. In ruhiger, gezielter Weise stellt Dr. Sandmann seine Fragen, sympathisch und freundlich, aber eben routiniert, so wie jeder Handgriff routiniert ist, der seine Untersuchungen einleitet. Nachdem er Frau Münchenhagen befragt und sich einen Überblick verschafft hat, gelingt es ihm mit seinem Charme sogar, die verunsicherte Mutter Schwester Monika an die Hand zu geben. Sie schiebt die besorgte Frau behutsam aus dem Zimmer. Dr. Sandmann kann sich nun mit voller Aufmerksamkeit seiner kleinen Patientin zuwenden, die bereits hoffnungsvoller dreinblickt.

Irgendwie berührt ihn dieses Kind, mit seinen dunklen, tiefen, etwas bekümmerten Augen, die ihm beharrlich etwas sagen wollen und dennoch zögern. Nichts ist spürbar von der bisweilen verblüffenden und wohltuenden Direktheit anderer Kinder, die sich durch einen Scherz oder ein Wortspiel fesseln lassen, die eben noch fremdelten und im nächsten Augenblick ein mitreißendes Maß an Unbekümmertheit entwickeln.

Melli bietet nichts von dieser Kindlichkeit. Ihr Blick erscheint stumpf, er mustert und registriert. Unwillkürlich fühlt sich Dr. Sandmann irritiert. Dieses Kind tut ihm leid, aber gleichzeitig weckt es einen verborgenen Argwohn und Misstrauen. Und es weckt in ihm ein diffuses Gefühl von Schuld, das er sich nicht erklären kann. Dr. Sandmann, dem für seine Eleganz bekannten Helden der Inselklinik, entgleitet das Reagenzglas, das auf dem Boden in tausend Scherben zerfällt.

Mühsam wischt der Arzt sein fahles Gefühl und die Glassplitter zur Seite und nimmt mit sichernden Handgriffen und Routinen seine Untersuchung wieder auf. Zielgerichtet und dennoch behutsam palpieren seine schlanken Hände den kindlichen Bauch, suchen nach Verhärtungen und erreichen schließlich den Punkt des Schmerzes. Leicht oberhalb des Nabels, also in sicherer Entfernung von jenen Organen, die akuten Handlungsbedarf erfordern und das Eingreifen der Chirurgen. Diese Fachkollegen schätzt Dr. Sandmann so wenig wie die Blutwurst das Messer. Während der Sonografie ist Melli bereits deutlich entspannter. Der junge Arzt gewinnt den Glauben zurück, an sich und seine sprichwörtlich heilenden Hände.

Die üblichen Verordnungen und Ratschläge an die Mutter beenden eine vordergründig alltägliche Konsultation, deren dumpfe Zwischentöne indes bleiben. Schwester Monika beobachtet Dr. Sandmann von der Seite, ihr ist die Veränderung nicht entgangen. »Machen Sie sich Sorgen?«, fragt sie den Arzt, der etwas zu rasch und leichthin verneint.

Wie hatte es doch sein Medizinprofessor vor Jahren formuliert? »Sie studieren Medizin, aber Sie werden Ärzte!« Keiner hatte das so recht verstanden, aber später war ihm dieser Satz immer wieder in den Sinn gekommen. Arzt zu sein bedeutete mehr als Hightech-Medizin und Laborroutine. Es erwies sich im Können, zwischen den Zeilen zu lesen, aufmerksam zu sein und den Menschen als Ganzes zu begreifen.

Und in diesem Fall begreift Dr. Sandmann nur eines: Medizinisch gesehen ist dieses Mädchen gesund, ärztlich betrachtet ist es ein Wrack.

Schwester Monika reißt ihn jäh aus seinen Gedanken. Bedeutungsschwer weist sie auf die nüchterne Ambulanz-Uhr und eine Reihe von Behandlungsakten, die sie kunstvoll aufgereiht hat, wie die Jäger ihre Strecke. Es ist keine Zeit zu verlieren, der Betrieb muss weitergehen.

In Schwester Monikas Ungeduld mischt sich Pflichtbewusstsein, aber auch Kränkung. Schließlich fühlt sie sich reichlich abgeschmettert durch seine ausweichende Antwort und findet sich insofern berechtigt, ihm einige Kenntnisse über Melli vorzuenthalten.

Für heute zumindest, bis zur nächsten Gelegenheit.

Kapitel 3

Clemens Moor ist in seinen schmucken Wohnwagen zurückgekehrt. Wie viele dieser oft liebevoll gepflegten Vehikel trägt auch seiner einen Namen. Moor ist beileibe noch kein erfahrener Camper und daher skeptisch, verbindet er doch diese Lebensform in seiner Vorstellung mit Strebergarten-Muff, Muskel-Shirt und Bierbauch. Sein Vater hatte zu seinen Lebzeiten stets über die Gartenzwerg-Touristen gespottet. Und insofern wiegt die Namensgebung für Moors Gefährt auch doppelt schwer: »Vaddi« hat er ihn getauft, in einer Anwandlung von Störung der Totenruhe und kindlichem Trotz. Caravan als Mittel der Selbstfindung, könnte man sagen.

Neben Vaddi hat sich eine kleine Zeltstadt niedergelassen. Clemens Moor sitzt bequem in seinem Camping-Stuhl und stellt neugierig Betrachtungen an. Die Zeltstadt besteht aus zwei unförmigen Gebilden, die überdimensionierten Brotlaiben gleichen. Aus den Zelten schlüpfen nacheinander vier Erwachsene und etliche quirlige Kinder. Ein Hüne mit breitkrempigem Hut stürzt sich auf Clemens Moor und drückt ihm mit Nachdruck die Hand.

»Angenehm« entfährt es dem verblüfften Moor unwillkürlich, denn mit allem hat er gerechnet, aber nicht mit dieser unter Campern unüblichen Förmlichkeit. Während etliche Dutzend Augen ihn neugierig mustern, fühlt sich Clemens Moor wie ein christlicher Missionar, der Weihrauch schwenkend in einem afrikanischen Gral aufschlägt. Die Gesellschaft entpuppt sich als freundliche Schwedenschar, die auf dem Weg in den sonnigen

Süden eine trink- und bewegungsfreudige Zwischenstatt gefunden hat. Mit Lärmen und Toben nehmen sie ihre weitere Tätigkeit auf.

Clemens Moor besteigt Vaddi und füttert die Espresso-Maschine, während er den weiteren Schlachtplan entwirft. Sein erster Einsatz auf der Insel dient der Aufklärung eines mysteriösen Todesfalles am Oststrand. Und dazu muss er sich wohl oder übel mit den hiesigen Beamten bekannt machen, deren Skepsis gegenüber dem Kollegen aus der Landeshauptstadt schon am Telefon deutlich geworden ist. Zwei Espresso weiter gibt sich Moor endlich einen Ruck, schnappt sich eine Hundeleine, packt Henry in den racinggrünen Jaguar und macht sich auf den Weg in die Höhle des Löwen, dem Insel-Revier.

Leise gleitet der Wagen über schmale Feldwege und durch ein wogendes Meer gelber Rapsblüten, das der Insel ihr frühlingstypisches Gepräge verleiht. Während Clemens Moor die jährliche Krönung der Rapskönigin und deren folkloristische Umrahmung im nahen Petersdorf eher skeptisch sieht, gibt er sich dem Naturschauspiel ein ums andere Mal mit Begeisterung hin. Wo, wenn nicht hier, kann das Auge über solche Weiten schweifen und Ruhe finden? Manchen Menschen missfällt vielleicht das Weichbild der vielen Windräder. Moor indes vermittelt es den Eindruck von Ruhe und Gelassenheit, wenn die Flügel mal langsamer, dann wieder zügiger rotieren. Durch kleine Dörfer lenkt er den Wagen in Richtung der Kleinstadt Burg, die bereits wenige Kilometer vor dem Erreichen einen lebendigen Kontrapunkt setzt: Staus und Autokarawanen in der Einfallstraße zwängen sich mühsam durch das Nadelöhr eines eilig hingeworfenen Kreisverkehrs. Es geht vorbei an dänischen Supermärkten und kommerziellen Hüpfburgen, in denen Touristen alljährlich ihren quengelnden Nachwuchs entsorgen. Am Revier angekommen findet Moor glücklicherweise sofort einen Parkplatz und lässt seinen Windhund im Wagen zurück.

Der Empfang im Polizeirevier erfolgt nicht etwa ablehnend oder frostig, Clemens Moor wird schlicht ignoriert. Während er etwas ratlos am Tresen der Wache lehnt und sich fragt, ob er lieber ein Bier bestellen soll, branden rings um ihn her die Debatten über die wirklich wichtigen Dinge im Leben, die Inselgemeinde und ihre Vorstellungen von Recht und Ordnung.

Am Abend des Vortages war es zum Eklat gekommen, wegen des vorzeitigen Endes der Casting-Show auf dem Marktplatz. Während sangesfreudige Touristen noch versucht hatten, ihren Inselstar zu küren, hatte der Ordnungsruf eines gestörten Anwohners jäh das fröhliche Treiben beendet.

Die Diskussion der Beamten schwankt nun zwischen Durchgreifen und Unverständnis. Und eines zumindest wird dem Kriminalisten sofort klar: Hier diskutiert man nicht eine alltägliche polizeiliche Maßnahme, sondern einen Kulturstreit allerersten Güte! Clemens Moor kann sich die verzwickte Situation eines Ordnungshüters gut vorstellen. Dieser steht zwischen der aus der Kontrolle geratenden Menschenmenge, dem formal berechtigten Ordnungsruf eines Bürgers und dem Veranstalter, der darauf setzt, dass ein touristisches Zentrum nicht um zweiundzwanzig Uhr die Rollläden schließt. Hubert Fenderling, der stellvertretende Revierleiter, hat jedoch offensichtlich durchgegriffen. Sein Rechtsempfinden ist geradlinig und unbeugsam, er hat den Spuk beendet. Das konnte Clemens Moor bereits am Morgen in der Zeitung lesen. Egal, wie man entscheidet, so die einhellige Meinung der diensthabenden Kollegen, die durchsetzenden Beamten sind immer die Dummen.

Clemens Moors Blick gleitet über das sachliche Ambiente der Polizeistation, über die üblichen Urlaubskarten von Mallorca und Sardinien, die Kalendersprüche Marke »Wer viel arbeitet, macht viele Fehler«. Überall entdeckt er die liebevollen, anrührenden Versuche, einem Großraumbüro ein Stück Privatsphäre zu entlocken: Bilder von Frau und Kindern, ein kleiner Kuschelbär und eine rosarote Kaffeetasse.

Offensichtlich steckt Moor in der Zwickmühle. Aus der fernen Großstadt kommend ist er suspekt, unabhängig davon, was er tut oder ausstrahlt. »Die aus dem LKA« gelten als die Oberschlauen und entstammen einer fremden Welt, die erreicht, wer die Insel verlassen muss, um »nach Europa« zu fahren.

Moor entschließt sich zu handeln. Laut räuspernd tritt er in das neonkühle Rampenlicht, schwenkt seinen Dienstausweis und bahnt sich den Weg zu Hubert Fenderling, den er als zuständigen Schichtleiter ausgemacht hat.

Dessen Reaktion fällt unerwartet freundlich aus: »Lass man stecken, wir erkennen uns hier an der Nasenspitze.« Fenderling mustert Clemens Moor freundlich und mit unverhohlener Neugier. So also sieht einer aus dem Landeskriminalamt aus, eigentlich eher wie der nette Zeitungsverkäufer um die Ecke.

Hubert Fenderling deutet eine einladende Geste in Richtung seines Büros an und macht sich an einer älteren

Kaffeemaschine zu schaffen. Clemens Moor betritt den Raum, nimmt auf einem labilen Klappstuhl Platz und erwartet den neuen Kollegen. Dieser stellt zwei Becher auf den Tisch, deren Inhalt Clemens Moor mit tiefem Misstrauen erfüllt. Diese blassgraue Farbe kennt er aus seinem Arbeitsleben nur zu gut, weil sie der Kaffee nach vielen Stunden des Wartens annimmt, kurz bevor er in einen zähflüssigen Sud übergeht, den selbst abgehärtete Beamtenkehlen nicht mehr meistern.

Fenderling aber ergreift scheinbar ungerührt seinen Becher, nimmt einige Schlucke und öffnet dann eine vor ihm auf dem abgewetzten Schreibtisch liegende graugrüne Akte. Die Fakten sind rasch referiert: »Leiche, männlich, etwa vierzig bis fünfundvierzig, unbekleidet, an die fünfundachtzig Kilo schwer, einsachtundsiebzig groß, Todesursache unbekannt. Keine Papiere, kein Geld, keine persönlichen Gegenstände. Wir sind noch dran. Am besten sehen wir uns erst mal vor Ort um.«

»Ganz meine Meinung«, erwidert Clemens Moor, der inzwischen mit äußerster Diskretion den Inhalt seines Kaffeebechers in einen Blumenkübel entsorgt hat.

Während der unbekannte Leichnam schon in irgendeiner Kühlbox liegt, machen sich die Beamten auf den Weg an den gestrigen Fundort: den Oststrand. Moor blickt sich interessiert um. Was dem einen als attraktives »Malle des Nordens« erscheinen mag, ist dem anderen die unfassbare Schändung eines naturnahen Kleinods. Hochhäuser und Wohnanlagen verströmen etwas von Extravaganz der siebziger Jahre, Bettenburgen mit einmaligem Ausblick, die der Architekt zu diesem Zweck samt und sonders nach Osten ausgerichtet hat.

Dort tummeln sich auf Kilometern die Sonnenanbeter

und Schaulustigen. Durch die Unmengen von Leibern hindurch bahnen sich die Männer ihren Weg an jene Stelle, an der das Meer den Toten wieder freigegeben hat, wie es gerne so prosaisch heißt. Nichts erinnert an dieser Stelle daran, dass einige Stunden zuvor noch lustvoll bestürzte Urlauber die Leiche betrachteten, während kopfscheue Mütter ihre schreienden Kinder in Richtung Eisbude zerrten.

»Das Meer streicht alles glatt«, hört Clemens Moor aus Fenderlings Mund, so als hätte dieser eben gerade seine eigenen Gedanken gelesen. Nickend betrachtet er das Spiel der Boote auf den Wellen und die Armeen der Windsurfer um sich her, etwas ratlos, wo er nun beginnen soll.

Natürlich kennt er diesen Augenblick genau, wenn alle Karten neu gemischt sind und der Fall sozusagen jungfräulich auf dem Tisch liegt. Aber in Kiel ist das etwas Anderes, da erfasst ihn gewöhnlich so etwas wie eine innere Erregung, vergleichbar der eines Jägers auf dem Ansitz, sobald die Dämmerung heraufzieht. Hier aber spürt er den erwartungsvollen Blick seines Kollegen auf sich gerichtet und etwas wie Lampenfieber bemächtigt sich seiner. Im Fernsehkrimi hätten sie jetzt rot-weißes Flatterband gespannt, Blaulicht schleudernde Streifenwagen aufgebaut, die Spurensicherung durchgewinkt. Und mit großer Verwunderung hört sich Clemens Moor plötzlich in Richtung einer notdürftig bikiniverhüllten Strand-Mutti schnauzen: »Nehmen Sie das Förmchen weg!« Fenderling zuckt zusammen. Schließlich verlassen die Männer den Ort des Grauens, auf dem Weg zu einem weiteren Kaffee.

Kapitel 4

In den *Sanitas-Kliniken-Südstrand* trifft am Nachmittag eine handverlesene Herrenrunde im Pathologiesaal aufeinander: Clemens Moor, Hubert Fenderling und Sektionshelfer Olaf Wohlgemuth, dessen sprichwörtlich stoisches Gemüt ihn nicht davon abhält, bisweilen ein philosophisch distanziertes Verhältnis zu seiner Arbeit einzunehmen. Seinen Hund hat Moor selbstverständlich im Wagen gelassen.

In diesem Augenblick doziert Wohlgemuth gerade über das Verhältnis von Nasenbehaarung und Körperkultur. Sein Hinweis darauf, dass sich anhand dieses Merkmals der Pseudogepflegte vom tatsächlich Körperbewussten unterscheiden lasse, berührt Moor unangenehm. Unwillkürlich senkt er den Kopf, um dem schwadronierenden Sektionshelfer wenig Angriffsfläche zu bieten, und erwartet so in Demutshaltung das weitere Geschehen.

Alle warten auf Dr. Tomie, Rechtsmediziner, Pathologe und Oberarzt des gerichtsmedizinischen Instituts der Universität. Vor den Anwesenden malen sich unter einem weißen Tuch die Konturen eines menschlichen Körpers ab. Clemens Moor, dem diese Szene so vertraut wie unangenehm ist, lenkt sich durch angenehmere Gedanken davon ab.

Er denkt an das bevorstehende Abendessen, den noch sonnengewärmten Sandstrand, das Krächzen der hungrigen Möwen und den genussvoll gerauchten Abendzigarillo, um sich schließlich seiner Vormittagsbegegnung am Strand zu erinnern. Könnte er jene Dame eigentlich beschreiben? Ihr Alter oder gar ihr Aussehen?

Nichts kommt ihm in den Sinn. Da ist es also wieder, das bereits hinlänglich bekannte und in seinen Träumen breitgetretene Problem der Personenbeschreibung.

Moor erinnert sich nur zu gut an eine Fortbildung im Vorjahr, in der ein ansonsten weitschweifiger Dozent in seinem Vortrag eine Art Helferin auftreten ließ, eine kleine Rothaarige in Jeans und Sweatshirt, die es anschließend völlig überraschend zu beschreiben galt. Letztlich einigte man sich in der Gruppe auf eine schlanke Blondine mit Zopf und Hosenanzug. Seitdem ist Clemens Moor mit seiner peinlichen Schwäche einigermaßen versöhnt.

Nach einer gerade noch hinnehmbaren Wartezeit schwebt schließlich Dr. Tomie in den Raum, der diesen Auftritt sichtlich genießt. Er wirkt auf Moor wie ein Arzt, der bereits in dritter Generation diesem Berufsstand verbunden ist, der demnach mit Skalpell und Klistier zu spielen pflegte statt mit Teddybär und Actionfigur. Noch in Gedanken versunken versäumt Clemens Moor den Auftakt des allerdings auch erheblich redundanten Vortrags. Unangenehm berührt Moor zudem der Umstand, dass Dr. Tomie einen Präsentationsstil verfolgt, in dem er sich selbst als dritte Person betrachtet und auch so anspricht: »Nun, fragen wir Dr. Tomie doch einmal nach den Fakten!« Und so sei es denn: Fakt ist, dass der inzwischen enthüllte Tote einige Zeichen stumpfer Gewalt aufweist, samt Clavicula-Fraktur, vielerlei Hämatomen und einem lädierten Jochbein rechts, welches dem Mann zumindest aus dieser Perspektive einen leicht slawischen Ausdruck verleiht. Bemerkenswert erscheint dem routinierten Pathologen schließlich auch die Tatsache, dass der Tote gar kein Wasser aspirierte, demnach bereits tot gewesen sein muss, als man seine sterbliche Hülle dem Meer übergab. Todesursache: Hirnblutung infolge stumpfer Gewalteinwirkung. Ein subdurales Hämatom.

Und damit ist Clemens Moor natürlich auch klar, warum er überhaupt hinzugezogen wurde: Der Mann ist nicht ertrunken, er wurde möglicherweise getötet und später ins Wasser geworfen. Also Mord? Eine Beziehungstat? Oder kaltblütig geplant und ausgeführt? Oder doch nur ein Unfall? Unwillkürlich seufzt der Kriminalist: Immer wieder die gleichen Fragen zu Beginn eines jeden Falles.

Dr. Tomie, der das Seufzen als Bewunderung interpretiert, strebt dem Ende seines Vortrags entgegen. Er beschreibt die feinen Züge des Toten, die an einen Intellektuellen denken ließen, wofür auch die zarten Hände sprächen, die so gar nicht nach körperlicher Arbeit aussähen. Unwillkürlich fällt Moors Blick auf die Pranken des Pathologen und dessen etwas grobschlächtigen Anblick. Und er beschließt, diesen Teil des Vortrags schlicht zu ignorieren.

Im Hinausgehen und nach einer übertrieben höflichen Verabschiedung fällt Moors letzter Blick auf die aufgedunsen daliegende Leiche und den Sektionshelfer, der sich mit sichtlichem Interesse über die Nasenöffnung des Toten beugt. Mit leichtem Gruseln wendet sich Moor ab.

Mit einem tiefen Atemzug tritt er hinaus in das gleißende Sonnenlicht und fragt sich, ob die Welt aus Narzissten und Rechthabern besteht. Sein Blick fällt dabei auf den reichlich blassen Hubert Fenderling, der wortlos neben ihm herstapft. Es beginnt sich eine gewisse Sympathie in Clemens Moor zu entwickeln, als er die eigene Angefasstheit auch beim Kollegen wiedererkennt. Also gut: Eine Welt von Narzissten, Rechthabern und guten Kriminalbeamten!

Wieder beruhigt betrachtet Moor das Treiben der Badegäste am Strand, die von alldem nichts wissen, nicht einmal ahnen. Wie ein Strom Ameisen bahnen sie sich zielsicher ihre Wege zwischen Paddelboot, Eiswagen und Zeitungsstand und leben nur den Augenblick. So will es sich Clemens Moor zumindest vorgaukeln.

Er beschließt, die Kollegen ihre Routine erledigen zu lassen und sich allmählich den schöneren Dingen des Abendprogramms zuzuwenden, etwa einem ausgiebigen Spaziergang. Moor öffnet den Wagen, aus dem Henry seinen Herrn mit treuen Augen anschmachtet. Na gut: eine Welt aus Narzissten, Rechthabern, guten Kriminalbeamten und treuen Windhunden!

Kapitel 5

Während Clemens Moor den grünen Jaguar im ersten Gang langsam an der Reihe der Caravans, Zelte und Wohnmobile entlanggleiten lässt, erfasst er die Abendvorbereitungen der Mit-Camper. Einer wirft den Grill an, ein anderer schleppt Bierkisten heran. Ein Dritter kümmert sich um Frischwasser. Moor erfasst ein Gefühl der Zugehörigkeit zu diesem nomadenhaften Lebensprinzip. Irgendwie rührend, wie jeder Einzelne versucht, diesem Treiben seine zwar kleine, aber doch unverwechselbare individuelle Note zu verleihen. Da finden sich auch ganz praktische Lösungen für alltägliche Probleme.

Innerlich legt sich Clemens Moor seine Theorie zurecht: Erdgeschichtlich am frühsten lassen sich die Zelter verorten. Sie verkörpern sozusagen den Ur-Typ des Nicht-Sesshaften, also den Ur-Nomaden. Er zieht mit seinen Kumpels durch die Wälder und frönt einzig dem Jagdtrieb. Das Zelt sichert ihn vor den gröbsten Unbilden der Natur und so will es auch der neuzeitliche Zelter haben: Aus seinem *Wolfskin*-Eigenheim heraus betrachtet er missbilligend bis geringschätzig die Camper-Weicheier um sich her mit ihren Chemo-Klos und Satelliten-Schüsseln. Jeden Augenblick ist er bereit, das Wild zu erlegen, es am Lagerfeuer zuzubereiten und sich mit gierigen Bissen einzuverleiben.

Unwillkürlich fällt Moors Blick beim Einrangieren auf die Zeltstadt der Schweden, der insgesamt fünf Kinder und vier Erwachsene entschlüpfen, um den Heimkehrer freundlich nickend zu begrüßen. Und diese Szene hat so gar nichts mit seinen wilden Männerfantasien zu tun.

Clemens Moor lässt Henry aus dem Kofferraum und steht etwas zögernd vor dem Caravan. Eigentlich hatte er heute noch vorgehabt, seinen *Safari-Room* aufzubauen, den Ersatz für das in Camperkreisen unvermeidliche Vorzelt. Diese Variante besteht aus Markise, zwei Seitenteilen und Zeltfront. Aber angesichts der milden Abendstimmung und des aufziehenden Rotweinduftes von nebenan beschließt Clemens Moor, diese Aktion auf morgen zu verschieben und den Rest des Tages mit einem Glas Rotwein in der Hand zu eröffnen.

Er sitzt auf seinem bequemen Stuhl in der Abendsonne, den Merlot im Glas, und betrachtet die emsigen Schwedinnen. Dunkelhaarig und kräftig gebaut, ähneln sie nicht im Entferntesten jenem blonden, langhaarigen und filigranen Ideal, das er seit den Tagen seines ersten Aufklärungsbuchs *Samspel* mit sich herumträgt. Zugegeben: Die Ur-Schwedin dieses Werkes kam stets unbekleidet daher, so dass nicht auszuschließen ist, dass er diesen weiblichen Prototyp im Laufe der Jahre verklärt hat.

Henry hat sich inzwischen in kurzem Abstand vor Moor positioniert. Nachdem er ihn minutenlang regungslos angestarrt hat, beginnt er mit einem leisen, aber durchdringenden Fiepen, das infolge Nichtbeachtung an Lautstärke und Schnelligkeit zunimmt. Moor lässt sich schließlich überzeugen und beendet seine Schwedinnen-Studien. Seufzend macht er sich mit seinem Windhund auf den Weg, umrundet die einladenden Kaninchenbauten und strebt dem Sandstrand entgegen, auf dem wegen der abendlichen Grillvorbereitungen nur wenige Gestalten unterwegs sind.

Als sie eine Weile gegangen sind, nähert sich mit hoher Geschwindigkeit ein einzelner Punkt, der sich bei näherem Hinsehen als Tier enttarnt, beim weiterem Hinsehen als Hund, dann als Pudel und schließlich als der Pudel jener schnippischen Dame, der er am Morgen begegnet ist. Von dieser ist jedoch weit und breit nichts zu sehen. Wie ein Flummiball schießt das Wollknäuel über den Sandstrand, offensichtlich verstört, was bei Moor augenblicklich Mitgefühl erregt. Er lockt den Pudel zu sich, der offensichtlich froh ist, in Henry ein ihm bekanntes Lebewesen anzutreffen, und heftig schwanzwedelnd Kontakt aufnimmt.

In diesem Augenblick nähert sich schnaufend und gestikulierend schließlich doch die Bekanntschaft vom Vormittag, die mit ziemlich heiserer und erschöpfter Stimme »Karla« ruft.

Als Clemens Moor das zunächst völlig verzweifelte, dann aber strahlende Gesicht der Frau erkennt, die ihren Hund glücklich in die Arme schließt, schluckt er ein »Die hört wohl immer?« herunter und begrüßt die Frau schlicht mit »Hallo«. Das erscheint ihm bei näherer Betrachtung dem Anlass zwar nicht angemessen, alles in allem aber alternativlos.

Die Fremde flötet ein aufrichtiges »Danke« und die glückliche Karla beendet das dann einsetzende verlegene Schweigen der Menschen durch einen in jeder Hinsicht befreienden Haufen im Sand. Mit entwaffnend selbstverständlicher Eleganz zieht Clemens Moor daraufhin seine Entsorgungstüte aus der Jackentasche, überreicht diese und verabschiedet sich und Henry mit einem verlegenen »Viel Spaß noch« in den weiteren Tag.

Moor genießt seinen eben errungenen moralischen Erfolg und den unverstellten, weiten Blick aufs Meer in vollen Zügen. Erstaunlich, wie er nun voller Selbstbewusstsein von einem auf dem Boden kriechenden blindäugigen Strudelwurm-Wesen zu einem raumgreifend agierenden aufrechten Menschen mit Weitblick mutiert ist. Er schlendert mit seinem Windhund Richtung Wohnwagen, spürt das weiche, moosartige Gras unter seinen Sohlen und erreicht schließlich den befestigten Weg. Am Eingang des Platzes schaut Clemens Moor kurz beim Platzbesitzer herein, um sich mit einigen Duschmarken auszustatten und mit weiteren Entsorgungsbeuteln für Hundekot. Herr Kuntz erwartet ihn in seinem schmucken Wohnanhänger, einer Art Mischung aus Bauwagen und Caravan, als »Büro mit Schranke« die erste Anlaufstelle des Platzes. Herr Kuntz betont ein ums andere Mal, dass er nächtelang für gutes Wetter gebetet hat, und rückt seine Strickmütze zurecht, ohne die er niemals zu sehen ist.

Neugierig mustert er den »Kriminalen«, wie er Moor bezeichnet, der auf den ersten Blick so gar nicht in die Reihe der Saison- und Touristen-Camper passt. Zu gerne hätte Kuntz wohl etwas mehr über den Toten erfahren, der dank *Tageblatt* und Mundpropaganda längst zum Inselthema avanciert ist. Aber Clemens Moor lässt sich nicht ins Gespräch ziehen, zu wenig weiß er bislang über diesen Fall und seine Hintergründe.

Und von dieser seltsamen Frau am Strand, die ihm plötzlich sogar etwas sympathisch erschien. Personenbeschreibung? Fehlanzeige! Clemens Moor beschließt, künftig genauer hinzusehen, falls er ihr noch einmal begegnen sollte, nur zu Übungszwecken, versteht sich.

Aus seinen Gedanken reißt ihn jäh das Handyklingeln und die Gewissheit, dass es sich um diese Zeit um seinen Chef Wind-Schnittich handeln muss, der seinen Lagebericht abruft und gute Mitarbeiterführung demonstriert. Tatsächlich ist es sein Vorgesetzter, der das Gespräch mit einem munteren: »Wie geht's, wie steht's ?« eröffnet und der unvermeidlichen Frage nach dem Wetter, um schließlich wie nebenbei auch den Ermittlungsstand zu erkunden.

Clemens Moor schildert in knappen Worten den Sachstand. Seine Tagesbilanz fällt noch reichlich mager aus. Leider muss er seine Campingplatzeindrücke, seine

Betrachtungen über archaische Jagd- und Nomadenbräuche und die Verhaltensweisen von pudelsuchenden Unbekannten aussparen. So beschränkt sich sein persönlicher Bericht auf fantasievolle Behauptungen: dass die Pensionswirtin sehr zurückhaltend, aber freundlich sei, das Frühstücksei passabel und die Matratze nach seinem ersten Eindruck zu weich.

Während Clemens Moor so seiner Fabulierfreude freien Lauf lässt, hat er den näher kommenden Platzwart Buddi übersehen, der ihm mit Kopfschütteln und Fassungslosigkeit zuhört. »Meine Frau«, erklärt Clemens Moor ihm verlegen und verabschiedet sich mit schiefem Grinsen, um samt Windhund und noch immer guter Laune seinem Wohnwagen entgegenzustreben. Dort zieht er ein kleines, braunes Lederbuch aus der Schublade. Nach einem weiteren Glas Merlot und einigen dem Tagebuch anvertrauten Zeilen beendet Clemens Moor seinen ersten Tag als »Kriminaler«, Camper, Pudelversteher und Möchtegern-Philosoph.

Kapitel 6

Ein süßer Traum entführt Clemens Moor aus seinem Caravan. Er befindet sich auf einem Weg direkt zum Strand, es ist eine warme Sommernacht und angenehm klar. Das sanfte Rauschen des Meeres umhüllt seine Gedanken und schickt sie tief in das Reich der Sehnsucht. Die Sinne verschmelzen in einem Reigen der Allmacht aller Gefühle und Wünsche und Ahnungen.

Da nähert sich ihm eine anmutige Gestalt. Sie ist nicht leicht zu erkennen und löst sich erst zögernd aus der Umarmung des Raumes, gewinnt vorsichtig Kontur. Dunkle Augen blicken ihn zärtlich an, sie treten zurück in einen Körper, in ihren Körper, der die Gestalt eines riesigen Pudels gewinnt, der Moor mit eleganten Bewegungen umkreist, völlig lautlos.

Dazu erschallen die sphärischen Klänge einer geheimnisumwobenen Melodie, zunächst flüchtiger Natur, von berückender Schönheit, und später einer ganzen Symphonie, in der sich Farben und Klänge, Formen und Bewegungen vereinen.

Der Hund scheint ihn zu sich zu locken und die Züge des Tiers nehmen im Werben fast menschliche Züge an. Sie wirken schlank und elegant und im näheren Hinsehen entdeckt Moor seine ferne Schwedin, die ihn kokett mustert und ihn umarmt. Tausendfach klingt ihr »Tatsächlich?« an sein Ohr, diesmal aber verführerisch, wie die ganze Gestalt, die langsam zu Boden sinkt, sich vielmehr gleiten lässt.

Sein Blick ruht wohlgefällig auf ihrem halb entblößten Körper und liebkost ihre Haut, langsam gleitet ein Hauch von Bluse beiseite und ihre zarten, doch straffen Konturen erglühen im Morgenlicht. Ihr muskulöser Bauch fesselt ihn, langsam lässt sie ihren Kopf zurückfallen, die Arme stützen den Körper wie eine Feder, ihre Beine sind leicht gespreizt.

Moor atmet tief durch und vernimmt einen wohlvertrauten Laut, erst leise und fern, dann mahnend, der Wechsel zwischen Schlaf und Wachheit, zwischen Nacht und Tag erlangt grausame Gewalt. Er beginnt zu ahnen: alles nur Schein und alles nur Traum. Was zieht ihn so in den Bann, da er Pudel nie schätzte und ihren Besitzern misstraute? Ewige Rätsel der Menschheit und der Natur. Traumgestalten. Das Geräusch seines Weckers ist unerbittlich.

Kapitel 7

Ein neuer Tag hat begonnen. Es ist Visitenzeit im Inselkrankenhaus. Die weiße Karawane zieht mit der ihr eigenen stoischen Beharrlichkeit ihre Bahn. Dr. Sandmann gehört hier nicht in die vorderste Linie der streng hierarchisch geordneten Veranstaltung, die der Kenner anhand kleiner Zeichen rasch zu sortieren vermag. Sicherste Merkmale bilden Füllungszustand der Kitteltaschen und Position der Knopfleisten.

Chefärzte sind grundsätzlich daran zu erkennen, dass sie einen fein gebügelten Kittel tragen, ohne erkennbar gefüllte Taschen, im Idealfall ragt aus der Brusttasche ein einzelner edler Füllhalter heraus. Sie rekrutieren ihr Wissen einzig aus dem leicht ergrauten, nachdenklich geneigten Intellektuellen-Schädel; Hilfsmittel, Zettel oder Nachschlagewerke sind obsolet. Und für die alles entscheidende Unterschrift erscheint Gold gerade angemessen.

Mit ihnen gleichzuziehen, versuchen die Oberärzte. Sie verunziert jedoch in der Regel ein Pieper als Kennzeichen dafür, dass sie immer und überall zur Verfügung stehen müssen, um Abhilfe zu schaffen. Sie sind die

Leitwölfe im alltäglichen Überlebenskampf und immer ein bisschen Chef, bloß dass es keiner bemerkt.

Die Assistenzärzte hingegen ersetzen Erfahrung und Routine durch überbordende Kitteltaschen. Sie dürfen auffahren, was gut und nützlich ist und der Medizinbetrieb so hergibt: Werbekugelschreiber, Holzspatel, Stethoskop, Reflexhammer, alles, was das Herz begehrt. Ärzte erkennt man darüber hinaus an den gewichtigen Mienen und der Tatsache, dass ihre Kittel vorne geknöpft sind, die des pflegerischen Personals hingegen am Rücken, mit wenigen Ausnahmen.

Von dieser heimlichen Hierarchie dürfte die kleine Patientin nichts ahnen. Sie lächelt scheu Dr. Sandmann an, der ihr bereits aus einem Ambulanzbesuch bekannt ist. Endlich ein vertrautes Gesicht in der Menge.

Dr. Sandmann referiert seinem Chef routiniert und in komprimierter, strukturierter Form: »Unklare rezidivierende Abdominalbeschwerden bei differentialdiagnostisch in Frage kommender somatoformer Überlagerungstendenz. Alle Laborparameter bewegen sich im Normbereich, abgesehen von unerklärlichen Elektrolytverschiebungen. Insgesamt aber haben wir eine unspezifische Datenlage, sonografisch und computertomographisch alles o.B.«

Die Fachausdrücke perlen aus seinem Mund wie aus einer Champagnerflasche. Ihm gegenüber steht Schwester Monika, die es beim Betreten des Patientenzimmers nicht versäumt hat, wie nebenbei sanft mit der Hand seinen Unterarm zu berühren. Dem ersten Anschein nach ist es eine hilfreiche Geste, in der Intensität und Dauer der Berührung aber mehr als aufschlussreich. Dr. Sandmann registriert diese Randerscheinung mit gewissem

Wohlgefallen, lässt sich aber nicht vom Wesentlichen ablenken, nämlich der weiteren zielgerichteten Darstellung des Behandlungsverlaufs und der sich daraus ergebenden Konsequenzen.

Grübelndes Innehalten und Zaudern ist ihm wesensfremd, er ist ein Mensch des Ziels und der Tat. Im vorliegenden Fall nickt der Chefarzt ihm wohlgefällig mit den ergrauten Schläfen zu und billigt so den Vorschlag seines Edel-Assistenten: »Einleitung eines kinderpsychologischen Konsils, ich empfehle Frau Bartholdi vom *Ostsee-Therapeutikum*.«

Später, in der Stationsküche, entspannt Dr. Sandmann sich bei einer Tasse Tee und genießt Schwester Monikas angenehme, samtige Stimme, mit der diese aus dem Nähkästchen plaudert: »Armes Geschöpf, die Melli. Ihr Vater, Harald Münchenhagen, ist dieser Baulöwe, ein unangenehmer Zeitgenosse. Der fährt hier vor, als wenn ihm das Krankenhaus mal eben selbst gehörte!«

»Wer weiß?«, erwidert Dr. Sandmann, dessen Blicke wohlwollend über die schlanken Beine der Schwester gleiten.

Diese schildert unterdessen ihre Überlegungen zu der Frage, wie gefährlich das Leben eines solchen Investors aussehe, man lese ja täglich davon: Entführungen von Angehörigen, Erpressung, jede Menge Scherereien. Dann doch lieber einen teilfinanzierten Kleinwagen und Pauschalurlaub auf Mallorca.

An dieser Stelle mischt sich der oberschlaue Zivi in die Debatte: »Es hat wohl schon ziemlichen Stress gegeben. Dieser Münchenhagen soll schon andernorts Millionen investiert haben und Feinde gibt es genug. Man denke bloß an die Bürgerinitiative! Wenn der hier sein Resort errichtet, ist die Insel-Idylle doch kaputt.«

Dr. Sandmann reagiert unwillig, lieber hätte er noch ein wenig allein mit der hübschen Schwester geplaudert. Schließlich liegt sein dienstfreies Wochenende noch unverplant vor ihm, beziehungstechnisch betrachtet ein ödes Brachland, das schnellstens der Kultivierung bedürfte.

Diese Thematik verdrängt für einen Augenblick die ernsthaften Sorgen um seine kleine Patientin und die Gedanken daran, dass Melli ein Opfer von Intrigen, Entführungen und Schlimmerem werden könnte. Leider ist in diesem Augenblick Schwester Monika entschwunden, was Anlass genug bietet, den Zivi mal eben gehörig zusammenzufalten. Das hat dieser zwar in keiner Weise verdient, was schon an der Absurdität der Vorwürfe erkennbar wird. Dr. Sandmann betrachtet seinen Ausfall aber als eine Wiedergutmachung für entgangene Freizeitfreuden.

Seufzend schwingt sich Dr. Sandmann alsbald an ein Telefon, um die Psychologin Bartholdi zu erreichen und sie um einen Besuch bei Melli zu bitten. Nicht, dass er viel von psychologischen Künsten hielte, aber ein guter Mediziner strebt stets voran, Stillstand ist Rückschritt. Dr. Sandmann säuselt förmlich in den Hörer: »Das ist ausgesprochen nett von Ihnen, Frau Bartholdi! Wir erwarten uns entscheidende Hinweise von Ihnen, um die weitere therapeutische Strategie optimieren zu können. Dann bis nachher und nochmals herzlichen Dank!«

Kapitel 8

Greta Bartholdi arbeitet als Psychologin in einer nahen Kurklinik für Atemwegserkrankungen, betreut Mütter und Kinder in sogenannten Mutter-Kind-Kuren. Und selten verirrt sich auch der eine oder andere versprengte Vater dort hin. Sie veranstaltet Gesprächsgruppen und vermittelt Autogenes Training. Vor allem aber dient sie bei kritischer Betrachtung als eine Art psychologisches Feigenblatt gegenüber dem Kostenträger, im Gleichklang mit einer Musiktherapeutin und dem Gestaltungstherapeuten, die im Gegensatz zu ihr aber in der Regel halbjährlich wechseln.

Greta hingegen ist ein Langzeit-Typ, zumindest in beruflichen Dingen. In Beziehungsdingen verlief die letzte Zeit aber öde. Und die Junggesellen-Auswahl auf der Insel ist begrenzt. Da kommt es gerade recht, wenn ein anspruchsvoller Fall etwas Abwechslung bietet. Greta Bartholdi macht sich also auf den Weg in die Inselklinik, um Melli kennenzulernen.

Mellis Reaktionen erscheinen Greta Bartholdi vage und abwartend. Einerseits hat das Mädchen offenbar die Nase voll von ständigen Untersuchungen und Befragungen, andererseits erhofft es sich vermutlich von Gretas Einsatz eine baldige Entlassung. Die Kleine erzählt von imaginären Freunden, fantasiert über Freizeitinteressen und bearbeitet einen Fragebogen in derart souveräner Manier, dass die Testergebnisse ordentlich aufgereiht wie auf einer Perlenschnur der Normalität liegen. Damit gibt sie das absolut windschnittige Normkind, wie Greta feststellt. Vergleichbar hält es Melli mit jedem der folgenden Tests, was ihr letztendlich zum Verhängnis gerät. Psychologen verfügen nämlich nicht nur über gesunden Menschenverstand, sondern auch noch über geheime Mittel, derartige Totalverweigerer zu erfassen. Auf der sogenannten Lügenskala feiert Melli einen entlarvenden Punktsieg. Alles vergebens!

Diese Zusammenhänge präsentiert Greta Bartholdi später dem mäßig interessierten Dr. Sandmann: »Melli erreicht im Bereich der ›sozialen Erwünschtheit‹ einen maximalen Prozentrang von einhundert. Dies bedeutet, dass sie in ausgeprägter Form bemüht ist, die Absicht ihres Gegenübers zu antizipieren und nur solche Antworten zu geben, die der andere als normal oder richtig ansieht.«

»Aha«, bemerkt Dr. Sandmann, »also eine klassische Nullnummer, alles umsonst.«

Greta Bartholdi reagiert äußerlich gelassen. Heimlich fragt sie sich allerdings, ob in den Worten des Arztes vielleicht sogar eine gewisse Genugtuung darüber mitschwang, dass sie, die neunmalkluge Psychologin, auch nicht besser abschneidet. Sie vermutet, dass Dr. Sandmann die Welt in zwei Kategorien einteilt: in Ärzte und Nicht-Ärzte. Was nichts gegen die letztere Gruppe sagen soll, aber viel im Hinblick auf die erste.

So schnell gibt sich Greta Bartholdi indes nicht geschlagen. Sie steckt noch inmitten ihrer Betrachtungen zur »sozialen Erwünschtheit«. »Gerade dieser Wert erscheint uns hier der aufschlussreichste, sagt er doch viel über das innere Erleben des Mädchens aus. Melli wählt um jeden Preis die Anpassung, offensichtlich aus innerer Verunsicherung heraus. Aus existentiellen Ängsten, eigene Gefühle preiszugeben, sich erkennbar werden zu lassen und Fehler zu begehen. Solche Reaktionsmuster finden wir häufig in Fällen von Gewalterfahrungen und repressiver Erziehungspraxis, als Ausdruck seelischer Traumatisierung.«

Greta Bartholdi hat sich in Rage geredet. Mittlerweile geht es weniger um die arme Melli als um die Daseinsberechtigung ihres psychologischen Berufsstandes. Unwillkürlich wählt sie die Wir-Form, als stünde hinter ihr das geballte psychologisch-psychiatrische Kompetenzteam der letzten gut hundert Jahre, Freud, Jung und Adler inklusive.

Schließlich zieht Greta Bartholdi ihren Trumpf aus der Tasche: Mellis Bild in einem weiteren Test, in *Familie in Tieren*. Die Psychologin hat ihr die Aufgabe gestellt, die in der Familie lebenden Menschen in Tiergestalten zu verwandeln und zu zeichnen. Die ganz in düsteren Farben gestaltete Szene zeigt eine riesige schwarze Wolke, unter der sich vier in Käfigen gehaltene Tiere ducken. Da finden sich eine kleine verhuschte Maus, ein schmusiger Tiger mit einer Schleife im Haar, eine geduckt daliegende zahnlose Katze und mit dieser gemeinsam in einem Käfig ein riesiger, tatzenschwingender Bär. Zwischen Maus und Tiger auf der einen Seite und Katze und Bär auf der anderen spannt sich eine gewaltige Brücke, ein beeindruckendes Monument.

Mit erkennbarer Skepsis fragt Dr. Sandmann nach: »Und was bedeutet das eigentlich? Hilft uns das weiter?«

Greta Bartholdi zuckt mit den Achseln: »Vier Tiere hat sie gezeichnet!« Und ergänzt in Richtung des ratlos blickenden Arztes: »Drei Menschen leben in der Familie, gezeichnet hat sie aber vier!«

Dr. Sandmann, dem man bei aller Psychologen-Skepsis ein waches Interesse an seiner Patientin nicht absprechen kann, denkt noch längere Zeit über das Gehörte nach. Unwillkürlich kommt ihm dabei ein Phantasiebild in den Sinn, das er aber sogleich wieder wie eine lästige Fliege verscheucht: ein Harald Münchenhagen, der mit messerscharf schneidender Stimme Frau und Tochter vor sich hertreibt und Angst und Schrecken verbreitet.

Aber alles erscheint als reine Spekulation. Man hat auch sehr liebevolle Familienväter gesehen, die in ihrem Job skrupellos ganze Industrieunternehmungen kaputtsanieren. »Vier Tiere hat sie gezeichnet!« hört er in Gedanken Greta Bartholdi sagen. Noch immer nachdenklich überlegt Dr. Sandmann angestrengt, wie er diesen grandiosen psychologischen Fahndungserfolg auf der nächsten Visite seinem Chef verkauft: »Vier Tiere, Herr Professor, aber nur drei Menschen. Das gibt zu denken!« Die Reaktion der Runde kann er sich absolut ausmalen.

Mehr noch als diese Vision beunruhigt Dr. Sandmann jedoch die Erinnerung an die erste Ambulanzbegegnung, als ihn Melli vor einigen Tagen so ungewöhnlich tief berührte. Soll er der Psychologin davon berichten? Der Arzt beschließt, seine trüben Gedanken zurückzustellen und das zu tun, was in Zeiten der Unsicherheit immer wirkt: Fieberkurve ergreifen, Kittel zuknöpfen und Menschen heilen!

Kapitel 9

Clemens Moor ist ein assoziativer Typ. Als er in seinem Wohnwagen durch das rhythmische Gekrächze einer Krähe erwacht, kommt ihm jener Satz in den Sinn, den er schon als Kind sehr befremdlich fand: Eine Krähe hackt der anderen kein Auge aus.

Der Tag fängt ja gut an, denkt er und erinnert sich, wie ihn einst die eigentlich absurde Vorstellung plagte, dass ein Vogel dem anderen mit spitzem Schnabel ins Auge pickt. Das Ganze spielte in einer Zeit, in der seine Mutter ihn eindringlich vor dem Schielen warnte, da sonst »die Augen so stehen bleiben«. Zeitweise hatte er die fast zwanghafte Phantasie, er könne sich selbst ein Auge verletzen und es liefe dann aus, so eine Art schlaffen, schrumpeligen Sack zurücklassend, ohne Funktion, ein lächerlicher Beleg für eigene Unzulänglichkeit und Versagen.

Aus welcher Quelle sich diese martialische Vorstellung speiste, ist ihm heute nicht mehr bewusst, noch immer aber überfällt ihn das eigentümliche, bohrende Körpergefühl wie einst. Seinen Bruder pflegte der kleine Clemens gerne damit zu erschrecken, dass er sich morgens vor dessen Erwachen nahe an ihn heranschlich und sich mit den Fingern die Augen rieb, was so ein herrlich knarrendes Geräusch bewirkte. Sein Bruder nämlich hegte wiederum den beängstigenden Verdacht, seine Augen hingen an elastischen Bändern und ein Erschlaffen bewirke am Ende, dass der Augapfel seine Position verliere und mehr oder weniger orientierungslos im Gesicht herumhinge.

Clemens Moor löst sich aus der Umarmung seiner Erinnerungen, reibt sich noch einmal die Augen und erhebt sich von seinem Bett. Dann sammelt er seine Utensilien zusammen und begibt sich auf den Weg ins Waschhaus des Campingplatzes. Leider aber passiert ihm ein Missgeschick: Clemens Moor vergisst sein Handtuch, was er erst bemerkt, als das warme Wasser an ihm herabrieselt. Just in jenem Augenblick, in dem die Duschmarkenzeit verrinnt und das Wasser schlagartig erkaltet. Ein pudelnasser Kommissar ohne rettendes Handtuch tritt also den Heimweg an, voller Mitgefühl für sich selbst und jene Hunderasse, der die Metapher entlehnt ist. Unwillkürlich gleitet sein Blick über den Strand, leider ohne Erfolg: kein Pudel in Sicht und auch keine menschliche Gestalt. Clemens Moor besteigt seinen Wohnwagen, trocknet sich ab und kleidet sich an. Einen Espresso später genießt er noch kurz die Morgensonne und den herrlichen Blick auf das Meer, um schließlich seinen Schlachtplan für den zweiten Ermittlungstag zu entwerfen. Er muss unbedingt mehr über den Toten erfahren.

Im *Tageblatt* und im *Urlaubskurier* sind kurze Berichte und Bilder geschaltet, am Strand und in den touristischen Brennpunkten Flugblätter verteilt. Die gesamte Polizeiroutine ist eingeleitet und harrt nun der Erfolge.

Irgendwie erinnert Clemens Moor diese Phase der gespannten Erwartung des Kriminalisten an ein Symphonieorchester, das nach chaotischem Vorlauf, dem üblichen Stimmen und letzten Wiederholen komplizierter Läufe und Phrasen still auf seinen Plätzen hockt, die Blicke auf den Taktstock des Dirigenten gerichtet, in perfekter Konzentration. Um diesen Augenblick hat er den Dirigenten stets beneidet, die ungeteilte und bedingungslose Aufmerksamkeit von Orchester und Publikum, nur auf sich gerichtet, wirklich perfekt! Eine weitere Vision hatte sich dann angeschlossen: Zu gerne wäre er ein Dirigent gewesen, der konzentriert den Taktstock hebt und im Höhepunkt der Spannung irgendetwas ganz Banales tut. Zum Beispiel den Satz sagt: »Ich grüße meine Oma Luise, die heute leider aufgrund ihrer Gicht zu Hause weilt!« Diese Sequenz hatte er früher gedanklich immer wieder lustvoll durchgespielt, mit jeweils neuen Variationen. Aber das ist lang vorbei und Clemens Moor dirigiert nun eine Ermittlungsgruppe, die den Tod eines Unbekannten zu untersuchen hat.

Zunächst aber muss er sich um seinen Windhund kümmern. Während Henry etwas lustlos neben ihm zum Wasser trottet und kein Pudel den Morgen verschönt, beschließt Moor, seinen Kollegen Fenderling auszufragen. Er benötigt als Ortsfremder unbedingt Hintergrundwissen. Wer auf der Insel liegt mit wem im Hader? Und welche lokalen Themen bewegen den kleinen Kosmos zwischen Europa und der Ostsee?

Clemens Moor besteigt seinen Jaguar und macht sich auf den Weg nach Burg. Im Polizeirevier ist die Übergabe von der Nacht- zur Tagesschicht erfolgt. Der erste Frühstückskaffee macht das Denken geschmeidig und Hubert Fenderling unterrichtet Moor wunschgemäß in kurzen Sätzen über die Highlights und über Klatsch und Tratsch der Inselpolitik.

Eine Bürgerinitiative kämpft gegen die große Ostseebrücke und in der Bürgervertretung gibt es Auseinandersetzungen um die Kurabgabe. Stadt und Dörfer haben sich zu einer Gemeinde zusammengeschlossen. Die Vermieter außerhalb der Stadt haben den Gästen die

Steuer erlassen und an die Gemeinde eine Pauschale entrichtet, offensichtlich fünfhunderttausend Euro. Und das Verwaltungsgericht hat die Sache aus formalrechtlichen Gründen kassiert. Vielleicht ein bisschen aufregend, aber sicher kein Grund für einen Mord.

Clemens Moor lässt die Themen an sich vorbeirauschen und merkt beim Thema »Oststrand« auf. Ist dies nicht der Fundort der Leiche? Vielleicht nur ein Zufall, aber immer wieder Oststrand ist schon verdächtig. So unterbricht er den mehr und mehr in Fahrt geratenen Kollegen und bittet ihn um Details, die er auch bereitwillig erhält.

»85 Millionen Euro Investitionsvolumen haben die zu verteilen. Geplant ist ein Nobel-Hotel mit etwa zweihundert Zimmern und einigen Suiten. Der Oststrand soll so innerhalb der nächsten Jahre zum touristischen ›Premiumstandort‹ aufgewertet werden, natürlich nur mit dem Ziel, ordentlich Kohle zu machen.« Verbitterung schwingt in Fenderlings Worten mit.

»Wen meinen Sie eigentlich, wenn Sie von ›denen‹ sprechen?«, unterbricht Clemens Moor den Vortrag.

»Na, gestern Abend haben die sich getroffen. Gemeinsam mit dem Staatssekretär haben die Investoren zu Austern und Sekt im *Marienhof* das streng gehütete Geheimnis gelüftet, wer gemeinsam mit dem berüchtigten Münchenhagen ins Bett steigt. Eine Immobiliengruppe, die mit einem Besitz von 1,5 Milliarden Euro zu den ganz Großen gehört, soll im Hintergrund beteiligt sein.«

»Und dieser Münchenhagen, was ist das für ein Typ?«, fragt Moor aufmerksam nach.

»Harald Münchenhagen hat der erschienenen Prominenz das Vorhaben erläutert und es ihnen schmackhaft zu machen versucht, indem er auf zweihundert neue, krisensichere Arbeitsplätze hinwies. Das glaube ich im Leben nicht, das ist ein ganz gerissener und windiger Hund!«

Unwillkürlich denkt Moor an seinen geliebten Windhund, behält aber Contenance, während der Kollege unbeirrt fortfährt: »In direkter Nähe zur historischen Burgruine *Baunsberg* und zu den Wohnblocks soll eine Lücke geschlossen werden. Neben dem Hotel soll eine ganze Palette von Wellness-Angeboten entstehen, wie die das hochtrabend nennen. Und aus dem alten *Haus der Begegnung* wird eben mal ein Veranstaltungs-, Tagungs- und Kongresszentrum. Außerdem denkt man an etwa hundertfünfzig Hotel-Appartements und hundertfünfzig weitere Ferienwohnungen, in versetzten Strandvillen. Insgesamt geht es um tausend zusätzliche Betten.«

Ein Jahrhundertprojekt, in touristischer Eins-A-Lage, wie der Staatssekretär betont habe, eine Feststellung, die zwischen zwei Austern geschoben im allgemeinen Geschlürfe allerdings fast untergegangen sei, wie Hubert Fenderling zu berichten weiß. Das Projekt katapultiere Fehmarn in die erste Liga. »Jeder«, so habe der Staatssekretär in den Saal gerufen, »der sich diesem Projekt in den Weg stellt, wird unsere entschiedene Entschlossenheit zu spüren bekommen!«

Und mit gewissem Pathos habe der Staatssekretär schließlich sogar eine neu heraufziehende *Vollbukstied* beschworen.

»Vollbukstied?« Clemens Moor ist irritiert.

Aber Fenderling klärt ihn bereitwillig auf: »Damit meint man wörtlich übersetzt eine ›Vollbauchzeit‹, in der die Fehmaraner Bauern ihren Reichtum in vollen Zügen genossen.«

Clemens Moor kommt ob dieses Detailreichtums nicht aus dem Staunen heraus. Derart bestätigt, plaudert Fenderling munter weiter: »Noch fehlt den Investoren ein passender Hoteloperator, trotzdem will man auf jeden Fall in Kürze mit dem Bau starten. Hotel und Ferienanlage sollen über Arkaden miteinander verbunden werden. Die Bolzwiese soll in einen Park umgewandelt und mit einer Tiefgarage für die Gäste unterbaut werden.«

»Aber lassen sich das denn die Leute einfach gefallen?«, fragt Moor etwas unsicher nach.

»Keineswegs«, erklärt ihm Fenderling. »Viele Tausend Unterschriften haben wir schon zusammen und es werden täglich mehr!«

Clemens Moor hat sich einige Notizen gemacht und blickt sein Gegenüber gespannt an. Er spürt Sympathie für diesen Haudegen, der sich offensichtlich richtig Sorgen um die weitere Entwicklung seiner Heimat macht. Andererseits findet sich hier der gängige Zwiespalt wieder: Ohne unverfälschte Natur verliert die Insel ihren Charme, ohne Geld aber wird sie arm. Ein Thema also für erbitterte Auseinandersetzungen und Emotionen. Auch für einen Mord? Oder einen Kurzschluss im Affekt?

Zu viele Informationen verderben das Denken, pflegte ein früherer Chef zu dozieren. Und darum schlägt Moor eine Auszeit vor: »Machen wir einen Spaziergang zum Oststrand?«

Fenderling willigt gerne ein. »Vielleicht finden wir ja noch ein paar Förmchen zum Beschlagnahmen«, stellt er mit süffisanter Anzüglichkeit in den Raum, den die Herren in trauter Zweisamkeit und aufgelockerter

Stimmungslage verlassen, um vor Ort zu recherchieren. Während sie dem Oststrand zustreben, hören sie das tiefe Brummen der Autokarawane und das heisere Krächzen eines Vogels. »Eine Krähe hackt der anderen kein Auge aus!«, sagt Fenderling und empfängt Moors beunruhigten Blick.

Kapitel 10

Dr. Raul von der Felde, Arzt und Psychotherapeut, ist eine gewisse künstlerische Begabung nicht abzusprechen. Dies betrifft besonders jene Stunden, in denen er mit etwas zähflüssigen Gesprächsverläufen zu kämpfen hat oder mehr noch mit seinem wachsenden Bedürfnis, die Augen zu schließen und sich einem kurzen Nickerchen hinzugeben. Dann zeichnen seine schlanken Hände bisweilen wahre Feuerwerke feinstrichiger Zeichnungen auf das Papier, teils ganz unsinnige, gegenstandslose Formen, dann wieder kleine, kunstvolle Comic-Figuren. Dadurch versucht er sich für die versteckte Information, für den Sinn hinter der Aussage offen zu halten.

Manche seiner Patienten, die in ihren Psychotherapiesitzungen genau darauf achten, wann und wie er seine schriftlichen Aufzeichnungen ergänzt, ziehen daraus möglicherweise recht weitgehende Schlüsse. Vielleicht wären sie dann enttäuscht, ihr entscheidendes Kindheitstrauma beispielsweise in der Figur eines wütend stampfenden Asterix wiederzufinden. Aber gerade diese vordergründige Facette erlaubt es von der Felde vielleicht, die überwältigenden Gefühle auszuhalten, die die Schilderungen seiner Patienten in ihm auslösen. Bisweilen jedoch, so muss er sich eingestehen, sind seine Handlungen auch nur der Banalität des Augenblicks geschuldet, wenn er sich zum Beispiel angesichts fortgeschrittener Ermüdung bei Laune halten will. Besonders stark übermannt es Dr. von der Felde gewöhnlich in den Nachmittagsstunden, also gerade in jener Zeit, in der er seine lukrativen Privatpatienten empfängt.

Dr. von der Felde betreibt eine ausgesprochen schicke Psychotherapie-Praxis, die er nach eigenem Entwurf von einem befreundeten Designer gestalten ließ. Oft gleiten seine Blicke wohlgefällig über das Interieur: edle Materialien, viel Holz in Kombination mit Metall, erlesene Gemälde eines toskanischen Gegenwartskünstlers, alles in warmen Terrakotta-Tönen gehalten und nach farbpsychologischen Erkenntnissen abgestimmt. Die Sessel wurden aus weichem Rentierleder gefertigt. So verströmt das Ambiente verhaltenen Luxus. Dem Kenner soll die Gestaltung den diskreten Charme des Augenblicks vermitteln, der heraustritt aus der grauen Masse und der beschwerlichen Vulgarität des Alltags, um in zurückhaltender, stilsicherer Form Anschluss zu finden an die inneren Kräfte des Jetzt und Hier.

Solche prosaischen Texte mag Dr. von der Felde gern. Er ist ein ausgewiesener Schöngeist und lässt keinen Augenblick ungenutzt, derartige Girlanden der Erkenntnis und Offenbarung selbstverliebt um sein noch junges Haupt zu winden. Wie ihm hinterbracht wurde, vertreten einige seiner Kollegen die Meinung, dass er nicht nur in sich selbst verliebt sei, sondern auch in diese seine Satzkreationen. Im Zweifelsfall werde er auch nicht davor zurückschrecken, wunderbare und gänzlich sinnleere Aussagen zu treffen, nur ihres Wohlklangs wegen, unbeschadet des passenden Zusammenhangs und Augenblicks.

Andere böse Stimmen sagen ihm nach, dass er der Guru der gelangweilten Vorort-Diven sei und im Zweifelsfall nichts anbrennen lasse. Gerne erinnert er sich in diesem Zusammenhang einer Anekdote seines Anleiters, der von dem Musterexemplar eines zurückhaltenden Psychoanalytikers scherzhaft zu berichten wusste:

Eine ausgesprochen attraktive Patientin hat es sich auf der Couch des Psychoanalytikers bequem gemacht und berichtet von ihren lange Jahre verdrängten Träumen und Fantasien. Der Analytiker begleitet diesen Prozess in üblicher Form mit diskreten Hinweisen und Andeutungen, auch der einen oder anderen Interpretation. Schließlich fragt die Patientin den Arzt recht unverblümt, ob er sie denn attraktiv fände. Erschrocken antwortet der Therapeut: »Gute Frau, die strengen Regeln der therapeutischen Kunst gebieten mir strikte Abstinenz, ich werde Ihnen also diese Frage nicht beantworten. Streng genommen dürfte ich noch nicht einmal hier neben Ihnen auf der Couch liegen!«

Oft schon hat er sich über diese Anekdote vor Lachen ausgeschüttet und sie jedem erzählt, der sie hören wollte oder auch nicht.

Bianca Münchenhagen ist seine Patientin. Die Gespräche mit Mellis Mutter erscheinen ihm oft anstrengend. Und auch heute bewegen sich die Themen auf schwierigem Terrain.

Die junge Frau erscheint ratlos in diesem Augenblick.

Sie erlebt offensichtlich starke Gefühle, andererseits weiß sie diese nicht in Worte zu fassen. Wie von der Felde bemerkt, entgleiten ihr die Formulierungen stets aufs Neue und verstärken so Hilflosigkeit und Wut. Nachdem er längere Zeit geschwiegen hat, gibt er einen vagen Hinweis: »Vergegenwärtigen Sie sich doch noch einmal den letzten Augenblick, als es wieder geschah!«

Er sieht leider die Tränen nicht, die der Patientin über das noch zarte Gesicht rinnen, spürt aber doch ihre Verzweiflung, als sie stockend berichtet: »Es war wieder so ein warmer Sommertag und alles schien schwül, so dass es keine Befreiung gab! Die Luft rückte mir unaufhaltsam auf den Körper, wissen Sie, was ich meine?«

Er nickt leicht, ist aber noch am Suchen.

»Dann spüre ich irgendetwas ganz nah, so als wenn ich nicht allein wäre und doch allein gelassen, ich kann es nicht besser ausdrücken!« Wieder diese Verzweiflung in der Stimme der Patientin, die angestrengt wirkt, was ihrem Körper etwas unnatürlich Gespanntes verleiht.

Raul von der Felde hat das Bedürfnis, der Frau eine Rückmeldung zu geben: »Sie machen das sehr gut, lassen Sie sich nicht beirren!«, hört er sich sagen. Seine Stimme setzt er bewusst beruhigend ein, sie soll ihr in diesem Moment Halt und Geborgenheit geben.

»Dann spüre ich etwas an mir oder zumindest in der Nähe, ich versuche es zu begreifen und festzuhalten, nein, besser: wegzustoßen! Aber es ist nicht wirklich erkennbar. Klingt das nicht irgendwie komisch? Werde ich vielleicht verrückt?«

Die Frage geht in ein Schluchzen über, das Raul von der Felde veranlasst, dem anscheinend Unfassbaren Worte zu verleihen: »Sie sind ganz nahe daran, aber da ist zu viel Gefühl und wenn Worte versagen, spricht das Herz!«

Seine Antwort klingt irgendwie eine Spur zu banal. Aber Raul von der Felde ist voller Zweifel, wie er nun sinnvollerweise fortfahren könnte. Soll er mehr Gefühl zulassen, vielleicht sogar herausfordern, um die heilsame Katharsis des Augenblicks zu nutzen? Oder soll er die Emotionen begrenzen, weil sie seine Patientin überfordern?

Diese Entscheidung wird ihm indes abgenommen. Bianca Münchenhagen ist zu einem anderen Thema übergegangen. Sie berichtet ihm, dass sie noch ein weiteres schwieriges Gespräch vor sich habe. Melli, ihre seit Jahren kränkelnde Tochter, befinde sich erneut in Behandlung. Der Arzt vermute bei ihr eine seelische Last. Eine eingeschaltete Psychologin solle es ähnlich sehen. Ihr Ehemann Harald Münchenhagen habe wenig Zeit für solche Überlegungen, er sei beruflich im Stress, in letzter Zeit auch oft voller Sorgen und dann ungehalten. Ja: auch grob und ungerecht, wie Bianca Münchenhagen einräumt.

Dr. Raul von der Felde, nun wieder ganz in die Gegenwart zurückgekehrt, verliert sich in Vorstellungen über häusliche Szenen, gerät ins Fantasieren: Wie soll man sich das eigentlich vorstellen? Eine so ansprechende und attraktive, ja sagen wir ruhig schöne Frau, und ihr bereits in die Jahre gekommener, angegrauter Gatte mit Bauchansatz und schlechten Manieren. Von der Felde ist angewidert und auch etwas gekränkt: Er selbst, in der Blüte seiner Manneskraft, intelligent, auch witzig, aber leider finanziell klamm und gesellschaftlich betrachtet unbedeutend, tritt in seinen Träumen gegen den Goliath der Bau- und Immobilienbranche an, ein ungleiches Spiel. Harald Münchenhagen hat diese schöne Frau nicht im Ansatz verdient! Aber da ist sie wieder: die Erotik der Macht. Und doch erscheint Dr. von der Felde nicht unzufrieden, weiß er doch mehr über Bianca Münchenhagen als deren Ehemann, der die Blüte erkennt, aber ihren Duft nicht wahrnimmt.

Die Patientin ahnt derweil von den Fantasien ihres Therapeuten nichts. Sie hat in diesem Augenblick einen Entschluss gefasst: Sie muss mit Harald reden! Es kann so nicht weitergehen, sie muss sich offenbaren, selbst um den Preis, dass sie alles verliert und die Katastrophe sich Bahn bricht. Er muss davon wissen, nichts führt mehr daran vorbei!

Kapitel 11

Clemens Moor und sein Inselkollege haben den Oststrand erreicht und sich in einem Café in unmittelbarer Nähe des Wassers gemütlich niedergelassen. Unter dem Tisch hat Moor für Henry eine weiche Decke ausgebreitet. Bei zwei Tassen Milchkaffee und einem Napf Wasser für den Windhund ist der Entwurf für das weitere Vorgehen angesagt, der kriminalistische Masterplan.

Plötzlich erhebt sich Fenderling, um eine kleine Ansprache zu halten: »Ick heet Hubert!«

Und während Clemens Moor noch darüber nachzudenken versucht, welche Vor- und Nachteile es haben könnte, diesen Hinweis schlicht zu ignorieren, stehen zwei heimlich georderte Korn auf dem Tisch. Deren Zurückweisung würde wohl an Hochverrat grenzen.

»Allens kloar!«, hört er sich sagen. Und so kommen Clemens und Hubert dank eines Überraschungs-Coups unvermittelt brüderlich zueinander. Clemens Moor preist sich glücklich, um den berüchtigten Bruderkuss herumgekommen zu sein, und ordert schon mal vorsichtshalber eine »Lüttje Lage«. Schließlich hat er den neuen Duzfreund bereits innerhalb weniger Minuten zweimal wieder gesiezt, was Fenderling mit vordergründigem Schmollen und tatsächlicher Vorfreude auf Bier und Korn quittiert. Nicht gerade »schietendicke«, aber doch deutlich mit Seitenlage trotz weitgehender Windstille, kehren die beiden eine Stunde später in die Dienststelle zurück. Ohne Masterplan übrigens.

Auf dem Revier erfährt das Kriminalisten-Duo die Neuigkeit des Tages: Der Tote vom Oststrand kann vermutlich identifiziert werden. Telefonisch hat sich ein Mitarbeiter der *Sonnenburg* gemeldet, einer Ferienanlage in unmittelbarer Nähe zum Fundort. Er will in dem Toten einen Gast wiedererkannt haben, der vor zwei Tagen Quartier genommen hat. Hubert Fenderling ordert bei seinen Kollegen vorsichtshalber einen Alkomaten. Und zwei tiefe Atemstöße später bestellen die nicht mehr ganz nüchternen Beamten den Anrufer doch lieber ins Revier. Sicher ist sicher!

Am frühen Nachmittag erscheint ein reichlich mürrisch gestimmter, irgendwie herablassend wirkender

Herr mit Goldkettchen und entpuppt sich als Empfangsdirektor der *Sonnenburg*. Die ersten Minuten des Gesprächs sind der Aufnahme der Personalien gewidmet: Johann Ferdinand Mau, geb. 28.09.1945, geschieden, keine Kinder, seit zwei Jahren in der *Sonnenburg* beschäftigt.

Irgendwie hegt Clemens Moor eine spontane Antipathie gegen diesen Mann und sein Auftreten, das ihm reichlich großspurig erscheint. Von Beruf Anlagenmechaniker, darf sich Mau nun also Empfangsdirektor nennen und kraft seines Amtes Business-Strategien entwickeln. In Gedanken spinnt Clemens Moor das Thema fort: zum Beispiel den Toilettenpapierverbrauch drastisch unter das Plansoll drücken, indem er die polnische Reinigungsdame, eine Ludmilla Gors, zusammenscheißt. Oder: die Wertschöpfungskette verlängern, indem er das Toilettenpapier mit Werbeaufdruck am Tresen verkauft. Überhaupt diese hochtrabenden Bezeichnungen für sturzbanale Berufe. Wie könnte man den guten Buddi vom Camping-Platz nennen? Vielleicht Mobilitäts- und Wohnraumlogistik-Manager?

Plötzlich aber ist Clemens Moor wieder »on«, wie seine Tochter Anna formulieren würde, wenn es um die Frage geht, ob man sein Gegenüber irgendwie erreichen kann. Als er nämlich die Bezeichnung *Cluster*-Manager an sich vorüberfliegen hört. Unvermittelt schaltet er sich wieder ein: »Wie bitte?«

Unverwandt blicken ihn der Empfangsdirektor und Hubert Fenderling an, weil sie seinen spontanen Ausruf nach längerem gedankenverlorenem Kopfnicken nicht so recht zu deuten wissen. »Was: wie bitte, wie?«, entfährt es dem verdutzten Fenderling, während Clemens

Moor seine zwischenzeitlich etwas zerknitterte Gestalt wieder im Bürostuhl aufrichtet.

»Was für eine Bezeichnung war das eben?«

Fenderling fasst für Moor noch einmal zusammen: »Also, der Tote heißt vermutlich Dr. Wiebald Mayer-Schlupp, so sagen es zumindest die Anmeldepapiere. Er ist Manager im *Cluster Maritime*. Dabei geht es um Projektförderung im Bereich touristischer Erschließung und natürlich um Landesmittel beziehungsweise Gelder der EU.«

Das Ganze erscheint Clemens Moor reichlich komplex und unübersichtlich aufbereitet. Zumindest aber erfasst er intuitiv, dass es hier um Geld gehen muss. Vermutlich eine nicht gerade bescheidene Menge Geld. Und darin ein Motiv für einen Todesfall zu suchen, erscheint vielversprechend.

Seufzend wendet sich Moor also dem Empfangsdirektor zu, um ihn über diesen Gast, den ominösen Doktor, weiter zu befragen: »Nun lassen Sie mal die Hosen runter, was war das für ein Typ?«, hört er sich ungewohnt volkstümlich fragen.

»Ja wie denn, was für ein Typ?« Der gelernte Anlagenmechaniker verfügt nicht über das geistige Inventar, sich zu psychologischen Hintergründen zu verbreiten.

»Na, wie war der denn so drauf?«, hilft Fenderling ihm auf die Sprünge.

»Tja, so richtig schlau wurde man aus ihm ja nicht, Trinkgeld jedenfalls war bei dem Fehlanzeige. Dabei hat er reichlich dicke getan wegen der Verbindungen zum Chef, wissen Sie!«

»Aha«, brummt Clemens Moor, »welchen Chef meinen Sie denn gerade?«

»Na, den Chef eben, dem der ganze Laden doch gehört, Herrn Dr. Münchenhagen!«, präzisiert Mau.

Clemens Moor verkneift sich weitere Betrachtungen über diese eigentümliche Doktoren-Schwemme und ist plötzlich hellwach. »Also lassen Sie sich doch nicht alles aus der Nase ziehen, Mann!«, herrscht er den armen Empfangschef an und erfährt dadurch zumindest einige zusätzliche Details: Münchenhagen gehört die *Sonnenburg* und der halbe Oststrand, vermutlich auch noch viel mehr und er ist mit dem Dr. Mayer-Schlupp diverse Male zu Arbeitsessen zusammengetroffen. Da durfte keiner mit dabei sein. Abgesehen von einem holländischen Geschäftspartner von Münchenhagen, der öfter mal unvermittelt für ein oder zwei Tage im Hotel aufgetaucht ist, über den aber keiner Bescheid weiß. Noch nicht einmal Ludmilla, das Zimmermädchen, die aufgrund ihrer recht geschickten Finger und situativen Umsicht beim Bettenmachen sonst doch alles weiß.

Clemens Moor hält mittlerweile einige Fäden dieser unübersichtlichen Geschichte in den Händen. Irgendwie hängen Oststrand, *Sonnenburg* und Münchenhagen zusammen. Es geht um Geld und Investitionen. Der Tote, Dr. Mayer-Schlupp, hatte ebenfalls mit Geld zu tun, genauer gesagt mit Fördergeldern. Und dann gibt es da noch einen ominösen Investor aus den Niederlanden. Vermutlich gibt es aber auch noch weitere Interessenten: Lokalgrößen und Vertreter der großen Politik, eine Bürgerinitiative und etliche Tausend wehrhafte Bürger, die den Ausverkauf ihrer schönen Insel befürchten.

Soweit hat er die ganze Geschichte erfasst, trotz Lüttjer Lage. Und in ihm reift ein Plan, den er nach Entlassung des Zeugen mit Fenderling bespricht. »Wir knöpfen uns am besten mal diese Ludmilla vor. Vielleicht auch gleich mal die eine oder andere Lokalgröße, besonders Herrn Münchenhagen. Stellen Sie mir doch mal eine Liste zusammen!«

Fenderling versieht sein Todesstrafen-Register mit einem weiteren Strich, wegen des soeben verklungenen »Sie«, und nickt versonnen.

Natürlich hat er wenig Neigung, die ganze lokale Promiszene zu vergraulen, schließlich muss er mit diesen Menschen noch einige Jahre weiterleben, wenn der liebe Clemens schon lange wieder in der fernen Landeshauptstadt hockt und seinen Enkeln berichtet. Also gilt es, Fingerspitzengefühl zu entwickeln. Vielleicht könnte man den Bürgermeister Jochen-Gerhard Schulz aufsuchen und den büroleitenden Beamten Hans-Georg Schill, vielleicht auch noch den Vorsitzenden des Bauausschusses. Dem Bürgermeister macht das sicher nichts aus, der redet gerne und viel, der fühlt sich vielleicht sogar gebauchpinselt. Und Schill wird sich vermutlich hinter seinem Amt verstecken. Im Bauausschuss schließlich dürfte auch nicht das Zentrum der Erkenntnis zu suchen sein. Die Sache spielt ja in einer ganz anderen Liga.

Clemens Moor und Hubert Fenderling gehen anschließend noch mal ums Eck. Moor begleicht seine duztechnischen Schulden und Henry schlüpft in eine ganz neue Rolle: Als Führhund lotst er seinen reichlich beschwipsten Herrn Richtung Heimat.

Kapitel 12

Clemens Moor hat mit gepflegtem Restalkohol im Blut seinen Caravan erreicht. Angesichts des fortgeschrittenen Tages wird es auch heute nichts mit seinem *Safari-Room* werden. Stattdessen verspürt er Lust, sich in das Strandtreiben einzureihen, um Ausschau zu halten, zum Beispiel nach einem Pudel.

Noch seinen Gedanken nachhängend hört er eine nicht allzu dezente Stimme und blickt auf: Der Rentner vom benachbarten Stellplatz sucht Kontakt. Er hat seinen Caravan mit diversen Kitschfiguren, zwei Campingstühlen, einer Analoguhr und einem Blumenkübel aufgerüstet. Das alles tendiert eindeutig in Richtung Dauercamper-Kultur, die hier sonst nicht anzutreffen ist. Innerlich zuckt Clemens Moor schon beim Gedanken daran zusammen, dass gleich der Schlachtruf seines Camper-Nachbarn ertönen wird, den dieser bei jeder passenden und unpassenden Gelegenheit intoniert: »Be-Sorgen, Ver-Sorgen, Ent-Sorgen!«. Anschließend radelt der Nachbar mit dem Fäkal-Taxi auf dem Gepäckträger Richtung Entsorgungsstation. Und so passiert es auch heute: »Be-Sorgen, Ver-Sorgen, Ent-Sorgen!« Es ist geschafft!

Clemens Moor stehen unwillkürlich reichlich unappetitliche Bilder vor Augen. Rasch schüttelt er diese Vorstellungen ab wie Henry das Regenwasser und nimmt mit seinem Windhund Kurs auf den Strand. Im Moment kann er sich nichts Attraktiveres vorstellen als Pudel in allen Größen und Farben!

Nach etwa drei Mischlingen, zwei Schäferhunden,

einem Dalmatiner und diversen Dackeln beginnt sein Herz höher zu schlagen: In der Ferne vernimmt er ein freundliches Heulen, das rasch näher kommt. Tatsächlich hat die bekannte Pudeldame ihren Windhundfreund schon von weitem erkannt und ist ihrer ebenfalls am Horizont auftauchenden Besitzerin enteilt. Was die eben angekommene Frau nicht ahnt: Der sonst eher zurückhaltende und dezente Kriminalist entfaltet in beschwipstem Zustand unbekannte kommunikative Qualitäten. Angesichts der eben gerade den Strand verschönernden Karla schlendert er der Pudel-Besitzerin mit dem Kotbeutel in der Rechten launig entgegen: »Was du heute kannst entsorgen, das verschiebe nicht auf morgen!«

Darin steckt neben einer Anspielung auf den Campingplatz-Nachbarn so viel jungenhafter Charme, dass die Pudelbesitzerin ihrerseits angeregt reagiert. Lachend erwidert sie in Richtung des Windhunds: »Abendstund' tut Wahrheit kund!«

Und da es nun schon alles so wundervoll durcheinanderpurzelt, sich Henry und Karla auch diskret entfernt haben, erkundigt sich Clemens Moor ganz direkt: »Wie heißen Sie eigentlich, wenn ich fragen darf?«

»Na ja«, tadelt ihn die noch Unbekannte in freundlichem Ton, »eigentlich stellt sich der Herr ja seinerseits vor, aber ich heiße Grit.«

»Clemens«, erwidert Moor, dankbar dafür, dass der Bann gebrochen ist. Daher nutzt er die Gunst der Stunde: »Ich wohne hier auf dem Campingplatz, am Deich, direkt in der ersten Reihe!« Und sie?

Grit erweist sich nicht nur als ziemlich ansehnlich, sondern auch als auskunftsfreudig. Sie erzählt davon, dass sie in einem Kurheim untergekommen sei, mit ihrer Tochter und dem Pudel, um schließlich zu erwähnen: »Campingurlaub ist doch klasse, oder?«

Darüber hat sich Clemens Moor bislang erstaunlicherweise noch keine weitergehenden Gedanken gemacht, da er seine Entscheidung zum Campieren eher unter praktischen Gesichtspunkten getroffen hatte. Bei näherem Hinsehen allerdings weiß er die Vorzüge dieser Lebensweise durchaus zu würdigen. Zugegeben, die morgendliche Gemeinschaftstoilette ist weniger sein Fall. Auf die Geräuschkulisse, das Stöhnen und die Auswüchse lebhafter Darmperistaltik mag er gerne verzichten. Aber die Freiheiten eines Caravans überwiegen im Vergleich zu einem Hotel doch deutlich.

So erzählt Clemens Moor in aufgeräumter Stimmung von Buddi, von Herrn Kuntz und kommt dann auf die Idee, das Gespräch bei einem Glas Wein an der nächsten Theke fortzusetzen. »Geht leider nicht«, erwidert Grit gut gelaunt, »ich muss mich jetzt um meine Tochter kümmern. Aber das nächste Mal sehr gern, Clemens!«

Als Karla und Grit in der Ferne verschwunden sind, blicken zwei männliche Wesen auf insgesamt sechs Beinen über das Meer und genießen den wundervollen Sonnenuntergang. Zu Vaddi zurückgekehrt, setzt sich Clemens vor den Caravan und sinnt noch ein wenig dem Leben nach, als ein blau-gelbes Etwas rasant in gewagter Schräglage um die Ecke biegt. Der Kugelblitz mit Rädern entpuppt sich als Fahrrad, auf dem ein sechsjähriger Junge sitzt, ein gelbes Etwas in Tennisballgröße jonglierend. »Vermisst du einen gelben Ball?«, fragt er freundlich und mustert Clemens Moor aufmerksam. Dieser bedauert und fragt den Jungen, ob er hier auf dem Platz vielleicht für Ordnung sorgt und mit wem er es eigentlich zu tun hat. »Ich heiße Henri«, bekommt er zur Antwort.

»Das ist ja witzig, erwidert Moor, »so heißt auch mein Windhund!«

Nachdem klargestellt ist, dass Fahrrad-Henri mit »i« geschrieben wird und aus Bremen stammt, wird die Herrenrunde langsam vertrauter. Der weitere Gesprächsverlauf macht Clemens Moor deutlich, dass Henri und Buddi das Informationsmonopol des Platzes beanspruchen. Henri XVI., wie Moor den Jungen insgeheim nennt, weil er mit seiner Familie auf Platz 16 wohnt, kurvt nicht umsonst den lieben langen Tag durch die Gegend, um die Neuigkeiten und Entwicklungen auf sämtlichen Stellplätzen in Augenschein zu nehmen. Daraus zieht er seine ganz speziellen scharfsinnigen Schlussfolgerungen. Ein ungewöhnliches Kind, überlegt Clemens Moor, nachdem Henri XVI. freundlich klingelnd aus seinem Blickfeld entschwunden ist.

Clemens Moor denkt an seine Tochter und langt nach dem Mobiltelefon, um kurz mit ihr zu sprechen und ihr eine gute Nacht zu wünschen. Seit einigen Jahren geschieden, ist er auf dieses kommunikative Nadelöhr angewiesen, um zu Anna den täglichen Kontakt zu halten. Leider hat sie die Angewohnheit, ihr Mobiltelefon bei jeder passenden und unpassenden Gelegenheit irgendwo liegen zu lassen. Nicht aus Mangel an Interesse, wie sie stets glaubhaft macht, aber doch mit dem immer gleichen Ergebnis, das Clemens Moor soeben wieder abruft: »Hey, ich bin gerade nicht da, aber ihr könnt ja auf meine Mailbox sprechen … Tschüs!« Es fehlt lediglich der Hinweis: »Allerdings höre ich meine Mailbox nie ab«, wie Clemens Moor bedauernd feststellt. Ein Thema für erbitterte Diskussionen mit immer gleichem Ausgang: »Ich ändere das, Papi, Ehrenwort!«

Später am Abend, als er es sich in der Sitzecke bequem gemacht hat, beschließt der Kriminalist, die Ergebnisse seiner bisherigen Recherche auf einem Zettel zusammenzufassen. Nach etwa halbstündiger intensiver Arbeit blickt er zufrieden auf sein Blatt Papier:

»Menschlicher Schützengraben«

Ein Mensch, nach zweisam frischer Pein
Kehrt selbsterkennend bei sich ein
Denn nicht der Reiz der holden Minne
Der Spielplatz allzu kühner Sinne
Ward ihm auf Dauer ein Pläsier
Nein: Endlich war des Rausches Gier!

So sucht er wohl zum Wundenlecken
(Nicht wirklich, um sich zu verstecken)
Schon eher, weil, denn, schließlich, auch …
Es üblich ist und allseits Brauch
Die Einsamkeit und lässt nicht locker
Sich zu verzweifeln, Bock und bocker!

Doch spült das Schicksal schließlich munter
störend ihm den Nächsten unter
Der, wiewohl noch ohne Schuld
lästig wird – weil mit Geduld
Er jenes Mahnmal schließlich schändet
Das stets mit niemals, immer endet.

Dem Menschen bleibt es überlassen
Will er nun lieben oder hassen
Den Schützengraben flach zu halten
Und seine Zukunft zu gestalten
Denn lange währt, was endlich gut:
Das Selbstbewusstsein und der Mut!

Moors Mobiltelefon klingelt, er erkennt die Nummer seines Chefs auf dem Display. Obwohl beschwipst, widersteht er der Versuchung, sich mit »Pension Kuntz, Buddi am Apparat« zu melden und begrüßt den Kriminaldirektor stattdessen mit: »Moor, Ihr Safety-Manager!«

Wind-Schnittich tut das, was weniger humorvolle Menschen im Zweifelsfall immer tun. Er ignoriert das Gehörte, weil er sich sonst irgendwie dazu verhalten müsste, und fragt: »Lieber Kollege Moor, sind Sie es? Wie geht's, wie steht's, was macht der Fall?«

Clemens Moor berichtet in kurzen Sätzen, was er bereits an Hypothesen erarbeitet hat, einschließlich politischer Verwicklungen im lokalen Umfeld. Als er es gerade ausgesprochen hat, bemerkt er seinen Fehler, kann nun aber nicht mehr zurückrudern. Karrieregefährdende politische Komplikationen nämlich fürchtet Wind-Schnittich »wie der Teufel den Beelzebub«, wie er dem kleinlauten Clemens Moor eröffnet.

»Ja, ja, und ich dachte, das Weihwasser fürchtet den Beelzebub«, karikiert Moor den Vorgesetzten, dessen Hang zur Verballhornung von Sinnsprüchen er zur Genüge kennt. Im Präsidium soll es sogar Kollegen geben, die die Sprüche des Kriminaldirektors dokumentieren. Etwas hölzern kündigt er schließlich an: »Ich halte Sie auf dem Laufenden!« und beendet erleichtert das Gespräch.

Clemens Moor schnappt sich sein Fäkal-Taxi und marschiert Richtung Waschhaus, wo sich auch die Entsorgungsstation befindet. Diese Tätigkeit gehört zu den unangenehmen Aufgaben, die das ansonsten wenig beschwerliche Wohnwagendasein abverlangt. In der Gemeinschaft der Camper ist der Vorgang allerdings eine Art Zugehörigkeitsritus, wie in einer Geheimloge. Man nickt sich mitfühlend zu und kommt ins Gespräch.

Am Entsorgungsbecken ist gerade Andrang entstanden. Vor ihm wartet ein freundlicher Mitmensch, der sich als Nachbar von Platz zwei vorstellt, ein passionierter Surfer. Die beiden kommen locker ins Gespräch und »Nr. 2« berichtet, dass er dauerhaft auf der Insel lebe, im Sommer aber überwiegend auf dem Platz anzutreffen sei. »Es ist dann so schön nah zum Strand, ich gehe nur wenige Schritte. Das hat mir anfangs ganz viel Spott eingetragen, besonders von Harald.« Harald ist ein Architekt, mit dem er jedes freie Wochenende auf dem Wasser verbringt, wenn es die Zeit zulässt. Harald steckt zur Zeit allerdings im Stress. »Nr. 2« hat sich daher entschieden, einige Tage »fremdzugehen«, also an einem anderen Strand in Dänemark Unterricht zu nehmen. »Man lernt nie aus!«, meint er und ist nun an der Reihe, seinen Fäkalbehälter zu leeren.

Als auch Moor fertig und zu seinem Caravan zurückgekehrt ist, schiebt er den Sammelbehälter zurück in die Aussparung, schließt die Klappe und nimmt vor dem Wagen auf einem Campingstuhl Platz. Nun also kann der gemütliche Teil des Abends beginnen. Um ihn herum toben mit lautem Getöse einige Kinder. An Ausdrücken wie »Blödsinn« oder »Halt dein Maul!« kann er unschwer erkennen, dass die schwedischen Nachbarn abgereist sind und den Platz einer deutschen Familie überlassen haben. An Stelle der Kornflaschen liegen nun unbedenkliche Wasserflaschen umher, die Clemens Moor daran erinnern, dass er noch eine Flasche Merlot gebunkert hat. Zwei Gläser weiter schließt er leise die Caravan-Tür, krault dem Windhund noch zärtlich den Nacken und träumt selig von Pudel-Kind-Kuren. Während eine zärtliche Stimme ihm ins Ohr flüstert: »Abendstund' sucht deinen Mund!«

Kapitel 13

Das Wetter meint es heute besonders gut mit der Campingplatz-Gemeinde. Die Sonne wirft glitzernde Streifen über die See, Karawanen von Schiffen bevölkern den Horizont. Kreuzfahrtschiffe wie Drei-Mast-Barken regen die Camping-Kameraden an, ihre Fernrohre und Ferngläser auf sie zu richten und ein wenig von der großen fernen Welt zu träumen, die hinter dem Horizont aber schon wieder an der dänischen Küste endet.

Das leise Rauschen der Wellen dringt an Clemens Moors Ohren. Er sitzt neben Vaddi, stolz darauf, nicht nur endlich seinen *Safari-Room*, sondern mittlerweile sogar sein Schlauchboot »made in China« zum Leben erweckt zu haben. Überhaupt ist einiges wundersam verändert, er selbst inbegriffen. Clemens Moor ist irgendwie ein anderer geworden, in eine neue, eigentümlich vertraute Rolle geschlüpft. Scheinbar befindet er sich auf einer Urlaubsreise, nun aber in der Funktion eines Schriftstellers, arbeitet an einem Roman: irgendwas über eine Insel, mit merkwürdigen Verwicklungen und Intrigen, das Übliche halt.

Sein persönlicher Horizont endet derweil an jenem Mini-Deich, der den Campingplatz vom nahen Strand scheidet. Plötzlich fühlt er sich beobachtet. Über die Kante des Deichs hinweg bemerkt er ein Paar aufmerksam blickender dunkler Augen. Indem sie näher kommen, komplettieren sie sich um den Rest des zugehörigen Jungen, in dem er Henri XVI. erkennt. Der ist heute irgendwie verändert, nicht so freundlich gelassen wie sonst, sondern sichtlich beunruhigt. »Ist das dein Schlauchboot?«, fragt er Moor.

Das überrascht Clemens Moor, weil sich höchste Aufregung zu einer beinahe nebensächlich erscheinenden sachlichen Frage gesellt. »Da draußen schwimmt ein Junge«, berichtet Henri XVI. hastig, »der will seine Schwester retten, die treibt mit ihrem Schlauchboot auf dem Meer. Aber das schafft er nicht! Wir müssen ihm helfen!«

Die Unruhe greift auf Clemens Moor über, weshalb er Henri XVI. wie ferngesteuert blindlings folgt, als der im nächsten Augenblick dem Meer zustrebt. Sie laufen dem Strand zu, mit jedem Schritt schneller. Der Junge fällt atemlos zurück und vor sich entdeckt Moor weit entfernt das gelbe Schlauchboot, das von einer Strömung erfasst auf das blaue Meer hinaustreibt und in dem ein Mädchen, nur als winziger Punkt erkennbar, verzweifelt kämpft. Wenig später erkennt Moor auch den Kopf ihres Bruders inmitten der Wellen. Gerade streckt dieser die Arme in die Höhe und Clemens Moor hört seine Hilferufe.

Die ganze Szene scheint unwirklich, weil das gleißende Sonnenlicht alles so friedlich erscheinen lässt und die Menschen auf ihren Handtüchern liegen oder an ihren Tischen sitzen und teilweise mit ihren Ferngläsern wie selbstverständlich dieselbe Szene verfolgen wie Moor. Sozusagen »in der ersten Reihe«, um mit Herrn Kuntz zu sprechen. Es erscheint alles wie Live-TV, eine geschickt eingefädelte Reality-Show vielleicht? Ein Ehepaar neben Clemens Moor beginnt sich glücklicherweise aus der Starre zu lösen und mit dem Mobiltelefon Hilfe zu rufen.

Alles zu spät, denkt Moor, während wieder die verzweifelten Hilferufe an seine Ohren dringen. Er reißt sich hastig die Sachen vom Leib und springt nur mit einer knappen Unterhose bekleidet in das Wasser, das die Sonne nicht wirklich aufgeheizt hat. Er spürt die Frische und kämpft sich dem Jungen entgegen, indem er ihn eisern zu fixieren beginnt. Irgendwie taucht in ihm der Gedanke auf, dass er das Kind so über Wasser halten könnte, in einer Art hypnotischer Schwebe, dass er ihm ein wenig Kraft und Gewissheit hinüberschicken könnte. Noch ist er erschreckend weit entfernt!

Moor verliert den Boden unter den Füßen, auch die zeitliche Vorstellung und für einen Moment den Mut, als er bemerkt, wie langsam er sich an das Kind herankämpft. Er ruft ihm scheinbar unsinnige Beschwörungsformeln zu, etwa »Du schaffst es!« oder »Gut so!« Mag sein, dass der Junge nichts von alldem versteht in diesem Augenblick, aber irgendwie scheint es zu wirken, seine Augen blicken weit geöffnet herüber.

Clemens Moor schwimmt ihm entgegen und ergreift

seine Rechte, als Auftakt zu einer absurden Zwiesprache mitten im Meer. Moor fragt den Jungen nach seinem Alter und Namen: »Ich heiße Leon und bin zehn!«, seine Schwester sei vierzehn. Immer wieder blickt Leon zurück, in Richtung des Bootes und des kämpfenden Mädchens.

Und ein ums andere Mal hört sich Clemens Moor beschwörend sagen: »Gleich kommt die Rettung, alles wird gut!« Und: »Weiter so«, als er bemerkt, wie verzweifelt der Junge blickt, immer vorwärtsstrebend in Richtung Strand. Irgendwie hält Moor ihn über Wasser, während seine Füße in der Tiefe immer wieder nach dem rettenden Halt suchen und ihn schließlich auch finden.

Sie sind angekommen, Leon steht im Sand, ein kleiner zitternder Junge allein am Strand, an dem sich bereits eine Grüppchen versammelt hat, aus dem sich nun Henri XVI. löst. Wie selbstverständlich begleitet er Moor und Leon, als sie sich auf die Suche nach den Eltern machen, die in diesem Moment irgendwo an diesem weitläufigen Sandstrand ahnungslos unterwegs sind. Clemens Moor legt Leon sein Hemd um und führt das Gespräch fort, nur um das Kind zu beruhigen. Leon ist sichtlich verstört.

Henri XVI., obwohl gerade mal sechs Jahre alt, hilft Moor bei dieser absurden Konversation und fragt Leon: »Hast du Totenkopf? Du kannst ja toll schwimmen!« Er verfügt also nicht nur über erstaunliche Umsicht, sondern in einer intuitiven Weise über psychologisches Fingerspitzengefühl. Vielleicht aber ist es auch wirklich nur kindliche Neugier oder ein Anflug von Bewunderung, jedenfalls hilft es und spendet Mut. Nach einem kleinen, seltsam zeitlos erscheinenden Marsch erreichen sie Leons Familie.

Moor gehen beunruhigende Gedanken durch den Kopf: So leicht kann es also geschehen! Während das sonnige Flimmern von Meer und Luft in trügerischer Sicherheit wiegt, kann wenige hundert Meter weiter schon das Leben eines geliebten Menschen zu Ende gehen, ohne dass es auch nur im Ansatz geahnt oder später begriffen wird. Fehlt uns Menschen da vielleicht etwas, eine Art überlebenswichtiges Organ? So wie die Menschen im Angesicht des Tsunamis zwar die panisch das Weite suchenden Tiere bemerkten, nicht aber die Gefahr für sich selbst. Nur langsam beginnt die Spannung von Moor abzufallen.

Er bemerkt einen irritierenden Gleichmut in den Reaktionen der Mutter, die den noch zitternden Leon weiterschickt und ihm hinterherruft: »Hast du dich auch bedankt?«

»Danke« hört Moor den Jungen rufen, mit einer seltsam automatenhaften, indifferenten Stimme, wie wir sie von Sprach-Computern kennen, die aber so passend die gesamte Szene illustriert und Clemens Moor begleitet, während er zurückkehrt und sich von dem kleinen Helden an seiner Seite, von Henri XVI., verabschiedet.

Clemens Moor erwacht, noch ganz gefangen in einer unwirklichen Stimmung. Als ihm bewusst wird, dass alles vermutlich nur ein Traum war, schmunzelt er unwillkürlich in sich hinein. Jetzt kontrolliert Henri XVI. also auch schon seine Traumgestalten, allerhand!

Moor wirft die Kaffeemaschine an und fühlt sich gleich wach und angenehm erfrischt. Das hat er im Übrigen unlängst in der Zeitung gelesen, dass schon der Duft von morgendlichem Kaffee, auch von entkoffeiniertem, eine belebende Wirkung entfaltet. Gebannt studiert er die Titelseite des *Tageblatts* mit einer reichlich doppeldeutigen Überschrift:

Kinder im Schlauchboot abgetrieben

Zwei Kinder, ein 14-jähriges Mädchen und ihr 10-jähriger Bruder, trieben gestern am Strand mit ihrem Schlauchboot immer weiter ab. Es herrschte an diesem Tag ablandiger Wind. Die Eltern waren am Strand eingedöst, wie sie der Polizei sagten. Das Boot trieb schon nicht mehr im Flachwasserbereich. Nach den Schilderungen der Polizei geriet der zehnjährige Junge in Panik und sprang ins Wasser. Am Strand hörte ein Junge die Hilferufe und machte seinen Vater, einen Urlauber aus Bremen, darauf aufmerksam. Der Mann rannte sofort ins Wasser und schwamm dem Zehnjährigen entgegen. Er konnte ihn schließlich an Land ziehen. Auch die Schwester des Jungen konnte gerettet werden.

Wie unbedacht, sich solche aufregenden Träume auszudenken, überlegt Clemens Moor verwirrt. Sie landen dann irgendwie am nächsten Tag auf der ersten Seite im Lokalblatt.

Noch etwas beunruhigt macht sich Moor schließlich mit seinem Hund auf den Weg zum Strand. Glücklicherweise ist kein einziges Schlauchboot unterwegs, so dass er kräftig voranschreiten kann, die Blicke über den Sand streifend, bis er ganz überraschend hinter einem Windschutz Gretas Pudel entdeckt, der an einem Weidenkorb herumkaut. Seine Besitzerin ist nirgendwo zu sehen. Clemens Moor bleibt kurz stehen und beobachtet die Szene. Aus ihm selbst unerfindlichen Gründen greift er dann in die Hosentasche und zieht den Zettel vom Vorabend heraus, auf dem er sein tiefgründiges Gedicht niedergeschrieben hat. Ohne nachzudenken legt er ihn in das Körbchen. Der Pudel zögert nicht, schnappt sich seine Trophäe und verschwindet. Eine Szene wie bei der Geldübergabe.

Kapitel 14

Raul von der Felde hat nach ausgiebigem Frühstück seine Position am Schreibtisch eingenommen und studiert seinen Terminkalender, besonders die Einträge an diesem Tag.

Gewöhnlich lösen die Namen seiner Patientinnen und Patienten bei ihm angenehme Gefühle aus, auch Spannung, bisweilen sogar Vorfreude. Schließlich macht er seinen Job gerne. In seiner oft etwas theatralischen Weise pflegt er auf Fragen von Bekannten nach seinem »sicherlich fürchterlich schweren und belastenden Beruf« zu antworten: »Ach wissen Sie, alle Urwälder sind gerodet, alle Achttausender bestiegen und die Meere erforscht. Bleibt als einziges, wahres Rätsel die menschliche Seele. Und ich bin dabei!« So eine sybillinische Antwort macht die Zuhörer, die sich natürlich nach blutrünstigen Details und menschlichen Abgründen sehnen, so richtig schön heiß.

Eines müssen wir von der Felde bei aller Kritik zugute halten: Indiskret wird er niemals! Schließlich ist es sein Berufskapital, keine Geheimnisse seiner Patienten zu verraten. Und seinen Beruf macht er, wie gesagt, gern.

Natürlich gibt es in seiner Tagesliste auch die etwas

anderen Patienten, die ihm gruselig erscheinen oder – schlimmer noch – die Depressiven. Diese Patienten reizen von der Felde bis aufs Blut, mit ihrem Gedruckse, dem endlosen Stöhnen und minutenlangen Schweigen. Wenn sie schließlich fünfzig Minuten geschwiegen haben, stehen sie in der Tür und stöhnen erneut: »Eigentlich wollte ich Ihnen etwas ganz anderes, Wichtiges erzählen, aber Sie haben nun ja nicht mehr Zeit für mich!« In diesem einen Satz steckt dann die geballte Ladung menschlicher Tragödien, dieses Lebensgefühl, niemals geliebt und beachtet worden zu sein, als emotionales und soziales Nichts behandelt zu werden. Theoretisch gesehen tun die Menschen dem Psychiater leid, aber eben nur theoretisch betrachtet. Tatsächlich hockt er dann mindestens zehn Minuten auf seinen Schuldgefühlen, bis er bemerkt, dass er fürchterlich wütend ist.

Von der Feldes Anleiter und Supervisor freuen solche Anwandlungen immer wieder neu, schließlich kann er sie dem jungen Kollegen feinsinnig deuten: »Es sind ihre eigenen Gefühle der Kränkung und Wut, die angesprochen werden, ihre eigene depressive Seite, die da wachgerufen wird! Es erscheint mir angeraten, dass Sie dieses Thema gelegentlich mit mir vertiefen …«

Wie dem auch sei, heute hat der Psychotherapeut Grund zur Vorfreude, weil er für den Nachmittag Bianca Münchenhagen auf seiner Liste entdeckt, als letzte Patientin, wie üblich, damit die Zeit nicht zu knapp wird. Von Bianca Münchenhagen hat von der Felde seinem Supervisor bislang nicht erzählt, was per se schon bemerkenswert erscheint.

Die Frau betritt den Behandlungsraum in ihrer dezenten, durchaus angenehmen Weise mit klaren, zielgerichteten Schritten, aber doch behutsam. Irgendetwas zwischen Gleiten und Schweben, wie ihr Therapeut es gerne insgeheim formuliert. Sie setzt sich auf den weichen Ledersessel, der lautlos in eine Ruheposition schwenkt, und schlägt ein Bein über, was ihre vorteilhafte körperliche Ausstattung bemerkenswert betont.

Bianca Münchenhagen kommt auf die erste Begegnung mit ihrem Mann zu sprechen. Es ist viele Jahre her, aber noch immer erinnert sie sich an den Augenblick, als er ihre Hand ergriff und sie minutenlang schwiegen, während sie in der Tiefe seines Blicks ein Spiegelbild ihrer selbst entdeckte, ein zartes Verstehen, eine Wärme, die sie niemals vermutet hätte. Es war dieser Augenblick gewesen, der alles entschied.

Der Rock ist heute auch recht kurz geraten, überlegt von der Felde, seine Blicke gleiten weiter, nun schon ungebührlich intensiv, was Bianca Münchenhagen möglicherweise nicht bemerkt oder aber genießt. Letzteres zumindest vermutet der Therapeut. Nimmt sie nicht eine reichlich kokette Haltung ein?

Nach nur wenigen Monaten hatten sie geheiratet, der weltgewandte, erfahrene Harald Münchenhagen und die um viele Jahre jüngere, attraktive Frau. Sie hatte in ihrem Leben keinen Vater gekannt, wohl aber die verzweifelten Versuche einer Mutter, das Chaos aus Alkohol, Männern und Schulden zu ordnen, die Katastrophen abzuwenden, die sich wie ein erstickendes Netz um die Seele des Kindes zu legen begannen.

Raul von der Felde hat kaum zugehört. Seine Blicke wandern über die leicht transparente Bluse seiner Patientin. Ihm entgleitet allmählich die Situation, er verliert sich an Details, die ein guter Therapeut allenfalls am

Rande registriert: *Auberge*, geht es ihm unwillkürlich durch den Sinn, eine wahrlich exklusive Marke, Modell *Cardige L'Ambrose*, vielleicht 80 A.

Bianca hat die Mutter ihre einzige Tochter genannt: Die Weiße, die Glänzende, die Reine! Und diese Aufgabe hat das Kind auch glänzend erfüllt. Während zu Hause die Mutter in Kot und Erbrochenem liegt, fallen gelassen von nächtlichen Besuchern, wie menschliches Fast Food, bereitet Bianca den Frühstückstisch, mit Kerzen, wie sie es aus dem Fernsehen kennt, zieht die Mutter aus den erbärmlichen Resten der Nacht und setzt sie wie eine Mumie in die Kulissen kindlicher Sehnsucht.

Hat er ihren aufmunternden Blick aufgefangen? Was hat sie vor? Warum gerade er, Raul von der Felde? Während der Therapeut irgendwo im Nirwana absurder Männerlogik hängen geblieben ist, hat er den Anschluss an das eigentliche Thema längst verloren. Als er bemerkt, dass seine Patientin alles andere als begehrend seine Wege kreuzt, reagiert er verwirrt und betroffen.

Pure Verzweiflung hat sich offensichtlich der jungen Frau bemächtigt, die nun weinend vor ihm kauert und offensichtlich seines ordnenden Zuspruchs bedarf. Die Betroffenheit des Therapeuten wandelt sich rasch in Scham – nichts von innerer Ordnung, als er erkennt, dass er einem Trugschluss aufgesessen ist. Diese Frau sucht in ihm wahrlich nichts weniger als den lüsternen Mann. Sie schreit förmlich um Hilfe, braucht eher den verlässlichen, vielleicht auch väterlichen Freund. Zu spät, denkt von der Felde, alles vermasselt, kein Ausweg, keine Hilfe, der totale therapeutische und menschliche Konkurs.

Bianca Münchenhagen blickt ihn unverwandt an.

Offensichtlich hat sie den Wechsel von Begehrlichkeit zu Scham in seinem Angesicht bemerkt. Raul von der Felde kennt seine Patientin lang genug. Er ahnt, was in ihr vorgeht. Dieser Augenblick genügt, um ihr die frisch gewonnene Zuversicht vieler Monate für immer zu entziehen. Unter ihr öffnet sich eine seelische Erdspalte unfassbarer Tiefe und zieht sie erneut hinab in das Dunkel ihrer grausamen Geschichte, in der Männer wie er in höhnischer Weise Spalier stehen, ihre Köder auswerfen und mit gieriger Brutalität an den Widerhaken der Enttäuschung zerren, bis der Schmerz alles betäubt.

Einen Augenblick lang scheint die Zeit still zu stehen. Das leise Ticken der geschmackvoll gestylten Wanduhr hämmert ungebührlich laut in diese Sprachlosigkeit hinein, die wohl nur Sekunden dauert, aber der Szene einen Begriff von Zeitlosigkeit verleiht, die Spannung bis zum Zerreißen steigert.

Schließlich steht Bianca Münchenhagen wortlos auf, ordnet ihre Kleidung, vermeidet jeglichen Blickkontakt und verlässt ohne Gruß den Raum. Diese eindringliche Szene hat nichts Versöhnliches an sich und wird von der Felde niemals mehr in Vergessenheit geraten. Tiefe Scham bemächtigt sich seiner und eine unbegreifliche Traurigkeit umschließt sein Herz. So kurz dauert bisweilen ein Leben und begriffen haben wir nichts. Was gäbe er jetzt dafür, einfach nur Bergsteiger zu sein, oder Tiefseeforscher, jedenfalls nicht erkennen zu müssen, dass es die letzten Rätsel und Abgründe der Seele nicht nur in seinen Patienten zu erforschen gilt, sondern in erster Linie in ihm selbst.

Kapitel 15

Clemens Moor hat hinter dem stilvollen Holzlenkrad seines Wagens Platz genommen. Langsam bewegt er den Jaguar in Richtung der Schranke. Diese ehrfurchtgebietende Instanz trennt die übrige Welt, den Sechsten Kontinent, wie die Einheimischen ihre Insel bezeichnen, vom Mikrokosmos des Campingplatzes. Moor hält kurz neben Buddi, der mit Akribie die Wertstofftrennung überwacht und gerade den Container durchforstet, um nach Resten von Plastik, Umverpackungen und Papier zu forschen und diese in ihre zugehörigen Boxen zu befördern.

An solchen Tagen ist Buddi weniger gesprächig als sonst. Während er gewöhnlich gerne einen Plausch hält und von sich und der Welt erzählt, bleibt er heute einsilbig. Was wären wir ohne die Buddis dieser Welt, fragt sich Clemens Moor unwillkürlich. Er mag diesen Mann, der vor vierzig Jahren dem Tod von der Schippe gesprungen ist, verbunden mit vielen Operationen und Narben, die er Eingeweihten im Waschhaus bisweilen auch kurz präsentiert. Und seit ebenfalls vielen Jahren kommt Buddi zusammen mit seiner Frau im Frühjahr aus dem Ruhrpott hierher, um die Natur zu genießen und während der Saison auf seinem Campingplatz nach dem Rechten zu sehen. Wann immer etwas zu besorgen ist, sooft es etwas zu richten gilt, Buddi ist zur Stelle. Auf seinem roten Fahrrad, das Funksprechgerät am Gürtel hängend, signalisiert er jedem Campingplatzbewohner, dass es so etwas wie Verlässlichkeit gibt.

Und deshalb schreckt Clemens Moor auch davor

zurück, dem Platzwart etwas vom wahren Schicksal der sorgsam getrennten Wertstoffe zu erzählen, vom gigantischen Müllexport in die Dritte Welt, von den Kindern, die dort einst vom Müllsammeln lebten und nun verhungern müssen. Mit einem »Moin!« versenkt er stattdessen fachgerecht seine Restmülltüte und macht sich auf den Weg ins Polizeirevier.

Hubert Fenderling empfängt Clemens Moor in aufgeräumter Stimmung. Er hat zwar einen frischen Ehestreit hinter sich, nachdem ihn seine Frau Eva am Vorabend wegen seiner Fahne zur Rede stellte. Fenderling war es dann aber vortrefflich gelungen, die ganze Verantwortung seiner Frau vor die Füße zu kübeln, indem er nachzuweisen wusste, dass es sogar ein zwingender dienstlicher Anlass gewesen war, so und nicht anders zu verfahren. Eva hatte schließlich kleinlaut beigedreht und den Streit dadurch beendet, dass sie ihren Ehemann ungewöhnlich frühzeitig in das Schlafgemach gelockt hatte, um in gepflegter Form auszunüchtern. Insoweit also hatte sich diese Investition in den Duz-Kollegen Clemens schon jetzt voll und ganz gelohnt.

Daher ist Hubert Fenderling auch gnädig gestimmt, was die heikle Auswahl der Zeugen anbetrifft, die er heute befragen soll. Noch einmal gehen Fenderling und Moor die Liste durch, auf der sich die folgenden Namen finden: Ludmilla Gors, das Zimmermädchen in der *Sonnenburg*, Jochen-Gerhard Schulz, der Bürgermeister der Inselgemeinde, Hans-Georg Schill, der büroleitende Beamte und nicht zuletzt Harald Münchenhagen, der lokale Brückenkopf und Erfolgsgarant einer ominösen Investment-Gesellschaft. Sie beschließen, die Zeugen jeweils vor Ort aufzusuchen, um das Ambiente mit in

Augenschein zu nehmen. Ihr erster Weg führt sie in die *Sonnenburg*, der Clemens Moor schon mit unverhohlener Neugier entgegenfiebert.

Nun ist es ja so, dass sich der Normalbürger nichts Aufregenderes vorstellen kann, als unvermittelt in den Mittelpunkt einer polizeilichen Ermittlung zu geraten. Von jetzt auf gleich ist er zum Objekt einer allwissenden und schicksalswendenden Macht mutiert, die ihn taktisch versiert auszählt. Gnadenlos sind Scheinwerfer und bohrende Blicke auf ihn gerichtet und hinter dem Einwegspiegel werfen höhnisch grinsende Beamte im Minutentakt leere Kaffeebecher in die Gegend. Und schließlich der alles entscheidende Satz: »Aus der Traum, nun geben Sie es doch endlich zu! Vielleicht kann ich dann noch etwas für Sie tun …«

Tatsächlich aber mag es auch ganz banal zugehen. Der Polizeibeamte hat keine Ahnung, was er die oder den Zeugen fragen soll, als Legastheniker graut es ihm bereits vor der schriftlichen Zusammenfassung und da das Diktiergerät aus den Fünfzigern stammt, ist auch auf die Technik kein Verlass.

Clemens Moor ist jedes Mal aufs Neue aufgeregt, wenn er ihm unbekannten Zeugen gegenübertritt und noch keine Witterung aufgenommen hat. Waidtechnisch gesehen hockt er auf seinem Anstand und stiert durch seinen Feldstecher, bis Ludmilla Gors, nach gängiger Lesart ein stattliches Prachtweib, die Lichtung betritt. Diese Lichtung besteht aus einem ziemlich beengten Personalraum der ansonsten großzügig geschnittenen *Sonnenburg*, in den sie der weiterhin unangenehm joviale Empfangschef bugsiert hat, um kein ungebührliches Aufsehen zu erregen. Dieser Raum verströmt den

Charme eines Luftschutzbunkers. An den Wänden hängen Dienstpläne, einige Urlaubskarten und ein Plakat, auf dem die Leitsätze der Unternehmenskultur auf den Punkt gebracht werden. Clemens Moor fasst diese – vom Vortag noch seltsam prosaisch gestimmt – innerlich wie folgt zusammen:

Sei stets frisch und nett zum Gast,
zieh das Fell ab ohne Hast,
das Gefühl: Ich bin der Star,
kleidet ihn ganz wunderbar!

Die Beamten nehmen auf wackeligen Stapelstühlen Platz und begrüßen wenig später das Zimmermädchen, das schon etwas in die Jahre gekommen ist und insofern eher als reichlich »spätes Mädchen« bezeichnet werden muss. Ludmilla Gors ist in ein formschönes Kittelkleid gehüllt, auf dem in kühnem Schwung die Worte *Sonnenburg-Team* prangen, was wohl irgendwie signalisieren soll, dass alle morgens beglückt zur Arbeit streben, weil sie nörgelige Gäste und deren unerzogene Gören über alles lieben.

Dieser Schriftzug schmiegt sich in Ludmillas Fall vortrefflich an einen etwas zu üppig geratenen Ausschnitt, der sogleich Fenderlings kriminalistisches Interesse weckt, vielleicht aber auch nur Assoziationen mit der zu Hause weilenden Eva.

Clemens Moor widersteht dem spontanen Impuls, mal so nebenbei wie selbstverständlich ein oder zwei Knöpfe des aufdringlichen Kittelkleides zu schließen, und beginnt mit einem Räuspern die Befragung: »Also, nun zur Sache! Erzählen Sie uns doch bitte mal ihre Eindrücke von diesem Herrn Mayer-Schlupp, der Ihnen doch sicher noch gut in Erinnerung sein dürfte!«

Ludmilla runzelt die Stirn und peilt zunächst einmal die Lage. Offensichtlich ist sie sich über die möglichen Verwicklungen nicht ganz im Klaren. Routiniert schiebt Clemens Moor also nach: »Sie sind ein wichtiger Zeuge in einem Mordfall, vergessen Sie das nicht!«

»Zeugin«, korrigiert ihn Fenderling politisch korrekt, womit er allerdings den gewichtigen Eindruck, den Moors Hinweis auf den Mordfall erzielen sollte, sogleich wieder auf null gefahren hat.

Zumindest aber hat er bewirkt, dass die dralle Ludmilla ihn mit ganz anderen Augen sieht und mit gewissem kokettem Augenaufschlag loslegt: »Ach, den meinen Sie! Ja, der war schon ein seltsamer Kauz, so ein ganz unterkühlter Zeitgenosse.«

Was folgt, sind schwadronierende Betrachtungen über den Mann als solchen und den Herrn Doktor im Speziellen, die Fenderling mit stereotyp kratzenden Bewegungen seines Federhalters begleitet, die am ehesten an sogenannte Übersprunghandlungen erinnern. Diese kennt man aus der Literatur von verstörten, Körner pickenden Hähnen, die um ihre Rangordnung fürchten. Das plastische Hahnenbild erscheint Clemens Moor im vorliegenden Fall recht passend, was ihn auch wieder besänftigt. »Kommen wir jetzt mal auf den Punkt«, hört er sich sagen, während der etwas dümmlich grinsende Fenderling zusammenzuckt und auch in seinen Schreibbewegungen pflichtschuldig inne hält. »Was hatte dieser Gast denn so in seinem Gepäck?«

Ludmilla Gors errötet und ziert sich. Da sie ja bekanntlich so eine nicht ist, muss der smarte Hubert Fenderling erneut assistieren: »Sagen wir mal, der Koffer eines Gastes hat sich versehentlich entleert …«

Clemens Moor verdreht innerlich die Augen, vermutlich hat sich hier gerade so einiges entleert, nicht zuletzt das kriminalistische Männerhirn seines Kollegen. Aber nichts ist erfolgreicher als Erfolg: Ludmilla plaudert in Richtung des Frauenverstehers los. »Ach, das meinen Sie, natürlich, so war es, die Akten waren ihm auf den Boden gefallen, mitsamt den Bildern und Plänen, von diesem Projekt, Sie wissen schon. Dieses *Oststrand-Komfort* oder so ähnlich.« Clemens Moor horcht auf, als er den Namen *Oststrand* hört, während sein Duzfreund Hubert durch charmantes Agieren weitere Details zutage fördert.

Dr. Mayer-Schlupp ist unglücklich verheiratet, erkennbar am beiseite gelegten Ehering und den prophylaktischen Kondomen, er liebt den Alkohol (»Schließlich fülle ich die Mini-Bar auf!«), verfügt über ansehnliche Barmittel und intensive Kontakte zu einer niederländischen Investment-Gesellschaft und Dr. Münchenhagen. Den Rest der Befragung überlässt Moor schließlich Fenderling, während er sich ein ums andere Mal glücklich preist, in keinem Hotel zu wohnen, wenn man bedenkt, wie häufig einem so ein Koffer entgleitet und ungeahnte Untiefen menschlicher Existenz auf die Auslegware schüttet.

Einige Zeit später ziehen die Kriminalisten eine erste Bilanz: Der Tote ist als verführbare Schwachstelle in einem Intrigenspiel ausgemacht, das vermutlich der versteckten Förderung des *Oststrand*-Projektes gilt. Neben den holländischen Investoren spielt dieser ominöse Dr. Münchenhagen eine gewichtige Rolle. Fenderling und Moor beschließen, aus taktischen Gründen getrennt vorzugehen. Während Hubert Fenderling in behutsamer Weise die Lokalgrößen befragt, wagt sich Moor in die Höhle des Löwen, besucht also Dr. Münchenhagen in seinem Büro. Fenderling übernimmt auch den Auftrag, den smarten Empfangsdirektor Mau nach dem Gepäck des Toten zu fragen.

Unwillkürlich muss Clemens Moor an die morgendliche Szene mit Buddi denken. Ist er selbst nicht auch im übertragenen Sinne so eine Art Wertstoffsortierer, der im moralischen Müll seiner Menschen Umverpackungen entsorgt, Papiere stapelt und am Ende jene Teile ausfiltert, die entsprechend aufbereitet einer neuen Nutzung zugeführt werden?

Er vereinbart telefonisch mit der etwas zickigen Sekretärin Münchenhagens für den frühen Nachmittag einen Termin und beschließt, die Zwischenzeit für einen Spaziergang mit seinem Windhund zu nutzen, der zwar auch gerne mal die Nase in fremde Sachen steckt, aber anschließend wenigstens seine Klappe hält.

Kapitel 16

Das Ambiente des Münchenhagen-Büros, im hinteren Teil der *Sonnenburg* gelegen, verströmt wenig Exklusivität. Insoweit kann man etwas Clemens Moors Enttäuschung verstehen, hat er doch mindestens mit pompösem Glas-Metall-Design und einem entsprechenden Auftritt des Immobilien-Zaren gerechnet. Stattdessen stößt er auf ein einfaches Aluminiumschild mit Klebebuchstaben, auf dem lediglich *Münchenhagen Komfort GmbH & Co. KG* zu lesen ist.

Clemens Moor hat sich in der Mittagspause zwischen Pommes und einer Apfelschorle von seinem Kollegen im LKA Informationen über die Firma besorgt:

Münchenhagen Komfort GmbH & Co. KG, Süderpad 4, 23889 Westerdorf

Handelsregister-Nr.: HRA 48559906 HX

Rechtsform: GmbH & Co. KG

Mitarbeiteranzahl: zwei

Tätigkeitsbeschreibung: An- und Verkauf von bebauten und unbebauten Grundstücken, das Errichten, Vermieten und Verpachten von Immobilien auf eigenen Grundstücken. Ausgenommen sind Vermittlungsgeschäfte, die einer Erlaubnis nach § 34 c Gewerbeordnung bedürfen.

Hauptbranche: Kauf und Verkauf von eigenen Grundstücken und Nichtwohngebäuden (Branchencode: 70.12.1)

Management: Münchenhagen, Harald, Geschäftsführer, Süderende 2, 23889 Westerdorf

Gesellschafter / Eigentümer: 1. Münchenhagen Komfort

Projektentwicklungs-GmbH, Komplementär, Süderpad 4, 23889 Westerdorf. 2. Münchenhagen, Harald Gesellschafter, dto., 25.000,00 €. 3. Münchenhagen, Harald, Kommanditist, dto. 100.000,00 €.

Alles wenig spektakulär, wie Moor findet, abgesehen davon, dass hier jemand irgendwie Geschäfte mit sich selbst betreibt und sich nicht gerade gerne dabei in die Karten schauen lässt. Aber auf diesem Gebiet fühlt sich der Kriminalist ohnehin nicht gerade sonderlich kompetent. Zahlen haben ihn eigentlich niemals interessiert, weshalb ihm auch ein halbes Jahr Aushilfstätigkeit im Wirtschaftdezernat in ausgesprochen schlechter Erinnerung geblieben ist.

Clemens Moor verdrängt mal eben störende Gedanken an seine längst fällige und bereits mehrfach angemahnte Steuererklärung und betritt das Sekretariat, wo ihn eine weitere Überraschung erwartet. Münchenhagens Sekretärin passt rein gar nicht zu der zickigen Telefonstimme vom Vormittag. Vielmehr lächelt ihn eine sympathische zierliche Person an, deren freundliche Augen Moor sofort für sich gewinnen.

Anette Witte hat dieses Auftreten, dass man gemeinhin mit bodenständig beschreibt: klar im Ausdruck, dabei schnörkellos und verbindlich zugleich, auf jeden Fall aber niemand, den man eben mal nach Kriminalistenmanier zur Seite bluffen kann. Das ist allerdings ohnehin nicht Moors Stil, er bevorzugt Florett statt Schwert, also die elegante Art der Durchsetzung. Deshalb nutzt er auch die Wartezeit zu einem unverbindlichen Gespräch mit der Sekretärin und erfährt ganz nebenbei, dass sie einer alteingesessenen Inselfamilie entstammt. Angeblich soll die Inselbevölkerung dereinst vollständig ausgerottet worden sein, bis auf drei Personen, deren Namen bis heute überliefert sind, davon auch der ihre: Witte eben.

Clemens Moor überlegt derweil, nachdem er morgens im Lokalblatt einen dieser jährlich wiederkehrenden Artikel über Demenz und deren Verzögerung durch Gedächtnistraining gelesen hat, sich kurzerhand eine Personenbeschreibung zu merken: etwa fünfunddreißig, dunkelblonde Haare, Pagenschnitt, braune Augen, längere schmale Nase, durchaus sinnlicher Mund, ungeschminkt, Stimmlage Alt, nicht unerotisch, Figur schlank, höchstens einseinundsechzig, Gewicht etwa fünfzig Kilo, keine besonderen Kennzeichen. Schon fühlt sich Moor deutlich wohler, hat er sich doch in diesem Augenblick dem Schwund von schätzungsweise sechstausend Hirnzellen erfolgreich entgegengestemmt.

Seine Fragen nach dem Chef und den geschäftlichen Entwicklungen entsorgt die freundliche Sekretärin allerdings routiniert wie ein Blitzableiter. Auf die belanglos dahingeworfene Bemerkung: »Na, im Immobilienbereich läuft es heute ja auch nicht mehr so gut« bekommt er prompt den Hinweis: »Wo tut es das denn heutzutage? Man soll nicht klagen!« Irgendwie funktioniert auch diese Technik in einer Weise, die Moors Hochachtung verdient: Bevor man dessen so recht gewahr wird, ist man aus dem Thema schon wieder ausgestiegen. Immerhin erfährt er so viel: Die Firma existiert seit gut zwei Jahren und der Chef ist auch anderweitig im Immobilienbereich engagiert. So weit, so gut.

Die dick gepolsterte Ledertür schwingt auf und Münchenhagen betritt sichtlich gut gelaunt die Arena. Erneut bringt Moor seine Anti-Demenz-Truppen in

Stellung: angegrauter Typ Mitte fünfzig, Augenfarbe ebenfalls irgendwas mit Grau, leicht untersetzt, Größe etwa einsachtzig, Gewicht um die neunzig Kilo, kräftig gebaut, fester Handschlag. Münchenhagen erweist sich als aufmerksam: »Anette, bringen Sie uns bitte einen Kaffee, Sie trinken doch Kaffee? Und wimmeln Sie alles ab, wir wollen nicht gestört werden!«

Unwillkürlich fühlt sich Moor geschmeichelt, was wohl auch Münchenhagens Absicht war. Die Message lautet in etwa: Dieser Gast ist der wichtigste Mensch der Welt, ich will ihn ungestört in allen Zügen genießen! Münchenhagen besteigt das Siegerpodest in Moors heimlicher Narzissmus-Hitparade, setzt sich in seinen bequemen Ledersessel und fragt: »Wie war noch mal der Name?« In Clemens Moors Hitparade werden unverzüglich die Lichter ausgeknipst, die Tontechniker packen die Klamotten und ein erbärmlich ausschauender, gewöhnlicher Immobilienhai windet sich auf den Planken gekränkter Eitelkeiten. So nicht, Herr Münchenhagen, das war daneben!

Erleichtert beginnt Moor seine Befragung, muss er ab sofort doch nicht mehr übertriebene Rücksicht walten lassen. »Moor ist mein Name, Kriminalhauptkommissar, ich ermittele in einem Todesfall.«

Sein Gegenüber erscheint gänzlich unbeeindruckt: »Ach ja, ich habe davon gehört, der arme – wie hieß er doch gleich? Mayer-Rupp oder so ähnlich, immer diese gruseligen Doppelnamen! Sie müssen wissen, ich kann mir Namen einfach nicht merken, das ist eine wirklich unangenehme Sache.«

Clemens Moor ist angesichts dieses Geständnisses versöhnlicher gestimmt. »Ja, so ähnlich, Wiebald Mayer-

Schlupp, seines Zeichens *Cluster*-Manager. Wir fragen uns, in welchem Verhältnis Sie zum Toten standen.«

Münchenhagen reagiert eine Spur zu erstaunt, beschließt dann aber offensichtlich, nicht groß herumzureden. »Ja, auf diesen Herrn setzen wir große Hoffnungen, oder besser: setzten wir große Hoffnungen! Unser Projekt am Oststrand soll viele neue und krisensichere Arbeitsplätze schaffen und dazu beitragen, dass unser Angebot hier in der Region wieder in die erste Reihe rückt. Event und Komfort im Stil des einundzwanzigsten Jahrhunderts, das ist unser Credo!«

Bevor sein Gegenüber auch noch weitere Teile seines Werbeprospektes zitiert, unterbricht ihn Clemens Moor mit einer weiteren Frage: »Wie standen Sie denn nun aber zum Toten, ich meine, so ganz persönlich?« Unwillkürlich zuckt er dabei zusammen, schließlich meinte er ja nicht das Verhältnis zu dem Toten. Etwas kleinlaut fügt er an: »Ich meine zu seinen Lebzeiten.«

Münchenhagen lässt sich diesmal Zeit. Seine Augen nehmen einen imaginären Punkt zwischen Deckenlampe und Ventilator in Augenschein. Clemens Moor erinnert dies daran, dass ein Kollege vor Kurzem einen Kurs in *Neurolinguistischem Programmieren* besucht hatte und darauf bestand, die Welt mehr oder weniger nach dem Stand der Blickrichtung zu sortieren. »Visueller Typ« ruft sich Moor in Erinnerung und überbrückt so die Phase des Schweigens, die sich zwischen den Männern einstellt.

»Dieser Mensch hatte so etwas Eigentümliches an sich, er war irgendwie undurchschaubar, Herr Kommissar. Kein Blickkontakt!« Na also: der visuelle Typus. Moor ist mit sich zufrieden. Nebenbei bemerkt er, dass Münchenhagen einen ziemlich spitzen, dolchartigen Brieföffner in die Hand genommen hat und damit gedankenverloren herumspielt.

Die weitere Befragung fördert keine hilfreichen Details zu Tage. Ja, man habe sich mehrmals getroffen, immer in kleiner Runde. Selbstverständlich habe der Herr selbst bezahlt, man sei im Gespräch gewesen und so fort. Allerdings bemerkt Clemens Moor die zunehmende Spannung seines Gegenübers, das jede Antwort genau abwägt, seine Worte sorgsam wählt.

Moors Blick überfliegt das Inventar, mustert die Bilder an der Wand – maritime Schmuckstücke, mit Geschmack ausgewählt – und registriert ganz nebenbei die pedantische Ordnung um ihn herum, die keine Extravaganzen oder Nachlässigkeiten zu dulden scheint. Einzig ein Detail mag in diese Museumswelt so gar nicht passen: Das Kalenderdatum liegt bereits einige Tage zurück, das Datum des Todestages!

»Was haben Sie eigentlich die letzten Tage unternommen, Herr Münchenhagen?«

»Ich habe gearbeitet, hier in meinem Büro, warum diese Frage?«

»Nur so«, erwidert Moor leichthin, hat er doch einen Stein aus Münchenhagens kunstvoll arrangiertem, filigranem Normalitätsgebilde herausgebrochen. Zugegeben, eher ein klitzekleines Detail, aber an solchen scheinbaren Nebensächlichkeiten entscheiden sich bisweilen die Dinge der Welt.

Clemens Moor bedankt sich übertrieben freundlich für das Gespräch, wirft im Hinausgehen Frau Witte ein charmantes Lächeln zu und eilt in das Polizeirevier, wo er sich mit Hubert Fenderling zur kriminalistischen Nabelschau verabredet hat.

Erwartungsgemäß kann auch sein Kollege keine spektakulären Details vortragen. Der gestresste Bürgermeister hatte sich als eher kurz angebunden erwiesen, wegen derzeit schlechter Presse rund um die Kurabgaben-Ordnung. Irgendwie habe sich das ansonsten so konstruktive *Tageblatt* auf ihn eingeschossen, stelle überflüssige Fragen nach Briefen, in denen ein Verwaltungsjurist die Gemeinde vor einer unsicheren Rechtslage gewarnt habe. »Alles Humbug«, habe Bürgermeister Schulz erklärt, schließlich befinde man sich auf einer noch immer beschaulichen Insel, wo jeder jeden kenne.

Da habe Fenderling eingehakt und nach dem Toten gefragt, dem Schulz aber nur ganz entfernt begegnet sein will. Auch der Bürgermeister habe bezüglich des Hotel-Projekts die üblichen Leerformeln ausgegeben, einschließlich »Arbeitsplatz-Gesülze«, wie Fenderling etwas despektierlich anfügt.

Sein anschließender Bericht zum Büroleiter fällt noch kürzer aus. »Keine Aussagen zu laufenden Verfahren«, habe dieser immer wieder rausgeworfen, so nach Manier einer alten Schallplatte, die hängen geblieben ist und nun stundenlang in derselben Rille kratzt. »Ja, wo laufen sie denn?«, hatte Fenderling als ausgewiesener Loriot-Fan schließlich etwas spitz erwidert, außer einem Stirnrunzeln aber keine Reaktion erhalten. »Ich meine die Verfahren, so frei nach von Bülow!«, hatte er zur Erklärung angefügt und mit einem kurzen »Moin« das Büro verlassen. Dort dürfte Hans-Georg Schill vermutlich gerade die Registratur durchforsten, um besagtem Bülow auf die Schliche zu kommen.

Nun ist Clemens Moor an der Reihe, seinen Sachstand beizutragen. Voller Stolz beginnt er mit seiner Personenbeschreibung der Sekretärin: »Etwa dreißigjährige junge Frau, ungeschminkt, unauffällig gekleidet, vielleicht einsfünfundsechzig?« Entsetzt muss er feststellen, dass in seiner Hirnzellenstatistik weitere sagen wir mal fünftausend Exemplare fehlen. »Jedenfalls räumt dieser Herr Münchenhagen ein, den Toten gekannt und mit ihm in geschäftlicher Beziehung gestanden zu haben, was uns aber eigentlich schon klar war. So richtig vorangekommen sind wir eigentlich nicht«, meint Clemens Moor nachdenklich. »Was für ein Mord-Motiv könnte es denn nur geben? Irgendwie erzählen sie allesamt doch ihre Märchen, das versteht sich von selbst. Aber wer schlachtet schon die Kuh, die er melken will? Dieser Mayer-Schlupp sollte den Herren doch schließlich die staatlichen Zuschüsse besorgen, oder?«

»Vielleicht hat er aber auch nicht so richtig gespurt, eher Frauen im Kopf und Alkohol«, erwidert Hubert Finderling.

»Und diese Bürgerinitiative, vielleicht sollten wir uns bei der mal umhören«, schließt Clemens Moor das Thema ab. »Was hat denn dieser Empfangsdirektor zum Verbleib des Gepäcks gesagt?«

»Bin ich noch nicht zu gekommen, das mache ich gleich«, erwidert Fenderling etwas kleinlaut.

Eine Viertelstunde später kann man einen mehr als erzürnten Fenderling kennenlernen, als Mau ihm mit naivem Augenaufschlag erklärt, das Gepäck des verstorbenen Gastes habe man ins Ministerium geschickt, zur Dienststelle des Toten, das verstehe sich ja von selbst!

Auf dem Rückweg philosophiert der Beamte über aufgeblasene Business-Typen, die unliebsame Konkurrenten mittels vergifteten Nasenhaaren und eleganten Brieföffnern ausschalten. In was für einer Welt leben wir eigentlich?, fragt er sich und mustert gedankenverloren die vor ihm liegende Bolzwiese, auf der einige Kinder beim Beachvolleyball lustvoll kreischen. Ganz allmählich werden diese Töne aber durch ein anderes Kreischen überdeckt, weniger lustvoll, eher düster und bedrohlich. Hubert Fenderling hört sich unwillkürlich murmeln: »Eine Krähe hackt der anderen kein Auge aus!«

Kapitel 17

Etwas nachdenklich macht sich Clemens Moor mit seinem Hund auf den Weg zum Oststrand, um Gedanken zu lüften, wie er es gerne bezeichnet. Ein warmer ablandiger Wind begleitet die beiden über die Uferpromenade zum Sandstrand, der Moor hier nicht so unberührt erscheint wie in seinem Campingplatz-Revier. Vielleicht auch einfach nur um ein entscheidendes Detail ärmer, das irgendwo in seinen verbliebenen Hirnzellen und in unübersichtlichen neuronalen Netzwerken mit Grit, ihrem herzigen Pudel, mit Weidenkörbchen und einem besonderen Gefühl verbunden ist. In früheren Jahren hätte er dieses Gefühl als »Schmetterlinge im Bauch« bezeichnet. Heute aber, um diverse gescheiterte Beziehungen reicher, empfindet er nurmehr eine ferne Sehnsucht, die mutmaßlich mehr Schmerzen schafft als Linderung verspricht. Darf man denn noch träumen, als gestandener Mann in den besten Jahren? Clemens Moor hasst diese Zuschreibung, da sie im Umkehrschluss logischerweise bedeutet: Von nun an geht's bergab!

Clemens Moor kehrt mit Henry von seinem Ausflug zurück, umrundet die *Sonnenburg*, wundert sich über zwei vereinzelte Häuschen in der direkten Nachbarschaft, erfreut sich der noch weitgehend unberührten Bolzwiese und der darauf herumtobenden Kinderschar und nimmt Kurs auf die Hochhaus-Giganten, die keinen absurderen Kontrast abgeben könnten als gerade hier. Im *Haus Stockholm* findet er einen Platz im Café, bestellt sich einen Latte macchiato, einen Zettel und einen Stift und mustert verstohlen die rustikale weibliche Bedienung, die ihn schon äußerlich, aber auch im Hinblick auf ihren mehr als unterkühlten Charme an einen Geldschrank erinnert.

Henry wiederum mustert ebenso verstohlen seinen Herrn, der ihm seit geraumer Zeit irgendwie verändert vorkommt. Etwas an seinem Blick und an seiner zerstreuten Art stimmt da nicht und bringt den Windhund ein ums andere Mal ins Grübeln. Gerade in diesem Moment wieder erscheint ihm Clemens Moor recht eigentümlich, in dieser gespannten Haltung, auf dem Papier von ihm hingekritzelte Worte und Satzfragmente studierend, durchstreichend, neu formulierend, abwägend und bei all dieser Qual auch noch offensichtlich bester Laune ... Henry hat allen Grund zur Sorge!

Schließlich ist Moor mit seiner Schöpfung offensichtlich im Reinen, lehnt sich zurück und überfliegt ein letztes Mal die jüngsten Zeilen:

Lebensglück

Der Zufall wirft, wenn er gehäuft
dem Lebensglück zuwider läuft
die Frage auf nach dem Warum
doch bleibt das Leben meistens stumm …
drum sucht man sich in seiner Not
den Schuldigen – und ist im Lot!

Doch mehren sich, bei dieser Tour
die Zweifel auch und die Natur
der Dinge sagt uns wenn wir grübeln
wir sollten es uns selbst verübeln
dass wir nicht deutlich oder klar
gewesen sind – und unscheinbar.

So hat nicht Zufall, sondern Tücke
gerissen eine Lebenslücke …
und nehmen wir uns selbst auf's Korn
dann schwindet er, der hehre Zorn.
Die Lösung aber ist banal:
Das Leben ist gottlob vital!

Grit führt an diesem Tag eine ihrer kräftezehrenden Debatten mit ihrer Tochter. Nicht, dass Marlene schwierig wäre, nein, sie steckt nur schlicht in jener Pubertät, von der Experten meinen, sie beginne damit, dass die Eltern schwierig würden. Das dürfte auch Marlenes Auffassung sein. Sie will nicht akzeptieren, dass ihrer Mutter schlicht der Ton nicht passt, in dem sie ihre Anliegen vorträgt oder Fragen beantwortet. Manche Fragen nämlich behandelt Marlene so, als seien sie schlichtweg überflüssig.

So antwortet sie auf die Frage nach ihren nachmittäglichen Plänen kurz mit diesem unnachahmlichen: »Strand vielleicht?« Nun kann man diesen ganz bewussten Tonfall hier einfach nicht wiedergeben, interessierte Leser möchte ich bis zur Hörfassung vertrösten. Aber schon diese Kurzform, in der jedes entbehrliche Satzelement fehlt, zum Beispiel das antiquierte Verb, bringt das Blut in Grits Adern zum Kochen. Nach einem heftigen verbalen Schlagabtausch schnappt sich Marlene schließlich aufgebracht die Leine und entschwindet samt Karla aus dem mütterlichen Blickfeld.

Am nahen Strand kommt es im weiteren Verlauf zu einer Art Showdown, als Clemens Moor seinerseits mit Henry im Schlepptau nach erfolgreichem Tagwerk dem Hausstrand zustrebt. Am Horizont entdeckt er zu seiner Freude Pudel Karla, aber auch ein mehr oder weniger heftig stampfendes, offensichtlich wütendes Wesen neben ihr. Hat sie sich so verändert, seine liebreizende Muse vom Vortag, oder hat er sich schlicht und einfach geirrt?

Clemens Moor beginnt zu fürchten, dass er mit seinem vorangehenden Gedicht-Kassiber an Grit möglicherweise zu weit gegangen ist, was diesen martialischen Auftritt erklären könnte. Er rechnet mit dem Schlimmsten, schreitet aber mutig voran. Erst wenige Meter vor dem Ziel seiner ängstlichen Sehnsucht hebt er verstohlen den Kopf und entdeckt zu seiner Verblüffung ein ihm unbekanntes Mädchen, das den reichlich verhungerten Windhund mit seiner eingeklemmten Rute misstrauisch mustert.

Schließlich huscht ein Lächeln über ihr Gesicht, als sie Clemens Moor mit den Worten begrüßt: »Ach, Sie sind wohl der komische Kauz mit dieser altmodischen Poeten-Kacke! Jetzt wird mir alles klar ...« Clemens erschließt sich der Sinn dieser Tirade nicht sofort, auch klingt das alles reichlich despektierlich. Jugendliche, die grundsätzlich sämtliche Begriffe ablehnen, die der Texterkennung ihres Mobiltelefons fremd sind, dürften bei einem Wort wie *despektierlich* vermutlich in lautes Lachen ausbrechen. Moors Verwirrung scheint sein Gegenüber jedoch milde zu stimmen, zumindest hört er die Jugendliche sagen: »Mach dir nichts draus, meine Ma findet diesen Romantik-Kram spitze und außerdem ist sie seit Neustem auch bestens gelaunt. Bis auf heute Nachmittag, da hat sie wieder ihre sizilianische Ader.«

Clemens Moor beginnt langsam zu begreifen: Vor ihm steht Grits Tochter, die rein äußerlich allerdings wenig Ähnlichkeit mit ihrer Mutter aufweist. In seiner Tasche ballt er unwillkürlich die Hand um den Zettel, auf dem er seine neuste »Poeten-Kacke« aufgeschrieben hat und fragt sich, wie er taktisch weiter vorgehen soll. Marlene erleichtert ihm die Entscheidung, indem sie eine Hand vorstreckt und sich neugierig erkundigt: »Hast du etwa noch mehr davon? Kann ich?« Sie kann, beschließt Clemens tapfer, schiebt Marlene einen weiteren Kassiber zu und harrt der Dinge, die da kommen.

Ausgesprochen gut gelaunt gibt Marlene dem nun offensichtlich verbündeten Moor mit auf den Weg: »Den schiebe ich ihr gleich unter, dann darf ich heute aufs Strandfest!«, zwinkert Herrn und Hund verschwörerisch zu und entfernt sich zügig. Nun allerdings eher hüpfend als stampfend. Clemens Moors Lobpreis gilt sämtlichen Strandfesten dieser Welt und ein bisschen auch Marlene und ihrem jugendlichen Pragmatismus.

Auf dem Campingplatz herrscht Abendstimmung. Überall am Strand werden wieder Stühle und Grill-Stationen aufgebaut, Herr Kuntz radelt seine Strecke längs und wünscht den Gästen einen ruhigen Abend. Die Sonne versinkt langsam hinter dem Horizont und taucht die Landschaft in ein kitschverdächtiges Abendrot. Auch die Wildkaninchen versammeln sich zu ihrer Abendbesprechung und Clemens Moor entspannt sich bei einem Glas Merlot.

Wie schön kann diese Welt sein, ohne Neid und Missgunst und ohne ein taktloses Telefon, das sich gerade in niederträchtiger Penetranz in Moors Bewusstsein klingelt. Er blickt auf den Display. Der Chef natürlich! Sekundenbruchteile genügen, um Clemens Moor die Ausweglosigkeit seiner Situation vor Augen zu führen: Keine konkreten Ermittlungsergebnisse, stattdessen ein Sack voller Spekulationen, ein Gedichte schreibender Hauptkommissar und dessen pubertierende Under-Cover-Agentin, ein vernehmlich grüßender Campingplatz-Eigner und – angesichts der Kaninchenversammlung – ein lustvoll bellender Windhund, nichts kann seine prekäre Lage treffender illustrieren. Und so beschließt Moor, zu jenem Mittel zu greifen, das er bei seiner Tochter Anna so häufig verflucht. Im fernen Präsidium lauscht der Chef in den Hörer und erfährt: »Hey, ich bin gerad nicht da, aber ihr könnt ja auf meine Mailbox sprechen … Tschüs!«

Kapitel 18

Hubert Fenderling hat aus ermittlungstaktischen Gründen die Aufgabe übernommen, an einer Mitgliederversammlung der *Bürgerinitiative Oststrand* teilzunehmen. Natürlich als Privatperson, nachdem er kurz entschlossen dem Verein beigetreten ist. Drei Euro Jahresbeitrag sind schließlich kein Ding, wie der heimlich ohnehin sympathisierende Polizeibeamte Clemens Moor erklärt. Seine Eva zu Hause kann er leider nicht mitnehmen. Sobald diese mitbekommt, dass etwas auch nur im Entferntesten nach Wellness klingt, ist sie nämlich Feuer und Flamme dafür. Insofern kann sie natürlich auch nicht gegen das Luxus verheißende Oststrand-Projekt aufmarschieren.

So macht sich Hubert Fenderling allein auf den Weg, um Witterung aufzunehmen und hautnah zu erfahren, wer denn eigentlich ein Interesse gehabt haben könnte, den verblichenen Cluster-Manager um sein Leben zu bringen. Schon am Eingang empfangen ihn kämpferische Plakate und markige Parolen. Und einige Teilnehmer skandieren mit entschlossenen Mienen: »Wenn der Bürgermeister pennt, wird es heiß: Der Oststrand brennt!« Immerhin: Das Versmaß stimmt, was man für gewöhnlich nicht erwarten darf.

Die Veranstaltung wird von Egon Mackeprang geleitet, der bereits die Eröffnungsrede hält. Der Vorsitzende der Bürgerinitiative Oststrand ist durch seine Leserbriefe im Lokalblatt gut bekannt, andere sagen vielleicht auch: berüchtigt. Ihm sind im Übrigen auch die Unterschriften kritischer Bürger zu verdanken und die Idee einer Bürgerbefragung. Mackeprang tendiert leider dazu, im

Zweifelsfall ziemlich weit auszuholen, verbal zumindest, was die Sache nicht gerade besser macht.

Im Moment hat er nach der Begrüßung diverser Ehrengäste zitternd vor Empörung die Stimme erhoben und so weit zurückgegriffen, dass seine Mitstreiter aus dem Staunen nicht herauskommen. Wir hören Egon Mackeprang mit gewissem Pathos rufen: »Was Erich der Pommer nicht geschafft hat, das schafft auch die Bau-Mafia nicht!«

»Jawoll!«, schreit ein einzelner Hörer, der erst später erkennt, dass er sich als Mitglied der Deutschen Heraldischen Gesellschaft schlicht in der Tür geirrt hat.

Insider kennen die Geschichte von Erich dem Pommern gut: Dänen-König Erich war im fünfzehnten Jahrhundert von den Insulanern mit Hohn und Spott bedacht worden, bis er als Retourkutsche alle niedermachte, von drei Versprengten abgesehen.

Hubert Fenderling mustert die umherstehenden Gäste der Veranstaltung. Es haben sich mehrere Grüppchen gebildet, die er noch nicht sicher zuordnen kann. In einer Ecke allerdings kann er unschwer die Insulaner orten, die selbst Zugereisten anhand der Dunstwolke aus Schnaps und Tabak auffallen müssen. In einer anderen Ecke vermutet der Beamte eine Gruppe, die sich aus Besitzern von Zweitwohnsitzen rekrutiert, erkennbar am übertrieben folkloristischen Outfit, das schon etwas Demonstratives hat. So in etwa stellt sich ein Berliner den typischen Seebären vor.

Hubert Fenderling richtet seine Aufmerksamkeit wieder auf die Diskussion, gerade rechtzeitig, um von dem erregten Mackeprang zu erfahren, dass sich schon der Staatsbankrott von 1813 verheerend auf die Insel ausgewirkt habe. Das wolle man so nicht noch einmal erleben! Während Fenderling noch grübelt, was wohl ein insolventes Königshaus mit neuzeitlichen Investoren verbindet, kommt ihm eine kühne Idee. Mit lautem »Hallo« ergreift er das Wort und schmeißt eine Runde: »Auf die Segnungen der Monarchie!« Das hat zwar keiner verstanden, aber die Aussicht, dass des Vorsitzenden Rede damit endet und ein Korn die Sinne belebt, ist schließlich Argument genug. Alle prosten sich munter zu, auch der Wirt ist zufrieden. Nur Mackeprang sitzt mit verärgerter Miene und roten Wangen am Vorstandstisch. Soeben sind fast zweihundert Jahre Inselgeschichte schnöde im Kümmel-Meer ersoffen.

»Das hat unsere Heimat nicht verdient!«, raunt Mackeprang dem schon etwas glasig blickenden Schriftführer zu. Schließlich habe man schon ganz anderen Brandungen getrotzt.

Nun steht der Rechenschaftsbericht an. Der staunende Zuhörer erfährt von Matjes-Essen und Festen für die Kleinen. Auch ein zünftiger Preis-Skat und ein Knobelabend finden Erwähnung. Rita, eine beleibte Dame im roten Kostüm, verlässt wutschnaubend die Sitzung, ihr Adventsbasar mit Häkelarbeiten blieb leider unerwähnt. Ein handfester Skandal! Da die Verschmähte auch den Posten des Vergnügungswarts bekleidet, ist nun Holland in Not. Die Tagesordnung quält sich durch den Punkt »Entlastung des Vorstandes« und nähert sich bedrohlich der Neuwahl. Bis zur Wahl des Kassenwarts geht alles gut, dann aber herrscht eisiges Schweigen. Keiner mag sich bei der Wahl des Vergnügungswarts aus der Deckung trauen, so gern er auch wollte. Als neu gewählter Vergnügungswart aufzulaufen, ist schlicht unsolidarisch! Mit

Rita möchte keiner gern streiten, der traut man einiges zu. Sie kommt quasi kurz nach Erich dem Pommern.

Ein grauhaariger Rentner aus Bottrop ergreift das Mikro und mahnt: »Der Genosse, der uns so köstlich bewirtet hat, der hat Talent!« Alle blicken dankbar auf Fenderling, der sich nicht im Entferntesten vorstellen kann, der Vergnügungswart der Bürgerinitiative zu werden. So aber wartet er einen Moment zu lang, um noch zu widersprechen. Und glücklich hebt die Gemeinde die Hände: »Gewählt mit einer Gegenstimme und einer Enthaltung!« Man schlägt dem armen Beamten auf die Schulter und führt ihn zum Vorstandstisch, wo einzig Mackeprang demonstrativ zur Seite blickt. Na dann: »Auf gute Zusammenarbeit!«

Wenig später zieht sich der neu gewählte Vorstand ins Club-Zimmer zurück, um in vertrauter Runde die weitere Strategie zu beraten. Die ganze Entwicklung rund um die Bolzwiese beginnt allmählich aus dem Ruder zu laufen. Der Antwortbrief des Bürgermeisters auf ein Schreiben des Vorstands ist mehr als deutlich ausgefallen. Aus seiner Sicht ist schon alles beschlossene Sache, die Bolzwiese so gut wie verkauft.

Und Egon Mackeprang ist besonders erbost. Der Bauausschuss hat ihn als gewählten Gemeindevertreter und Ausschussmitglied aus der entscheidenden Sitzung einfach rausgeschmissen, er sei befangen, wie es hieß. Das gebe die Rechtslage so her. Noch nicht mal als Zuhörer sei er akzeptiert worden. Schlicht vor die Tür gesetzt haben sie ihn: »Damit sie ihr schräges Ding ungestört durchziehen können. Wird schon seinen Grund haben«, meint Mackeprang. »Und eine passende Antwort muss jetzt her, das lasse ich mir nicht bieten!«

Innerhalb des Vorstandes prallen die Meinungen scharf aufeinander. Der Schriftführer, ein Lehrer, ruft zur Mäßigung auf und setzt auf die gute Resonanz unter den Insulanern: »Leute, wir können stolz sein auf das Erreichte! Lasst uns so weitermachen, die können gar nicht anders!«

Diese Haltung kann der hitzköpfige Egon Mackeprang nun wieder gar nicht teilen. Nicht nur der Schriftführer befürchtet, dass dem Vorsitzenden die »Sicherungen durchknallen«, wie er Hubert Fenderling klammheimlich steckt, als Mackeprang kurz auf der Toilette verschwunden ist.

Bei seiner Rückkehr bestätigt Mackeprang diesen Verdacht voll und ganz. Mit gerötetem Gesicht und verzerrten Zügen steht er am Club-Tisch der *Seebären von 1962* und unterbricht den reichlich pedantischen Schatzmeister, der gerade die Jahreskalkulation vorstellen möchte. »Ich glaube fast, dir haben sie ins Hirn geschissen, Kalle! Du machst hier auf Buchhalter und Finanzfritze und während du uns hier noch die Lutscher fürs Kinderfest vorrechnest, ziehen die uns die Heimat unter dem Arsch weg. Und in den kannst du dir dann deine sauberen Lutscher auch stecken, wenn's beliebt! Ich jedenfalls mache da nicht mit, es ist fünf vor zwölf, jetzt geht es rund!« Er schwankt etwas und stößt dann noch hervor: »Es wird etwas passieren, ein Zeichen, das selbst die verstehen, schließlich hat auch der Münchenhagen seine Brut!« Während die einen erschreckt reagieren, finden sich andere im Vorstand, die düster mit dem Kopf nicken. Die Lage ist gespannt.

Fenderling wird es langsam unwohl bei dieser Geschichte. In was hat er sich da bloß hineingeritten? Muss er jetzt nicht einschreiten, als Polizist, der er ja schließlich auch noch ist? Oder weiter undercover den Revoluzzer mimen? Glücklicherweise kennt ihn hier anscheinend keiner näher, was einerseits daran liegt, dass Fenderling auf gesellschaftliches Leben keinen großen Wert legt, andererseits auch dem Umstand geschuldet ist, dass die hier versammelte Schutzgemeinschaft mindestens zu zwei Dritteln aus »Europäern« besteht, also Leuten vom Festland, die diese Insel lieben und hier ihren Zweitwohnsitz haben. Fenderling beschließt, dass es ja schließlich kein Straftatbestand ist, Schatzmeistern mit Lutschern zu drohen. Und schließlich steckt er inmitten seiner Ermittlungsarbeit, so dass er erst mal in Ruhe zuhören kann. Noch ist ja nichts passiert.

Nach einem weiterhin erregten Diskussionsverlauf löst sich die Gesellschaft langsam auf. Noch in der Tür allerdings ballt Mackeprang die Hand, stößt sie reichlich unkoordiniert in den Himmel aus Rauchschwaden und Bierdunst und schreit: »Es wird etwas passieren, Leute, so wahr ich Egon Mackeprang heiße! Und zwar sofort und nicht irgendwann, ihr Memmen!« Zusammen mit zwei anderen entschlossenen Gestalten verlässt er den Saal, in dem der restliche Vorstand sichtlich nervös und ratlos die Bierdeckel dreht.

Eine gespenstische Szene. Das »Oh ha!« des Schriftführers hängt bedrohlich in der Luft, bis auch er sich einen Ruck gibt und mit einem halbherzigen »Moin« den Raum verlässt. Die anderen tun es ihm schließlich zögernd gleich. Die Lage läuft ganz entschieden aus dem Ruder!

Noch am selben Abend im Revier tragen Clemens Moor und Hubert Fenderling ihre Ergebnisse zusammen. Aus der Vorstandssitzung weiß der noch ziemlich erregte Fenderling auch einige sachliche Details zu berichten: »Anfang der zwanziger Jahre hat die Stadt das Prädikat ›Seebad‹ erhalten, wegen der heilsamen Kombination von Wasser, Wiese und Wald. Besonders den Lungenkranken empfahl man den Wert der Tannenwald-Essenzen in Kombination mit salzhaltiger Luft. Auf dem Areal der Bolzwiese befindet sich dieses Waldstück, das einzige noch vorhandene größere Gehölz. Die ursprüngliche architektonische Idee des Oststrands verfolgt eine klare Linie, von der unbebauten Bolzwiese ansteigend, über das *Haus der Begegnung*, Schwimmbad und die Hoteltürme.«

»Aha, da war wohl ein Oberschlauer am Werk«, meint Moor, der den gigantischen Hoteltürmen noch immer nichts abgewinnen kann.

Fenderling lässt sich indes nicht stoppen: »Ursprünglich war an Stelle der Bolzwiese ein Hotel für Mutter und Kind geplant, später ein Luxushotel. Nachdem der Betreiber der Hoteltürme aber von den Plänen zurückgetreten ist, fand sich so schnell kein neuer Investor. Vom Land gibt es eine Vier-Millionen-Zusage, zur Restaurierung und Vergrößerung des Schwimmbads. Mayer-Schlupp hat mit der Gemeinde verhandelt und verlangt, dass die Insel die gleiche Summe aufbringt, also mindestens besagte vier Millionen.«

Moor pfeift leise durch die Zähne und meint: »Da wird ja ein richtig großes Rad gedreht, alle Achtung!«

»Allerdings«, bestätigt Fenderling, der über weiteres Insider-Wissen verfügt. »Da die Gemeinde chronisch blank ist und sich das alles eigentlich gar nicht leisten kann, verkauft sie nun ihr Sahnestück, die Bolzwiese. Das gerade mal knapp zwanzig Jahre alte Kurmittelhaus zwischen Schwimmbad und Hoteltürmen haben sie bereits abgerissen, das macht das Areal attraktiver. Auch das denkmalgeschützte *Haus der Begegnung* steht inzwischen leer.«

»Das soll heißen«, überlegt Moor, »dass fast alle im selben Boot sitzen. Die Gemeinde braucht die Kohle, der Investor die Fläche, einzig die Bürgerinitiative liegt quer!«

Die Brisanz der Lage schätzen beide Polizisten ähnlich ein. Daraus ziehen sie indes gänzlich verschiedene Schlüsse. Fenderling meint: »Da muss was schiefgelaufen sein mit dem Mayer-Schlupp, vielleicht hat der nicht gespurt, was die Landesmittel anbetrifft.«

Das sieht Clemens Moor jedoch ganz anders: »Der Mackeprang ist doch ein ganz ein Heißer, der will die Wiese um jeden Preis erhalten! Und Mayer-Schlupp war ihm vielleicht schlicht im Wege. Ein Jahrhundertwerk zerbricht! Du weißt doch: Erich der Pommer hat auch nicht lang gefackelt. Und: Der Oststrand brennt!«

Diese Überlegungen behagen Fenderling gar nicht. Erstens hält er im Zweifel zu seinen Insulanern und zweitens ist er nun ja Vorstandskamerad. Ein bisschen Solidarität muss sein! Beim Gedanken an Mackeprang überkommen ihn aber doch Bedenken, entschieden ein Heißsporn, keine Frage.

Als er nach Haus kommt, liegt Eva bereits schlafend im Bett. »Ein Glück« murmelt Fenderling, der sich ziemlich unwohl fühlt, als wellnessfeindlicher Vergnügungswart der Bürgerinitiative. Seufzend öffnet er den Kühlschrank und greift sich ein Bierchen. Und mit einem Prost auf seine Kameraden, Erich den Pommern, die Heraldische Gesellschaft und sämtliche Königshäuser beschließt Hubert einen wahrlich aufregenden Abend.

Kapitel 19

Dr. Sandmann hat sich vorgenommen, heute endlich Klartext zu reden. Seit der Oberarzt jede freie Minute auf der Station verbringt und darauf besteht, an den Nachmittagen jeden einzelnen Fall noch einmal mit Schwester Monika zu besprechen, hat der Spaß langsam ein Ende. Den für gewöhnlich souveränen Dr. Sandmann plagt die Eifersucht!

In der zu Ende gehenden Nacht hatte er allerdings einen ausgesprochen angenehmen Traum:

Irgendwie findet die Visite ausnahmsweise in den Dünen statt. Der Chef hat ein Fernsehteam angeheuert, das zwecks Imagepflege neue Behandlungsformen in Szene setzen soll, für irgendeinen wissenschaftlichen Kongress. Quintessenz des Ganzen: Die Patienten werden an der frischen Seeluft kuriert und am Ende spart das Ganze auch noch Energiekosten, was die Krankenkassen letztlich bewogen hat, mit einer akzeptablen Summe auf den fahrenden Zug zu springen. »Heilen in Sonne und Dünen« heißt der Beitrag, richtig nett gestaltet. Drei Tage lang hüpft mindestens ein Dutzend Praktikanten des Filmteams über die Wiese und piekt zur Auflockerung Plastikblumen in die Erde, um Natur-Feeling in Szene zu setzen. Und der Chef säuselt etwa dreißigmal seinen Begrüßungssatz ins Mikro: »Willkommen im weitläufigen Behandlungsgelände unserer *Sanitas-Kliniken-Südstrand*, in dem wir mit großem Erfolg im Rahmen des Projektes ›Heilen in Sonne und Dünen‹ ...« Weiter kommt er in der Regel leider nicht, weil ihn das eine Mal eine Wespe umkreist, ein anderes Mal sein schütteres Stirnhaar ins Gesicht rutscht. Am Ende bellt er nur noch entnervt: »Willkommen in Sonne und Dünen!« ins Mikro, was den Gesamteindruck verdirbt.

Derweil sind Schwester Monika und Dr. Sandmann damit beschäftigt, gigantische Heizstrahler aufzubauen, damit die Patienten nicht frieren und ein mediterranes Flair entsteht. Schwester Monika in ihrem schneeweißen Kittelkleid beginnt kunstvoll zu straucheln, Dr. Sandmann eilt ihr zu Hilfe und beide sinken filmreif zu Boden, wo sie sich minutenlang im weichen Kunstsand wälzen, bis die schöne Schwester ein vernehmliches »Endlich, Markus!« ins Mikro haucht. Das etwas unsensible »Fertig, im Kasten« des Produktionsleiters kann die romantische Szene kaum trüben. Der Chef ist am Ende aber »not amused«, statt seiner Begrüßungsansprache tatsächlich den Assistenten und die flotte Schwester auf dem Bildschirm zu entdecken, darüber den Schriftzug: »Willkommen in Sand und Dünen«. Schließlich kann er das mit dem Kongress jetzt knicken. Und was er dem Geschäftsführer referieren soll, ist ihm auch nicht klar.

Dr. Sandmann erwacht, noch mit dem Gefühl seiner Hand an Monikas formschönem Schenkel, was seiner morgendlich gesammelten Manneskraft zusätzlichen

Schub verleiht. Leider reißt ihn das Diensttelefon aus den erblassenden Träumen: Notaufnahme!

Maulend wirft sich Dr. Sandmann in die Dienstkleidung, hastet ins Erdgeschoss und entdeckt dabei im Vorbeieilen den Oberarzt, der gedankenverloren Schwester Monika hinterherstiert.

Eilig betritt er schließlich die Notaufnahme, wo er auf der Trage ein Häufchen Mensch bemerkt, das sich als Melli Münchenhagen entpuppt. Das Kind sieht ausgesprochen schlecht aus, mit müdem Lächeln blickt es ihm entgegen, erkennt aber den vertrauten Arzt. Die besorgte Mutter ist einem Zusammenbruch nahe, streicht Melli immer wieder verzweifelt über das Haar und murmelt fassungslos: »Melli, mein Schatz!«

Behutsam schiebt Dr. Sandmann die weinende Mutter zur Seite und überlässt sie Schwester Monika. Er nimmt eine erste Untersuchung vor und ist entsetzt. Das Kind ist in einem ausgesprochen schlechten Zustand, bedarf dringend intensivmedizinischer Behandlung. Die erforderlichen Schritte laufen in präziser Routine ab, diverse Katheter- und Infusionsschläuche verbinden das blasse Geschöpf mit der medizinischen Wunderwelt, die Melli schon beinahe zur zweiten Heimat geworden ist.

Dr. Sandmann telefoniert lange mit dem Hausarzt, der seine Besorgnis teilt. Zehnmal war das Mädchen bereits im laufenden Monat in seiner Behandlung, immer wieder mit unterschiedlichen Beschwerden, aber vor allem in immer schlechterem Zustand. Auch bei einer Kollegin soll Melli gewesen sein, weil die verzweifelte Mutter nichts unversucht lassen wollte. So einen Fall hat er in all den Jahren noch nie erlebt.

Dr. Sandmann beschließt, diesmal besonders gründlich

vorzugehen, obwohl der Chef immer wieder auf den knappen Fallpauschalen herumhackt. Auch eine Verlegung in die Uni-Klinik kommt in Betracht, schließlich sind ja die Münchenhagens nicht irgendwer. Dies sieht auch der herbeigeeilte Professor so. Der Chef spielt mit Münchenhagen im selben Golf-Club, mit konkurrierendem Handicap. Also überzeugt man die aufgelöste Mutter und verlegt Melli umgehend im Hubschrauber in die Kinderklinik der Universität.

So stehen binnen weniger Minuten Dr. Sandmann, Schwester Monika und Frau Münchenhagen an Mellis leerem Krankenhausbett und wirken ziemlich betreten. Es ist so, als wenn man inmitten eines Hundertmetersprints unvermittelt stoppt und zu Eis gefriert, in einer bizarren Mischung von Dynamik und Starre, alles in allem schwer auszuhalten. Abermals erwacht das Organisationstalent des Assistenzarztes, dem in seiner Not erneut die Psychologin Frau Bartholdi in den Sinn kommt. Nachdem sie sich zuvor im Rahmen des Konsils so kenntnisreich mit Melli beschäftigt hat, könnte sie nun auch der Mutter zur Seite stehen. Dr. Sandmann ruft Frau Bartholdi an und bittet sie dringend um Unterstützung. Anschließend rafft er all seinen Mut zusammen und führt ein weiteres Gespräch. Wohl ist ihm dabei aber nicht.

Greta Bartholdi hat noch die Szene mit Melli greifbar vor Augen, als diese mit gequältem, hilfesuchendem Blick ihre Familie als Tiere zeichnet. Vier Tiere, bei lediglich drei Menschen! Was sagt dies nun über die Familienstruktur? Greta Bartholdi muss es unbedingt wissen, schließlich liegt hier ein möglicher Schlüssel zur

Lösung des Problems. Lange spricht sie mit Bianca Münchenhagen und erfährt dabei mehr über diese als über ihr Kind. Aber letztlich hängen deren Leben ja auch eng zusammen, bilden ein Knäuel, aus Krankheit und Leid.

»Immer wieder muss ich mich sorgen um Melli, das war schon von Anbeginn so«, hört sie die Mutter sagen. »Aber seit etwa einem Jahr nimmt alles so einen schrecklichen Lauf, ich kann es Ihnen kaum erklären!« Greta Bartholdi nickt, ihre Haltung signalisiert konzentriertes Verstehen. »Ich selbst war als Kind niemals richtig Kind, müssen Sie wissen«, berichtet die Frau weiter, dann entdeckt sie ihren Fehler und korrigiert: »krank, meine ich! Niemals krank, immer robust und in Sorge …«

Greta Bartholdi erkennt, dass sich gleich die Schleusen öffnen, wenn sie die Erinnerungen nicht begrenzt, und holt die kleine Bianca, die Frau Münchenhagen gerade verkörpert, behutsam in die Gegenwart zurück: »Frau Münchenhagen, Sie brauchen dringend Hilfe! Da sprechen wir gleich noch einmal drüber, wenn Sie mögen.«

Als Bianca Münchenhagen ihr dankbar zunickt, ist für Greta Bartholdi der Moment gekommen, eine drängende Frage zu stellen: »Melli hat so ein Bild gemalt, einen Test, müssen Sie wissen. Sie sollte ihre Familie gedanklich in Tiere verwandeln und diese mit Farbstiften zu Papier bringen. Wir erhoffen uns davon einen Einblick in die Beziehungen, den wir mit bloßen Fragen niemals erhalten würden. Da sind Kinder eben anders! Das hat sie auch sehr schön gemacht, alles in allem. Nur ein kleines Detail geht mir nicht aus dem Sinn: Sie hat ein Tier zu viel gemalt.«

Als sie den ratlosen Blick der Mutter auffängt, wird der Psychologin die Absurdität der Szene bewusst. Natürlich kann Bianca Münchenhagen dieses Rätsel nicht lösen, völlig verzweifelt, mit einem Bein in ihrer eigenen Kindheit stehend, in irgendeinem entsetzlichen Sumpf und dann diese absurde Frage! Bianca Münchenhagens Augen durchstreifen den Raum, als würden sie nach der Antwort suchen, bleiben auf Mellis Bild hängen, erfassen die dunklen Wolken, die zahnlose schwarze Katze, den riesigen Tatzen schwingenden Bär, der mit der Katze den Käfig teilt, bedrohlich und schwer. Ein unerklärliches, verstehendes Lächeln huscht über das Gesicht der Frau, die wohl für einen Augenblick die Gegenwart von Greta Bartholdi vergessen hat. Ein befremdliches, absurdes, trauriges Lächeln, wie diese empfindet.

Katze, Bär, Bedrohung, Käfig, Gefängnis. Die Bilder und Assoziationen überschlagen sich. Jäh reißt die Frage Greta Bartholdi aus ihren Gedanken: »Kann ich jetzt gehen?« Bianca Münchenhagen steht direkt vor ihr, ein Häufchen Elend, wie Gretas Mutter bei passender Gelegenheit gerne zu sagen pflegte, irgendwie einsam und verloren.

Die Diplom-Psychologin widersteht ihrem Helfer-Komplex und besinnt sich ihres Auftrages, dem Kind zu helfen und Licht ins Dunkel zu bringen. Mehr soll nicht sein! Und doch strahlt diese Frau vor ihr etwas aus, das in ihr alles in Aufruhr versetzt und zugleich tötet, jedes Gefühl bis zur Schmerzgrenze steigert und in sprachloser Starre gefriert. Greta Bartholdi schüttelt die nahezu unerträgliche Stimmung ab und ruft sich zur Ordnung. Diese Frau braucht in erster Linie Halt und Stabilität. Was der Mutter nutzt, hilft auch der Tochter! Greta Bartholdi empfiehlt Mellis Mutter einen Therapeuten, auch zur eigenen Entlastung. Und sie legt eine Visitenkarte auf den Tisch.

Bianca Münchenhagen überfliegt die Visitenkarte in ihren Händen und liest beinahe mechanisch den Text: »Dr. Raul von der Felde, Psychiater und Psychotherapeut, alle Kassen. Sprechstunden nach Vereinbarung.« Für den Bruchteil einer Sekunde ist alles in ihrem Gesicht ein einziger Schmerz, dann hat sie sich wieder unter Kontrolle: »Danke!«, flüstert sie in Richtung der Psychologin, nickt und verlässt grußlos den Raum.

Greta Bartholdi steht noch sekundenlang reglos da, als ihr Blick auf den Tisch fällt: Mellis Bild liegt dort und die Visitenkarte des Psychotherapeuten, die Mellis Mutter vergessen hat. In dieser Szene treffen sie sich also wieder: Vier Tiere, menschliche Abgründe und Rätsel und ein vergessener Therapeut.

Es sollte nicht die einzige Überraschung des Tages sein für Greta Bartholdi. Als sie den Gesprächsraum verlässt, noch innerlich gefangen, steht sie unvermittelt inmitten einer ganz anderen Szene, für sie ein weiteres verwirrendes Déjà-vu: Dr. Sandmann spricht intensiv und in beschwörender Haltung mit einem Mann, der ihr fremd und doch seltsam vertraut erscheint. Und als dieser sich unvermittelt umwendet, als habe er Gretas Anwesenheit gespürt, mischt sich ihre Besorgtheit mit spontaner Freude. Da steht er also, diesmal ohne Windhund! Wie aus einem anderen Film kopiert, einfach nur lächelnd steht er da. Der richtige Mensch am falschen Platz. Dr. Sandmann macht sie miteinander bekannt: »Darf ich vorstellen: Kommissar Moor, Landeskriminalamt, und dies ist meine Kollegin Bartholdi, Psychologin. Sie hilft uns in schwierigen Fällen.«

So stehen sie nun verwirrt voreinander und wissen nichts zu sagen, bis nach einer schier unendlichen Zeit die Frage an Gretas Ohr dringt, die die süße Lähmung löst: »Gehen wir essen?« Sie nickt, hakt sich selbstvergessen unter und lässt den verstörten Kollegen Sandmann sprachlos stehen.

Das passiert Dr. Sandmann ausgesprochen selten. Sprachlos zu sein, widerstrebt seinem Naturell und so löst er sich auch rasch wieder aus der Starre, um Schwester Monika brandheiß von dieser Begegnung zu erzählen: »Diese komplizierte Bartholdi, wer hätte das gedacht!« Noch minutenlang hört man ihr befreiendes Lachen, die Schwester und der Arzt, wie im Roman und doch real.

Zeugen wollen sie später gesehen haben. Und ihr Lachen sei noch lange zu hören gewesen, über die Dünen hinweg. Bis Schwester Monika, mit blütenweißem Kleid in den Dünen liegend, ihrem angebeteten Arzt ins Ohr flüstert, diesmal ohne Zeugen: »Endlich, Markus!« Dieser nickt, schon wieder sprachlos.

Kapitel 20

Clemens Moor und Greta Bartholdi schreiten in eigentümlich vertrauter Zweisamkeit den Flur des Krankenhauses entlang, registrieren nur nebenbei diesen Boulevard der menschlichen Tragödien, der Nöte und der Eitelkeiten, der wie unter einem Brennglas lediglich schärfer hervortreten lässt, was den Alltag in allen Facetten prägt. Menschen am Scheideweg ihres

Schicksals, ungefragt und plötzlich konfrontiert mit einem ganz anderen, vielleicht ungerechten, jedenfalls unbarmherzigen Lebensplan, mit Krankheit, Vorahnung, Sterben und Tod. Ein ständiges Ringen und die mehr oder weniger verdrängte Gewissheit, dass es all dies nur geliehen gibt, die Gemeinschaft, die Beachtung, dieses ganze Leben überhaupt. Ein Boulevard also nicht nur der Eitelkeiten, sondern viel mehr noch der absehbaren Enttäuschung, im Verfall, in der Ersetzbarkeit: die eigentliche, beständige narzisstische Kränkung unserer kleinen, vergänglichen Leben.

All dies dringt nicht in die Herzen der beiden in diesem Augenblick. Sie haben auch keinen Blick für die Menschen hinter den Kitteln und ihre Rollen. Sie sind in diesem Moment noch unverbraucht zueinander und doch so vertraut, als habe es nie etwas anderes gegeben. Mit intuitiver Sicherheit verlassen sie das Haus und steuern dem Strand zu, aber eigentlich ist es wohl auch gleich, ihr Ort ist gerade hier oder auch irgendwo. Clemens spürt die Hand auf seinem Arm, ihre Hand, die innewohnende Kraft und doch auch Leichtigkeit. Eine kleine, entschiedene Hand, die bereits das Leben gespürt und doch ihre Zartheit bewahrt hat. Wie sich in einem winzigen Detail doch alles wiederfindet, der ganze Mensch!

Er kann sich noch gut einer Jugendliebe entsinnen in diesem Moment seiner Freude. Was hatte er sich damals doch stürmisch verzehrt! Das Mädchen seiner Sehnsüchte erschien ihm so schön und anmutig, ja auch erotisch, für seine damaligen Begriffe. Er hatte abends vor dem Spiegel gestanden und Rollenspiele geprobt, spontane Ansprachen gehalten, als Vorübungen für den entscheidenden Augenblick, wenn sie plötzlich direkt vor ihm stünde: »Ach, hallo, du hier?« Doch sie schien ihm viel zu hehr und urgewaltig im Angesicht solcher Banalitäten. Bis es eines Tages geschah und sie real vor ihm stand. Sie lächelte ihn an, es war geschehen, sie gab ihm ihre Hand, eine kühle, flache, seltsam kraftlose, schlappe Hand … Das war es gewesen! Sie verabschiedeten sich, er immer noch mit diesem verstörenden Gefühl ihrer Hand dastehend, auf dem Scherbenhaufen seiner grandiosen Sehnsucht. Alles war in Sekundenbruchteilen zerronnen, eine ferne, verbleichende Fiktion.

Dankbar drückt Clemens Gretas kleine, feste Hand und Glücksgefühle durchrieseln seinen plötzlich ganz jungen Körper. Personenbeschreibung? Hand, ja: kleine, feste, zarte, starke, verletzliche, liebevolle, neugierige, schöne Hand! Er wagt sie nicht anzusehen, sie gehen einfach voran, ihr Schweigen hat nichts Unsicheres oder gar Peinliches, in diesem Moment ist alles gesagt.

Solche Augenblicke sind das ganze Leben, zu einem einzigen Moment verschmolzen, der sich Zeit und Raum enthebt und keine Halbheiten duldet. Wie schwer ist es dann, das ganze restliche Leben wieder stückweise hereinzulassen, warum auch? Man kann jetzt nicht einfach fragen: »Wo gehen wir hin?« Weil es schlicht nicht passt!

Wieder kommt Clemens Moor eine alte Geschichte in den Sinn. Ein anderer Jugendschwarm betritt die Bühne seiner Erinnerung. Sie haben sich umkreist, lange Monate, mal war sie die treibende Kraft, dann er, lange schien es so, als wolle es niemals passen, bis es doch endlich so weit war: Sie bat ihn um einen Gefallen, er ging mit ihr, sie hakte sich vertraut unter, fast wie in diesem Augenblick. Glücksgefühle eben, der Verkehr fließt, ein

Hund naht, aus damaliger Sicht ein gewaltiges Tier, frei laufend. Sie klammert sich vertrauensvoll an ihn, nichts kann ihr passieren an diesem unendlich starken Knabenarm, so hört er ihre Worte: »Ich habe Angst vor Hunden« und seine spontane, ehrliche, aufrechte Entgegnung: »Ich auch!« Unendliche Zehntelsekunden später ist man am Lachen, hustet sich die Kühle der Enttäuschung von der Seele und scheidet in freundschaftlicher Sympathie. Wie nett! Und wie banal!

»Ein Glück, dass du Hunde magst«, hört er sich nun sagen, zu Greta, seiner Grit.

Und in die momentane kurze Sorge mischt sich erneutes Glücksgefühl, als sie seinen Arm fester drückt: »Finde ich auch!«

Zwei Stunden und Millionen von Schmetterlingen später sitzen die beiden im Café, entspannt plaudernd. Wie schön sie sind, denkt Clemens Moor, diese strahlenden, warmen Augen. Und immer wieder diese kleinen, festen Hände! Er genießt ihr Lachen, lauscht ihrer wunderbaren, leicht dunklen Stimme und ist unendlich dankbar, jetzt kein Knabe mehr zu sein, sondern um die entscheidenden Jahre gereift, denen er dieses Glück überhaupt erst verdankt. Weil er jetzt die Klarheit und die Aufrichtigkeit kennt, um die wahre Schönheit zu entdecken, die ihm da entgegenstrahlt. Denn auch sie glüht, von innen heraus. Greta, die Komplizierte, die eigentlich nur deshalb so erscheint, weil sie unverbogen ist, weil sie längst keine schrägen Kompromisse mehr sucht, weil sie darum weiß, dass Menschen sich entweder lieben und so lieben, wie sie sich nun einmal begegnen, oder niemals lieben und schließlich enttäuscht in den

Resten ihrer Fantasien herumstochern, auf der Suche nach einer verkümmernden Fiktion. Ja, er liebt sie, genau so, so einfach und kompliziert, so widersprüchlich, unfertig und doch kunstvoll. Greta eben!

Über den Milchkaffee hinweg sprudeln die Erinnerungen, hell klingt das Lachen, als sie über die Kinder sprechen und über die Gedichte, seine Gedichte, nur für sie! Das hat sie sich immer schon gewünscht: Ein Mann, der ihr Gedichte schreibt, der sich einen Reim auf sie macht.

Leise trägt er ihr Zeilen vor, die er heute Nacht für sie geschrieben hat:

»Der Augenblick«

Wo sich je die Dinge fügen
Wie und auch zu welcher Zeit?
Ohne Tarnung oder Lügen
heftig, sinnlich und bereit …
Nur dem Augenblick zu leben
Den das Leben uns geschenkt
Unverzagt sich das zu geben
Was der Sinne Fügung lenkt
Alles möchte ich so wagen
Ohne Mühe oder Last
Ihnen all die Dinge sagen
Die kein Wort der Welt erfasst
Zuversicht? Gelassenheit?
Freude? Und Geborgenheit?
Werden wir dann glücklich sein?
Zeit genug – was soll, tritt ein!

Kapitel 21

Dr. Sandmann hat nicht nur Greta Bartholdi angerufen, sondern anschließend auch noch unter Umgehung sämtlicher Vorgesetzter das Jugendamt informiert, dass irgendetwas mit Melli Münchenhagen nicht stimme. Was daraufhin im Jugendamt geschah, kann Clemens Moor nicht wissen:

Frau Müller-Schlutz, die zuständige Sachbearbeiterin im Amt, ist auch aus Sicht ihrer Kolleginnen eine »Schlaftablette«. Sie leidet an einem chronischen Burn-out und bearbeitet, nach einer mäßig erfolgreichen Reha-Maßnahme, den Buchstaben M, wie *Münchenhagen*. Da gerade mal wieder so eine Kinderschutz-Debatte läuft, die eine mediengewandte Ministerin aus Berlin befeuert, kann Frau Müller-Schlutz nicht einfach zur Tagesordnung übergehen oder den Vorgang auf Wiedervorlage schieben. Eine kritische Situation. Kurz wägt sie ab, mit einer erschöpfungsbedingten vegetativen Dysregulation nach Hause zu gehen, nimmt dann aber doch ihren ganzen Mut zusammen. Sie schält mit Mühen ihren schon etwas birnenförmigen Leib aus dem Bürosessel und macht sich auf den Weg in das Obergeschoss.

Hermann Billinghaus ist der Amtsleiter, ein altgedienter Haudegen. Bevor er zum Jugendamt wechselte, leitete er viele Jahre das Ordnungsamt, durchaus mit Erfolg. Nun hat Billinghaus zwar weder Frau noch Kinder, auch von zeitgemäßer Pädagogik versteht er nicht viel. Aber er kann gut rechnen und verfügt über Instinkt. Als Leiter im Jugendamt obliegt ihm die verantwortungsvolle Aufgabe, immer knappere Gelder über das Jahr zu strecken und am Ende so zu verteilen, dass keiner zu sehr aufmuckt. Und: dass keine Schlagzeilen entstehen!

Das ist aber hier der springende Punkt: Erstens geht es um keine Geringere als Melli Münchenhagen. Und zweitens um Dr. Sandmann. Wenn der zum Hörer greift, seine ärztliche Schweigepflicht bricht und ganz offiziell auch noch von Gefühlen berichtet, dann ist so ziemlich Holland in Not.

Für solche Fälle hat die Verwaltung Vorkehrung getroffen. Was sie sonst mit Lust und Laune umgeht, wird in kritischen Fällen eifrig zelebriert: der Dienstweg. Zu dessen Inszenierung gehört, dass man zunächst Schriftstücke fertigt, auf speziellen Formblättern, die bis zur Unkenntlichkeit mit *Vertraulich* oder Eingangsstempeln verziert werden. Um Letztere ranken sich dann mehr oder weniger kunstvolle Namenskürzel, die nach Daten, Positionen und Farben geordnet den Dienstweg begleiten wie die Möwen das Schiff, das letztlich im sicheren Hafen des Verwaltungschefs anlegt. Dieser zückt seinen Federhalter und setzt sein alles erlösendes signalrotes Kürzel auf die Liste.

Aber heute läuft alles anders. Billinghaus zählt eins und eins zusammen, das kann er schließlich. Auf seiner Liste stehen Münchenhagen, Dr. Sandmann und dessen Gefühle sowie die Presse mit ihrer Kinderschutz-Kampagne. So schnappt er den Laufzettel und setzt seinen grünen Schriftzug darauf. Dann beschließt er, dass er seine weiteren Vorgesetzten dummerweise dank Mittagstisch nicht angetroffen hat. Dies legitimiert ihn wiederum dazu, direkt zur Sekretärin des Landrats zu marschieren, die ihm vom letzten Betriebsfest her so angenehm vertraut ist. Das sieht diese zwar ziemlich anders, um aber den mittlerweile ernüchterten Billinghaus so schnell wie möglich loszuwerden, schiebt sie ihn kurzerhand zum Chef. Und dieser verständigt kurzerhand die Polizei.

Fakt ist, dass bereits erstaunlich kurze Zeit später ein Anruf im Polizeirevier erfolgt und den eben gerade eintreffenden Clemens Moor postwendend ins Krankenhaus führt. Moor berichtet dann Fenderling von den brisanten Details, die ihm Dr. Sandmann auf dem Flur stehend anvertraut hat. Er verschweigt lediglich seine Zufallsbegegnung mit Greta, alias »Grit«, um anzüglichen Bemerkungen aus dem Weg zu gehen. Seine zarten Gefühle möchte er nämlich mit niemandem teilen.

Fenderling und Moor wägen sorgsam das Für und Wider verschiedener Vorgehensweisen ab. Hubert Fenderling schlägt vor: »Wir sollten uns diesen sauberen Münchenhagen vornehmen, sicher weiß der viel mehr, als er uns sagt. Und wenn er sich gerade Sorgen um seine Tochter macht, dann packt er vielleicht aus!«

Clemens Moor bewundert den Scharfsinn seines Kollegen, hat aber auch Bedenken: »Leider sind die Gefühle eines Assistenzarztes das eine, die knallharten Fakten das andere. Vielleicht sollten wir uns mal diesen Mackeprang zur Brust nehmen und ordentlich ausquetschen.«

Das wiederum sieht Fenderling kritisch: »Eher führt Erich der Pommer eine Mutter Teresa zum Traualtar, als dass ein Egon Mackeprang auspackt. Das kannst du getrost vergessen.«

Clemens Moor braucht einfach eine Auszeit. In seinem Kopf tanzen der unberechenbare Mackeprang, Dr. Sandmann, Melli, Erich der Pommer, Mutter Teresa, diverse Jugendbekanntschaften und vor allem Greta einen Kreistanz. Wie soll da noch einer durchsteigen?

Und spätestens heute Abend wird sich Wind-Schnittich nicht mehr mit Annas Mailbox-Strategie vertrösten lassen. Aber Kneifen ist auch nicht sein Ding. Clemens Moor wählt also einen Kompromiss und verabschiedet sich samt Windhund in Richtung Wohnwagen, um in seinem Camping-Biotop die Gedanken zu ordnen.

Am Empfang blickt Herr Kuntz etwas missmutig über den Deich, schließlich hat er die liebe lange Nacht um gutes Wetter gebetet und erwartet nun auch Erfolg. Als gelernter Landwirt vermag er aber die Zeichen zu lesen, die sich am Himmel unheilvoll zusammenbrauen. Der Platz ist schon deutlich ruhiger geworden, nachdem in einigen Bundesländern die Ferien zu Ende gingen.

Herr Kuntz hat schon viel gesehen und bereits diverse Generationen von Urlaubern durch ihre schönsten Wochen des Jahres begleitet. Er kennt sie alle. Und dazu verrät er Moor eine feinsinnige Theorie: »Mit vierzehn Jahren wollen die Mädels plötzlich ihren Bikini vorführen, finden aber auf unserem beschaulichen Platz kein Publikum. Später mit siebzehn oder achtzehn kommen sie dann wieder, ihren Freund im Schlepptau. Bei den Jungs ist das ganz anders, die sehen wir erst wieder, wenn sie eigene Familien haben und sich an ihre unbeschwerte Kindheit erinnern.«

Das leuchtet Clemens Moor durchaus ein und erweitert seinen Campingplatz-Horizont um die geschichtliche Dimension. Vor dem Wohnwagen sitzend, streichelt er seinen Hund und genießt einen mittäglichen Merlot. Im Moment hat Moor den Eindruck, dass er mehr oder weniger spekulierend in den Kulissen eines üblen Stücks umherirrt und händeringend nach dem Regisseur sucht, der sich irgendwo im Orchestergraben die Hände reibt.

Er muss entschieden neue Wege beschreiten und in die aktive Rolle finden. Mit einfachen kriminalistischen Mitteln kommt man hier nicht zum Ziel.

»Hallo«, hört er da eine feine Stimme sagen. Zwei blitzgescheite dunkelbraune Augen mustern ihn neugierig: Sein kleiner Camping-Freund ist da. Henri XVI. ziert sich nicht lange, sondern setzt sich auf einen wackeligen Stuhl, um Clemens Moor die neuesten Geschichten vom Platz zu erzählen. Gäste sind gefahren und gekommen und mit ihnen neue Zelte und Caravans. Auch die jeweiligen Platznummern hat der Junge selbstverständlich parat. Mit seinen gerade mal sechs Jahren kann er bereits lesen und schreiben. Und das Rechnen ist auch kein Problem. Dann wohl eher seine künftige Schulkarriere, wie Moor vermutet, der Henri XVI. mittlerweile in sein Herz geschlossen hat.

Besonders angetan hat es ihm der Charme, der Henri XVI. auszeichnet. Unlängst hat dieser allerdings in Moors Schmuckkiste herumgestöbert, natürlich ohne zu fragen, wie es sich für einen jungen Detektiv gehört. Im Moment sitzt der Junge aber brav auf seinem Stuhl und erzählt von heimlichen Beobachtungen. Er ist morgens immer als Erster auf. Heute hat er bemerkt, dass sich ein Mann und eine Frau auf Platz zwei zu schaffen machten: »Da gibt es so einen Anhänger, in dem man Surfbretter verstaut. Mehrere Tage stand der nicht auf dem Platz. Und nun haben sie ihn heimlich wieder dort hingeschoben. Irgendwie komisch, oder?«

Clemens Moor, dem der Sinn nicht nach neuen Verwicklungen steht, solange er selbst keinen Durchblick hat, wechselt rasch das Thema. Der Windhund bietet reichlich Stoff, weil er den Jungen ziemlich fasziniert.

Nachdem sich Henri XVI. schließlich verabschiedet hat, um weitere Erkundigungen einzuziehen, macht es sich Moor so richtig bequem. In seinem Kopf entfaltet sich allmählich die entspannende Rotwein-Wirkung, die alle Sorgen vertreibt und den Vorhang öffnet für einen neuen Akt. Über die Bühne hüpfen zwanzig klitzekleine Fruchtzwerge namens Merlot, die zärtlich an versprengten Hirnzellen knabbern und mit einem Reim auf den Lippen in blühenden Plastikblumen versinken:

Bist verwirrt du und nicht froh
Musst du flugs die Kurve kriegen
Denn zum Schluss hilft nur Merlot
Um den Stumpfsinn zu besiegen!

»Wie wahr«, murmelt Moor, bevor er zärtlich schnarchend in seinen Träumen und damit in Gretas Armen versinkt.

Kapitel 22

Clemens Moor erwacht durch das Klingeln des Telefons und erkennt die Nummer seines Chefs auf dem Display. »Mist!«, ruft er aus und ist sofort hellwach. Als er sich meldet, hat er aber glücklicherweise nicht den Chef an der Leitung, sondern Kriminalinspektor Kurt Beckmann: »Moin, Clemens, ich rufe für den Chef an, er kann heute leider nicht. Hat eine Fortbildung über neueste Entwicklungen der tiergestützten Kriminalistik, oder so ähnlich. Gerade der mit seiner Hundephobie, ich lach mich schlapp!«

Moor ist etwas erleichtert und streichelt versonnen Henry, der gerade beinahe menschenähnliche Laute von sich gibt, so etwas zwischen »jawoll« und »toll«.

»Ist jemand bei dir?«, fragt Beckmann interessiert. »Vielleicht eine Frau? Ich muss schon sagen, deshalb also immer die Mailbox! Kriegst wohl nicht genug?« Und wieder erschallt dieses penetrante Lachen, das Clemens Moor langsam auf die Nerven geht, auf die wenigen, die er noch hat.

Als auch die zweite Lach-Serie überstanden ist, rückt Kurt Beckmann endlich mit den Fakten heraus, die das LKA über den Toten eingesammelt hat. »Wir haben das Ministerium angerufen. Also, das war eine Mords-Arbeit!«, meint der Beamte. »Offiziell haben sie mich glatt abblitzen lassen, wegen des Datenschutzes, wie es heißt. Ich kenne aber zufällig die Gundi, die arbeitet als Bedienung in der Caféteria. Die kriegt am Büffet nämlich alles mit, was gerade passiert.«

Clemens Moor weiß da bestens Bescheid, schließlich hat schon so manche Mobbing-Kampagne an der Mittagstafel ihren Ursprung genommen, nicht zuletzt im Polizeipräsidium.

Beckmann greift den Faden seines Berichts wieder auf: »Also die Gundi hat mir nun erzählt, dass der Mayer-Schlupp ein ziemlich undurchschaubarer Typ ist. Ich meine natürlich *war*!« Schon im nächsten Satz lässt Beckmann den Toten aber wieder auferstehen. »Er hat sich aufgrund seiner gerade passenden Parteizugehörigkeit zum *Cluster*-Manager aufgeschwungen, was immer das auch sein soll. Und da gebietet er wohl über eine Assistentin und ziemlich viel Geld, im Bereich der Wirtschaftsförderung. An Betriebsfesten ist er mehrfach aufgefallen, weil er unter Alkohol ziemlich schnell ordinär wird und auch nicht davor zurückschreckt, mal rasch Hand anzulegen, wenn du weißt, was ich meine.«

Clemens Moor weiß Bescheid und fragt postwendend nach: »Was sagt denn dessen Frau dazu, wegen der ehelichen Treue?«

»Das habe ich die Gundi auch gefragt und da hat sie lauthals gelacht, weil der nämlich nie verheiratet war, ein chronischer Junggeselle eben. Auf Frauen soll er gewirkt haben wie eine Packung Schlaftabletten, unter Alkohol dann aber wohl mehr wie eine Portion Gyros: Fett und triefend.«

»Und: Hat er denn gerne getrunken, der Herr?«, fragt Moor den Kollegen.

»Wie man's nimmt, die Gundi meint das schon. Aber die ist auch gerade heftig auf dem Gesundheitstrip, da kommst du schnell ins Fadenkreuz.«

Clemens Moor ist erst mal zufrieden, auch wenn ihm die Ausbeute nicht gerade üppig erscheint, und beendet das Gespräch. Irgendetwas an den Schilderungen macht ihn aber stutzig, so leicht unter der Bewusstseinsschwelle. Moor beschließt, sich erst einmal auszulüften und sich später weiter mit der Sache zu beschäftigen.

Er setzt sich ans Steuer seines Jaguars und macht sich noch einmal auf den Weg in die Stadt, um letzte Einkäufe zu erledigen. Was die Lebensmittel anbetrifft, muss er sich ziemlich bescheiden, weil der Kühlschrank in seinem Wohnwagen zwar kühlt, was das Zeug hält, aber leider nur über sehr begrenzte Raumkapazitäten verfügt. Im Supermarkt steht Moor daher eine Weile entschlusslos vor dem Kühlregal und entscheidet sich schließlich doch für Antipasti. Sie sind erstens schmackhaft und zweitens lange haltbar, auch ohne Kühlung. Hoffentlich mag Greta die öligen Bestien leiden, überlegt er, aber etwas Risiko muss eben sein. Moor besorgt sich noch zwei Flaschen Bio-Wein und ein Baguette als Grundlage.

Ziemlich beschwingt geht es weiter in die Innenstadt, wo er sich noch einmal im ersten Haus am Platze, im *Kaufhaus Stolz* umsieht. Zu gerne würde er Greta mit irgendeiner Aufmerksamkeit überraschen. Als er die Damenabteilung betritt, bewegt sich vor ihm eine Frau, die ihm vage bekannt erscheint. Plötzlich wendet sich diese zur Seite ab, so dass Clemens Moor ihr Gesicht erkennen kann: Ludmilla Gors in leibhaftiger Gestalt! Moor ist erstaunt, das sicher nicht gerade überbezahlte Zimmermädchen in dieser exklusiven Umgebung zu entdecken, und hält unwillkürlich Ausschau nach einem männlichen Wesen, das vielleicht gelangweilt mit seiner *Goldenen Amexo* fächelt. Aber er kann Ludmilla leider niemandem zuordnen.

Vorbei an Doppel-D-Ungetümen und zarten Spitzen-Kreationen, unterwegs im Musentempel männlicher Fantasien und weiblichen Kalküls, mäandert Ludmilla mit ihren katzengleichen Bewegungen durch die Gänge. Ihr kurzer, enger Rock schmiegt sich vorteilhaft um ihre Gestalt und verdeckt lediglich einen Hauch von Nichts darunter, das sich vermutlich mit jedem Schritt tiefer in die Fantasien der Männerwelt einbrennt, die ihren Spuren folgt.

Froh darüber, dass ihm heute Hubert Fenderling nicht in die Quere kommen kann, pirscht er sich an Ludmilla heran und überfällt sie mit den Worten: »Natürlich,

ich kenne Sie doch! Wie erfreulich, Sie hier in dieser edlen Umgebung anzutreffen!« Ludmilla Gors zuckt zusammen, erkennt Clemens Moor nicht sogleich und reagiert mit einem reflexhaften Lächeln, das ihr etwas unerwartet Kindliches verleiht. Dafür aber ist Moor blind. Zu viele Vernehmungen, zu viele Begegnungen mit charmanten Frauen haben ihn quasi immunisiert. Also legt er gleich noch mal kräftig nach: »Ganz schön nobel, dieser Schuppen, haben Sie gerade geerbt?«

Ludmilla steigt die Zornesröte ins Gesicht. Jetzt hat sie den Polizisten wiedererkannt. Nichts mehr von Lolita, kein Kindchen-Schema, sondern blanker Ärger schlägt ihm entgegen. »Ich weiß nicht, was Sie das angeht! Im Übrigen hätte ich Sie hier auch nicht erwartet!« Da hat sie natürlich nicht ganz unrecht, insofern erzielt sie mit dieser Bemerkung ein sattes Remis.

Clemens Moor empfiehlt sich mit jenem Gefühl, das bekleidete Bürger überfällt, wenn sie unversehens am FKK-Strand landen. Als Kriminalbeamter zwischen strassbesetzten Push-up-Kreationen und halterlosen Fischernetzen ergeht es Moor nicht anders.

Er verabschiedet sich mit einem kurzen Gruß, entdeckt im Spiegel in einiger Entfernung das angespannte Gesicht von Empfangsdirektor Mau und strebt dann ziemlich verblüfft dem Ausgang zu. Wieder auf der Straße stehend, atmet er erst einmal tief durch. Nun ist er zwar mit seinem Präsent für Greta nicht weitergekommen, aber ohne Blessuren dem zähnefletschenden Chanel-Tiger samt seinem Business-Dompteur entronnen.

Wie glücklich er ist, den weiteren Abend mit Greta zu verbringen! Unwillkürlich bleibt er vor dem Schaufenster eines Juwelierladens stehen und betrachtet die

Auslage. Genauer gesagt: Eheringe. So weit ist es also schon gekommen, sagt er sich und registriert, dass schon wieder dieses unbestimmte Gefühl Einzug hält, das ihn nach dem Telefonat mit Beckmann beschlich. Es muss irgendwie mit Heirat, Ehe oder Eheringen zusammenhängen. Er schüttelt es ab wie eine lästige Fliege und verstaut seinen Einkauf gedankenverloren im Wagen.

Auf dem Rückweg schaut Clemens Moor noch einmal im Revier vorbei. Er trifft Fenderling in einer Dienstbesprechung und setzt sich unauffällig dazu. Die Beamten diskutieren über eine neue Überstundenregelung und anschließend über die Ferienplanung. Überall das gleiche Spiel, denkt Moor resigniert, als die immer hitzigere Diskussion in die zentralen Totschlagargumente aller Ferienplanungen mündet: »Ich habe schulpflichtige Kinder« und den Hinweis: »Ich habe außerdem schon gebucht!«

Ein sichtlich entkräfteter Hubert Fenderling verdreht demonstrativ die Augen und schiebt Clemens Moor wortlos in sein Büro. »Chef zu sein, das ist das Letzte, sage ich dir! Wenn Eva mich nicht zu diesem Posten gedrängt hätte, damit ich ihren gottverdammten Cousin aussteche, wäre ich heute noch bescheiden und glücklich!« Clemens weiß inzwischen, dass Fenderling zwar nur stellvertretender Leiter ist, aber dauerhaft den schwer erkrankten Dienststellenleiter vertritt. Viel Verantwortung also und schmales Budget.

Kurz berichtet Moor über die zwischenzeitliche Entwicklung, widersteht aber ohne große Anstrengung der Versuchung, sich mit Fenderling auf ein Bier zu treffen. Heute gilt es fit zu sein, schließlich will sich Clemens Moor nicht gleich bei ihrem ersten gemeinsamen Abend bei Greta blamieren.

Als er die Richtung zum Campingplatz einschlägt, ist er schon ziemlich aufgeregt. Er hat ihr frecherweise auch angedeutet, dass man nach 22 Uhr nicht mehr vom Platz kommt, zumindest mit dem Auto. Greta hat darauf nicht unbedingt ablehnend reagiert, aber auch mitgeteilt, dass Marlene irgendwo unterkommen müsste, wenn sie länger bei ihm bliebe.

Kapitel 23

Im fernen Universitätsklinikum liegt Melli in ihrem weißen Krankenhausbett, glücklicherweise nicht mehr auf der Intensiv- sondern mittlerweile auf der Normalstation der Kinderklinik. Ihre Eltern haben darauf bestanden, sie in einem Einzelzimmer unterzubringen, was ziemlich schwierig zu bewerkstelligen ist.

Nun ist das Kind allein auf dem Zimmer und sehnt sich nach Gesellschaft und etwas Abwechslung. So ein Einzelzimmer ist für Eltern vordergründig betrachtet vielleicht attraktiv, für Kinder bei näherem Hinsehen eine ziemlich öde Angelegenheit.

Gesundheitlich geht es Melli bereits sehr viel besser, ihre ärgsten Probleme sind überwunden. Anfangs hat sie vor allem unter Übelkeit, Erbrechen und Bauchschmerzen gelitten. Die Ärzte haben auch festgestellt, dass ihre Leber schwer geschädigt ist und die Blutgerinnung nicht mehr richtig funktioniert. Die vorübergehende Gelbfärbung ihrer Haut hat die Ärzte ebenfalls sehr beunruhigt. Man hat ihr zahlreiche Infusionen gegeben, auf denen sehr komplizierte Namen standen, solche wie: »N-Acetylcystein«. Tagelang hat sie diesen Zungenbrecher auswendig gelernt, als sei dieser Name eine Art Geheimformel, die sie am Leben erhielte. Die Ärzte haben sie auch gefragt, ob sie in der letzten Zeit viele Tabletten eingenommen habe.

Diese Art Fragen hasst Melli über alles, weil ihr Leben und das der Familie die Ärzte schlicht nichts angeht. Sie sollen lieber dafür sorgen, dass sie so schnell wie möglich nach Hause zurückkommt, wo ihr Pony wartet und Victor, der Mischlingshund. Noch schlimmer aber findet Melli die Ankündigung, dass demnächst diese Psychologin wieder auftauchen wird, die sie bereits beim ersten Aufenthalt im Krankenhaus schwindelig gefragt hat. Im Grunde mag sie diese Frau. Aber Melli ahnt die eigentliche Absicht hinter den Fragen. Und sie spürt, dass man ihr irgendwie misstraut, ihr und besonders der Mutter. Sie möchte endlich Ruhe haben, normal sein, einfach Kind sein.

Das Mädchen liegt nun gottergeben in seinem Bett, zählt die Minuten und Stunden. Sie ist der Mutter dankbar, dass diese es abgelehnt hat, Melli an einer neuen Studie teilnehmen zu lassen, die in der Klinik angelaufen ist. Das finden die Ärzte allerdings unverständlich und irgendwie auch unfair. Manche lassen es Melli und besonders ihre Mutter auch spüren, zumal Frau Münchenhagen als gelernte Krankenschwester ja schließlich vom Fach ist.

Die Mutter hat sich heute angekündigt und wollte eigentlich schon seit einiger Zeit da sein. Melli ist beunruhigt, zumal sie sich immer für die Mutter verantwortlich fühlt. Der Minutenzeiger der Uhr springt mit einem trockenen Klacken weiter. Leise piept der Monitor über ihrem Bett, die Infusion tropft gleichförmig, das Licht im Zimmer ist gedämpft und Melli fallen endlich unvermittelt die Augen zu.

Sie hat einen verwirrenden Traum. Das Piepen des Monitors geht in das Piepen eines Vogelkindes über, das in seinem Nest hockend hungrig nach der Mutter ruft und seinen signalroten Schnabel weit aufsperrt. Die Vogelmutter ist aber unterwegs, auf der Suche nach Nahrung, es dauert so unendlich lang. Da verdunkelt sich der Himmel und viele Flocken fallen herab. Sie bedecken das arme, zitternde Vogelkind, das entsetzlich zu frieren beginnt. Die Flocken gerinnen zu Eis, riesige Körner stürzen vom Himmel und tun sehr, sehr weh. Schließlich nehmen die Eiskörner die Gestalt von Brocken an, die der kleine Vogel schlucken muss, bis er fast daran erstickt. Niemand kommt zu Hilfe, nur in der Ferne erschallt ein hämisches Lachen. Plötzlich wird alles ganz still. Wo bleibt die Vogelmutter? Das Vogelkind erschrickt, eine Katze schleicht herum, umkreist den Baum, ihren Baum, und blickt mit funkelnden Augen auf das arme Geschöpf, das mehr und mehr an Kraft verliert. Hinter der Katze erscheint ein großer Schatten, sie erkennt riesige Pranken und schreit laut auf, ein einziger, hoher entsetzlicher Schrei verlässt Mellis Kehle, als sie endlich wieder erwacht.

Erneut bemächtigt sich Angst ihres Körpers, fasst nach ihrem Herzen. Noch immer ist alles dunkel um sie herum, lediglich ein fernes Rauschen dringt an ihr Ohr und ein eintöniges Klopfen.

Kapitel 24

Greta Bartholdi hat mit ihrer Kollegin in der Universitätsklinik gesprochen und vereinbart, dass sie Melli am nächsten Tag aufsucht, um die begonnenen Untersuchungen fortzusetzen. Man möchte dem Mädchen eine neue Person ersparen, sie nicht unnötig verunsichern.

Einige Zeit später erfährt Greta Bartholdi, dass Bianca Münchenhagen versucht habe, sie telefonisch zu erreichen. Als sie schließlich zurückruft, hat sie Mellis Vater, Herrn Münchenhagen, am Apparat. »Lassen Sie doch endlich meine Tochter in Ruhe!«, schnauzt er in den Hörer. »Als wenn sie nicht schon genug durchgemacht hätte!«

Ein kurzes Schweigen unterbricht das Gespräch, dann öffnen sich wahre Schleusen: »Ich halte von diesem ganzen Psycho-Kram rein gar nichts. Immer das gleiche Gesülze, und am Ende sind stets die Eltern schuld, das kennen wir schon. Meine Frau ist da ganz meiner Meinung, ihre komische Therapie bei diesem Seelenklempner hat sie auch aufgegeben. Nach den Sitzungen war sie immer völlig verstört und aufgebracht. Ich habe dann immer mehrere Tage benötigt, sie wieder in die Spur zu kriegen. Das kann man sich auf die Dauer nicht erlauben. Also Schluss jetzt damit, ich will nicht wieder von Ihnen hören!«

Das Knacken im Hörer verrät Greta Bartholdi, dass die Ankündigung ernst gemeint ist. Der dünne Hoffnungsfaden ist zerrissen. Kurz überlegt sie, wer der Therapeut sein könnte, bei dem Bianca Münchenhagen ihre Gespräche geführt hat. Sie tippt irgendwie auf Raul von der Felde, viele Alternativen gibt es hier nicht, in dieser verlassenen Gegend. Alle anderen Therapeuten sind Frauen.

Greta Bartholdi will es genauer wissen. Sie greift also zum Hörer und hat Glück. Bereits nach mehreren Sekunden hat sie ihren Kollegen von der Felde am Hörer, der zunächst zögernd reagiert, als der Name Münchenhagen genannt wird. Das kann Greta gut verstehen, schließlich bewegen sie sich am Rande der Legalität, indem sie ohne Erlaubnis ihre Eindrücke austauschen. Dieser besondere Fall aber schreit förmlich nach außergewöhnlichen Mitteln und ein Austausch unter Kollegen erscheint daran gemessen akzeptabel.

Langsam taut Dr. von der Felde auf und berichtet von einem alles in allem sehr schwierigen Fall, in dem nach seiner Ansicht eine schwere narzisstische Störung vorliege. Hintergrund sei vermutlich eine frühkindliche Traumatisierung. Die Patientin verfüge über keine sichernden Introjekte, also bergende Beziehungserfahrungen, wie von der Felde doziert.

»Ich kann mir nicht erklären, warum sie die Therapie so plötzlich abgebrochen hat. Wir hatten eine ausgesprochen vertrauensvolle therapeutische Beziehung und der Prozess entwickelte sich günstig. Da muss der Ehemann hinterstecken!«, verkündet von der Felde, während Greta Bartholdi überlegt, wie man aus dieser Sackgasse wieder herauskommt.

»Vielleicht sollten wir in diesem Fall an einem Strang ziehen. Ich spreche Bianca Münchenhagen einfach noch einmal an, wenn ich ihr im Krankenhaus begegne. Und Sie können ja Ihrerseits versuchen, vorsichtig den Kontakt wieder aufleben zu lassen. Mehr als nein kann sie nicht sagen!«

Man einigt sich auf diese Zwei-Wege-Strategie und vereinbart, in den nächsten Tagen erneut mit einander zu telefonieren. Raul von der Felde gibt Greta Bartholdi, der er erst einmal kurz auf einer Tagung persönlich begegnet ist, sogar seine Geheimnummer. Und kurz überlegt er: Vielleicht ist sie ja nicht nur hübsch und sympathisch, sondern auch noch interessiert?

Dr. von der Felde kommt bei der Umsetzung der besprochenen Vorgehensweise der Zufall zu Hilfe. Ein Patient sagt den letzten Termin kurzfristig ab. Dies war früher übrigens zufällig der Termin von Bianca Münchenhagen gewesen. So ein Ausfall ist eigentlich recht ärgerlich, heute aber eine willkommene Gelegenheit. Er will den Plan zur Kontaktaufnahme mit Bianca Münchenhagen umgehend in die Tat umsetzen. Der Arzt gleitet mit Geschick in seine rehbraune Lederjacke, betrachtet sich noch einmal im Spiegel, lächelt seinem Spiegelbild zu, streicht ein eigenwilliges Haar geduldig in die richtige Position und verlässt dann das Haus, um das kurze Stück bis zur Münchenhagen-Villa im Sonnenschein zu genießen. Angesichts der dauernden Staus rund um das Zentrum ist der Fußweg ohnehin der schnellste.

Bianca Münchenhagen vernimmt das kurze, scharfe Geräusch des Türklopfers und atmet tief durch. Eigentlich kommt ein Besuch jetzt ungelegen. Zu viele verwirrende Gedanken gehen ihr seit Tagen durch den Kopf. Vor allem aber belasten sie die Sorgen um Melli. Zögernd öffnet sie dann doch einen Spaltbreit die schwere Eichentür und ist mehr als überrascht. Ihr ehemaliger Therapeut wäre ihr niemals in den Sinn gekommen, schon gar nicht nach diesem Abgang. Zögernd öffnet sie die Tür weiter und lässt von der Felde eintreten. »Das hatte ich nicht erwartet«, sagt sie wahrheitsgemäß und mustert ihr Gegenüber, das sich sehr viel Zeit lässt, ihr zu antworten.

»Ich will ganz offen sein«, hört sie von der Feldes angenehme Stimme. »Ich habe den Eindruck gewonnen, dass sie sehr unglücklich sind und leiden. Ihre Kindheit war schwer, vermutlich eine einzige Katastrophe. Aber sie verstellen sich jede Möglichkeit zu einem Neuanfang! Glauben Sie mir, ich will Ihnen helfen, aber Sie müssen sich auch öffnen.«

Bianca Münchenhagen ist verwirrt. Was will dieser Mann bei ihr? Das ist doch nicht normal, seine ehemalige Patientin zu besuchen, was für ein Mensch ist er überhaupt? Kein Arzt besucht seine Patienten zu Hause, zumindest kein Psychotherapeut. In der jungen Frau steigen Bilder auf, diese unsäglich quälenden Erinnerungen, die sie stets zu verdrängen sucht, die aber ganz ungefragt kommen. Nicht zuletzt deshalb hat sie diese Gespräche, die therapeutischen Sitzungen bei diesem Mann so ersehnt und zugleich gehasst. Alles sollte anders werden, aber nichts ist anders. Er ist nur ein Heuchler, ein Pharisäer, einer dieser Typen, die immer das eine wollen und die alles bekommen. Und wie er sie behandelt hat!

Von der Felde tritt näher an sie heran, ergreift ihre Hände. Sie versucht mit einer Mischung aus Gekränktheit und Hass, sich ihm zu entwinden. Er packt ihre Hände fester. Gegenwart und Erinnerung treiben plötzlich ein verwerfliches Spiel mit ihr und die Erinnerung gewinnt die Oberhand. Sie fühlt seine Kraft und das wiederum weckt dieses Gefühl, das von ihr Besitz ergreift. Sie wird plötzlich wieder zu einem kleinen Kind. Es ist wie ein Alptraum, der sich ihrer ein ums andere Mal bemächtigt:

Das Mädchen weint. Im Nebenraum hört sie Flüstern und Lachen, die Mutter hat wieder Besuch. Die Männer sind freundlich zu ihr und freundlich zur Mutter. Zumindest zu Beginn. Sie erinnert sich ihrer seltsamen Blicke, wenn sie wie Jäger durch die Wohnung streichen, auf der Suche nach ihrer Beute. Und ihr Lachen ist kein freundliches Lachen, ihre Augen funkeln so seltsam dabei. Dann trinken sie zusammen, die Mutter wieder viel zu viel. Sie beginnt zu weinen, ihr Lallen dringt durch die dünne Wand. Das kleine Mädchen verschließt die Ohren und murmelt: »Lieber Gott, lass es vorübergehen, schnell, mach ein Ende damit!« Sie kennt nur das Vaterunser, dass sie immer wiederholt, wie eine Gebetsmühle. Zwischendurch lauscht sie wieder in das Zimmer nebenan und hört dieses entsetzliche Stöhnen, dieses rhythmische Klopfen an die dünne Wand und das leise Weinen der Mutter, das so eigentümlich kraftlos wirkt. Einmal hat sie durch das Schlüsselloch gesehen, und niemals wieder. Ihre Mutter liegt da, inmitten der Flaschen, schamlos. Die Männer schwitzen, ihre massigen Körper wirken wie riesige Bären, unter denen die zarte Mutter förmlich zerbricht.

»Warum? Warum machst du das, Mami? Bin ich daran schuld?« Immer wieder die gleichen Fragen, und keine Antworten.

Und dann ist es eines Tages geschehen, von nebenan hört sie wieder Schreien, schmerzliches Schreien, dann Stille. »Schlampe!«, dringt es zu ihr herüber, sie hört das Geräusch von Haut auf Haut, hart und ungerecht. Es folgt Stille. Gespenstisch. Dann das Lachen der Männer, die vor ihrer verschlossenen Tür stehen. Sie hört ihr Schnaufen. Sie klopfen und sprechen freundlich mit ihr. Kann sie ihre Mutter retten? Soll sie öffnen, mit den Männern reden? Was ist es, was sie so böse macht? Ist es die Mami?

Ihre Gedanken kehren in die Gegenwart zurück. Raul drängt sie rückwärts, ihr Körper stößt gegen den Tisch, spürt die Kante, spürt seine Arme, die sie an sich ziehen, spürt seinen Körper, diesen entsetzlichen Körper, der sich an sie drängt und sie nach hinten stößt. Sein Bein gewinnt Raum, ihr Widerstand erlahmt, sie weicht zurück, fällt, fällt, hört die Stimmen der Männer, die sie packen und lachen und spürt Ohnmacht, zugleich aber auch eine unbezwingliche, heftige Wut.

Kapitel 25

Clemens Moor ist in aufgewühlter Verfassung an seinem Caravan angelangt. Beim Einparken hat er den Jaguar so unsanft zurückgesetzt, dass nun eine Beule das Blech entstellt. Nur eine Kleinigkeit!

Henrys kluge Augen sind aufmerksam auf ihn gerichtet, er beobachtet ihn. Nichts ist wie sonst, die Dinge haken. Kleine Routinen entwickeln sich zu komplizierten Szenarien, nichts steht, wo es hingehört. Zumindest aber sucht Clemens Moor heute ungebührlich lange herum, findet die einfachsten Dinge nicht, obwohl sie unschuldig auf ihrem Platz liegen.

Was fallen kann, fällt! Clemens Moor verflucht die Schwerkraft und alle Verpackungs-Designer dieser Welt, nachdem es ihm erst im dritten Anlauf gelungen ist, endlich eine Dose zu öffnen.

Er greift zum Telefon und erreicht heute auf Anhieb seine Tochter Anna. Die helle Stimme macht ihn ein ums andere Mal glücklich. Aus ihr spricht so viel Vertrauen und Unbekümmertheit. Sie berichtet von ihrem Reitunterricht, von Whister, den sie seit neuestem reitet, der so gut durchs Genick geht. Diese Formulierung macht ihn immer wieder aufs Neue unsicher. Was soll man darunter verstehen? Er stellt sich die Szene plastisch vor und erschauert. Irgendwie ist es doch ein ganz unangenehmes Gefühl, so mal eben durchs Genick zu gehen. Sie sprechen noch kurz über Annas Hund und wünschen sich eine gute Nacht.

Um es hinter sich zu bringen, beschließt Clemens Moor schließlich, seinen Chef anzurufen. Ein früher Feierabend wird ihm und mir nicht schaden, denkt er und wählt die Nummer.

»Polizeipräsidium der Landeshauptstadt, guten Tag! Sie sprechen mit Kriminaldirektor Hermann Wind-Schnittich, was kann ich für Sie tun?«, erschallt es am anderen Ende in einem Tonfall, der dem Ahnungslosen vorgaukelt, besagter Kriminaldirektor habe den lieben langen Tag nur auf diesen einen Anruf gewartet, um sich postwendend zu einem Date zu verabreden.

Im Bemühen um einen passenden Kontrapunkt wählt Moor seine Ansprache kurz: »Wie geht's, wie steht's? Sie kann wohl kein Auge trügen?«

»Trügen?«, murmelt Wind-Schnittich irritiert.

»Ich meine trüben!«, verbessert Clemens Moor mit einem entspannten Grinsen.

»Künftig melden Sie sich bitte mit Ihrem Namen und Dienstgrad, das habe ich Ihnen schon mehrfach an die Brust gelegt!«, hört Moor die maßregelnde Erwiderung seines Vorgesetzten.

»Stimmt, Chef!«, räumt er kleinlaut ein, »da an meinem Herzen ist bekanntlich viel Platz!« Er beendet das Gespräch nicht unzufrieden, schließlich hat Wind-Schnittich infolge dieses Wortgeplänkels den Grund des Anrufs völlig vergessen. Nur der Ordnung halber rekapituliert Clemens Moor insgeheim seine mehr als magere Tagesbilanz: ein aufreizend schwingender Frauenhintern in der Dessous-Abteilung, ein verzerrtes Empfangsdirektorengesicht im Spiegel und irgendetwas Diffuses rund um Eheringe. Wahrlich kein Ruhmesblatt!

Seufzend sinkt er auf die Eckbank und mustert die Uhr. Ist sie denn nun sein Freund oder sein Feind? Er widersteht der zutiefst kindlichen Regung, den Zeiger vorzustellen, in der Hoffnung, dass diese Handlung Fakten schaffe. Nein, so geht es nicht!

Clemens Moor muss diese Prüfung bestehen. Es ist wie in einem Märchen:

Es war einmal eine Königstochter, die lebte in einem Kerker im tiefen, tiefen Wald. Sie war dorthin verzaubert worden, von einem bösen Zauberer, der ihren Liebreiz über alles schätzte und sie für sich haben wollte. So sprach er einen furchtbaren Fluch aus: »Du wirst so lange im tiefen Wald sitzen und deinen trüben Gedanken nachhängen, bis ein Jüngling von edler Gesinnung die drei Fragen beantwortet, die ich in einem Kästlein unter einem Stein versteckt habe. Wenn einer von ihnen alle Fragen beantwortet und die Kröte verschluckt, die auf dem Zettel sitzt, so soll er dich zur Frau nehmen dürfen. Aber nur drei Jünglinge dürfen ihr Glück versuchen, dann ist es um dich geschehen! Sonst aber wirst du für immer die Wald-Fee bleiben und mich freien, damit du mir für immer zu Diensten bist.«

Da erschrak die Königstochter gar sehr, sah sie doch den Zauberer vor sich, der garstig blickte und überaus hässlich aussah, mit vielen Pickeln im Gesicht, mit gichtigen Fingern und boshaften Augen. Während der Zauberer den Kerker verließ, mit einem hämischen Lachen, saß die Königstochter traurig da, weinte sich die zarte Seele aus dem Leib und lag darnieder, krank vor Angst und Trübsal.

Nachdem sie kraftlos eingeschlafen war, erwachte sie mit ebenso verzweifelten Gedanken, wie sie eingeschlafen war. Da ließ sich ein kleines Vöglein bei ihr nieder und sprach sie an, denn das traurige Herz der Königstochter dauerte es gar sehr. »Was blickst du so traurig, du schöne Königstochter? Bist du nicht wunderschön?« Doch die Königstochter erzählte ihm vom Fluch des Zauberers und das Vöglein stimmte in die Trübsal ein, so aussichtslos erschien alles den beiden. Dann aber entfaltete das Vöglein seine zarten Flügel und sprach: »Liebe Königstochter, ich werde in die entferntesten Länder fliegen und von deinem Schicksal Kunde tun, so sollte es wohl gelingen, einen edlen Jüngling zu dir zu führen!« Und so geschah es.

Als die Jünglinge in den fernen Ländern von der Schönheit und Anmut der Königstochter erfuhren, strömten sie in Scharen in den Wald, um ihr Glück zu probieren. Die meisten aber starben eines qualvollen Todes, weil sie sich in der Tiefe des Waldes verirrten und den wilden Tieren zum Fraße dienten. Am Ende jedoch erreichten drei Jünglinge den einsamen Kerker und traten an, die Fragen des Zauberers zu beantworten.

Der erste öffnete die Box, erblickte die Kröte und schleuderte sie von dannen. Dann erbrach er das Siegel und fand einen Zettel mit drei goldenen Fragen, die da lauteten:

Womit, edler Jüngling, wirst du der Königstochter die trüben Stunden vertreiben?

Wie lautet das Zauberwort, mit dem die Königstochter das Schloss ihres Kerkers öffnen kann?

Wie wird in ihrem traurigen Herzen die Freude ausbrechen?

Der erste Jüngling zögerte nicht lange und sprach:

Mit aufmunternden Gesängen.

Kraft und Stärke.

Durch Geld und Geschmeide!

So sprach er und auch der nächste, der sein Glück versuchte, aber alle beiden scheiterten und im Keller hörte man schon das höhnische Gelächter des bösen Zauberers, während die Königstochter in bitteres Brüten verfiel. Dann aber erschien der dritte Jüngling, genannt »der Volkreiche«, schluckte die widerliche Kröte mit einem Mal herunter und sprach dreimal die gleichen Worte: »Küssen, Küssen, Küssen!«

Da ging die Sonne auf, der Kerker öffnete sich und der Jüngling nahm die Königstochter zärtlich und gerührt in seine Arme.

Und sie lebten viele glückliche Jahre zusammen in ihrem Schloss und erzählten sich immer wieder diese schöne Geschichte ihres Lebens, sie achteten sich, umarmten sich, jeder konnte ihr Glück mit Händen greifen.

Sie waren sich treu, aufmerksam, liebevoll und voller körperlicher Freuden und man sah sie bis in die tiefsten Nächte hinein bei ihrem Liebsten, was sie hatten und immer pflegten, beim Küssen.

Vor dem inneren Auge Moors gerät das prächtige Traum-Schloss ins Zittern, seine Zinnen vibrieren, die Konturen verschwimmen und nehmen allmählich die Formen eines sehr gegenwärtigen *LMC Dominant*-Caravans an, in dem ein einziges Chaos herrscht. Plötzlich beginnt Clemens Moor die Zeit davonzurennen, schließlich will er der Frau seiner Sehnsucht ein perfektes Ambiente bieten. Ein Blick auf die Uhr sagt alles: noch zwanzig Minuten. Und: Eine Greta ist grundsätzlich pünktlich, das hat sie ihm mehrfach gesagt. Es bestehen demnach nicht die geringsten Zweifel: Es eilt!

Nach bereits zehn Minuten hat er die Grundordnung wiederhergestellt.

Seit ihrem ersten Treffen im Lokal sind sie dazu übergegangen, sich auf das Mobiltelefon Kurzmitteilungen zu schicken. Clemens hat sich in die Kunst des zügigen Hackens eingearbeitet und Greta ist ihm bereits voraus. Wie wir mit bestimmten frühen Klängen unseres Lebens auch Erinnerungen, Gefühle und Assoziationen verknüpfen, die unser Körper auf einer sprachlosen Ebene einfach reflexhaft kennt, so löst der feine SMS-Glockenton seines Telefons bei Clemens eine ganze Kette von angenehmsten Empfindungen aus, die ihm bis tief in den Körper dringen. So auch jetzt wieder, als Greta ihn mit einer Mitteilung überrascht: *Ich bin ganz verzweifelt, um mich herum ist Chaos, ich brauche noch Zeit!*

Ein Glück, denkt Clemens, dann habe ich ja noch eine Galgenfrist. Ein Pech, denkt Clemens, jetzt muss ich noch länger warten, halte es jetzt schon nicht aus!

Wieder ertönt dieser glockenreine Ton: *Jetzt ziehe ich mich an, oh Gott, bin ich aufgeregt!*

Clemens spürt ein Kribbeln im Körper, als er sich die Szene konkreter vorstellt. Er kennt ihre Wohnung noch gar nicht. Aber allein der Gedanke, dass sie sich anzieht, weckt die spannendsten Erwartungen. *Schwarz oder rot?!*, befragt ihn das Mobiltelefon. Und seine Antwort *schwarz* ist nur die halbe Wahrheit: *Sofort!* wäre ehrlicher gewesen. Er vergeht vor Sehnsucht. In seinem Bauch tanzen die Schmetterlinge wieder ihren lustvollen Reigen und wollen nicht aufhören.

Um es vorwegzunehmen, das Schicksal verlangt ihm am Ende nicht zwei Jahre ab, wohl aber zwei volle Stunden, gefüllt mit gelegentlichen SMS. Am Ende nimmt sich Greta einfach ein Taxi, hinterlässt ihrer geduldigen Tochter ein Schlachtfeld und macht sich auf den Weg.

Was ist, wenn ich jetzt ohnmächtig werde? Sag es mir!, liest Clemens auf seinem Display. Und was er nun antwortet, ist nicht etwa die längste Praline der Welt, möglicherweise aber die längste SMS:

Taxifahrers Schicksal

Ein Mensch, der Taxifahrer-Zunft
Er glaubt noch an die Ur-Vernunft
Des Menschen, welche diesen leite
Und darum kaum Verdruss bereite.

Doch eines Tages wird es haarig
Fährt er doch Taxi gerade fahrig
Als just ein Seufzer sich entringt
der Schönen hinten, so beginnt
Die Glücks-Geschichte von der Liebe
Die ich nun kurz dazwischenschiebe:

Ein Paar, das sich schon ewig suchte
Ganz unverhofft auf Liebe buchte
derweil des Schicksals gnädig Hand
bewirkte, dass man sich auch fand

Es fieberte dem Tag entgegen
(Die Spannung wollte sich nicht legen)
An dem sich nun die Lippen finden
Und sich die Körper lustvoll winden.

Mit zarten Träumen, auch Poetik
Und Bildern prall voll der Ästhetik
Umkosten sie sich lange Zeit
Und waren doch schon längst bereit.

Nun springe ich im Text retour
Zu jenem Tag, an dem die Spur
Die beiden just zusammenführt
Und beiden Achtung schlapp gebührt.

Dass sie so lange ausgehalten
Doch will das Schicksal nochmals walten
Im Taxi sank die Schöne hin
Nein: nicht davor, schon mitten drin.

Der Fahrer, der von solchen Sitten
Gehört bislang nur stets von Dritten
Erfasst mit Mut die schöne Braut
Nach der der Liebste süchtig schaut.

Er legt sie ihm hernach zu Füßen
Damit die beiden sich begrüßen
Seitdem vereint mit einem Schmunzeln
Dem Fahrer bleibt nur Stirnerunzeln.

Das leise Knirschen von Autoreifen vor seinem Stellplatz bringt Clemens an den Rand seiner Belastbarkeit. Er tritt vor den Caravan und erblickt einen freundlichen älteren Taxifahrer, der Greta galant die Türe öffnet. Keine Ohnmacht also, eigentlich schade! Aber der Anblick der ersehnten Frau entschädigt ihn für alles. Eine Sekunde befürchtet er, selbst besinnungslos zu Boden zu sinken, dann ist sie endlich bei ihm, liegt sofort in seinen Armen. Und die Beschwörungsformel klingt noch lange lautlos über den Platz: Küssen, küssen, küssen!

Kapitel 26

Nach den vorzüglichen Antipasti sitzen Clemens und Greta lange bei einem Glas Rotwein zusammen. Clemens ist anfangs noch etwas ängstlich: Wird sie bleiben heute Nacht? Aber sie beruhigt ihn: Das Mobiltelefon ist ausgestellt. Niemand weiß, dass sie jetzt hier ist, niemand außer Marlene: »Die hält dicht, wie eine Bank!« Und

Marvin, ihr erwachsener Sohn, führt schon sein eigenes Leben. »Wir sind ganz ungestört!«

Sie schweigen, sie versinken in ihren Blicken und erzählen sich die Geschichten ihres Lebens. Und das wird mit den Jahren nicht einfacher. Biografien beginnen scheinbar unberührt. Darum bergen Eltern das neugeborene Kind mit großer Behutsamkeit in ihren Armen, weil sie eine Aura spüren, die es so nur einmal gibt in jedem Leben. In der warmen Versenktheit der bisherigen Welt hörten die kleinen Wesen aber bereits die Klänge der Mutter, dieses so typische und individuelle Lied, das sie für immer als Lebensmelodie begleiten wird. Und diesen Klang suchen sie immer wieder in ihrem Leben auf, unbewusst und doch mit der Zuverlässigkeit eines inneren Metronoms.

Die Liebenden umgibt eine ähnliche Aura. Sie versinken und verschmelzen in einer niemals wieder möglichen Dichte des Augenblicks, sie berühren sich nicht wirklich, sondern finden sich, mit den jeweils eigenen Melodien ihrer Herzen. Sie komponieren unbewusst daraus ein gemeinsames Werk. Es bleibt unhörbar, zumindest für die Menschen jenseits der bergenden Hülle, die sie in diesem Augenblick vereint.

Und wie gelingt es, diese archaische Versenkung jemals zu öffnen für die eher banalen Dinge der Gegenwart? Vielleicht durch das Teilen, das Mit-Teilen und Vergleichen, und Umkreisen? Durch den Ausgleich der Erfahrungen und Haltungen, durch das Erzählen. Die Verliebten werden Geschichtenerzähler, ihrem jeweiligen Naturell folgend präzise, gefühlvolle oder phantasiebegabte Geschichtenerzähler.

Clemens und Greta erzählen die halbe Nacht. Ihre Geschichten handeln immer wieder von der Sehnsucht nach der wahren, einzigen, der großen Liebe und erzählen von ihren Enttäuschungen. Von dem Bemühen, nicht zu verhärten, angesichts der Zumutungen des Lebens. Von dem Erschrecken, dass es doch unwillkürlich passiert, dass sie stumpfer werden, unsere himmlischen Gefühle, dass Skepsis, Misstrauen und Zynismus an ihnen nagen und die Sinne taub machen. Wir nennen das Erfahrung, vertrauen fälschlicherweise vor allem den Worten, die unser Leben erst begleiteten, als die eigentliche Erfahrung schon die Richtung gewiesen hatte.

Clemens erinnert sich in diesem Augenblick vage eines Buches von Milan Kundera. Darin beschreibt dieser, wie die Liebenden im ersten Augenblick ihres Zusammentreffens einen geheimen Vertrag schließen, ohne es zu wissen. Und dieser begleitet sie ihr Leben lang. Wie wahr. Es gilt also, diesen Vertrag zu verhandeln, aber nicht mit den Worten, sondern mit den Zeichen, die sie begleiten. Mit Aufmerksamkeit und Takt, mit Freundlichkeit und mit Vertrauen. So wie sich Clemens und Greta in dieser Nacht ihre Geschichten erzählen, so wird ihr Leben, wenn sie eine gemeinsame Zukunft haben.

Greta erzählt von ihren beiden Kindern. In ihren Worten klingt alles mit, was Mutter-Sein bedeuten kann. Clemens hört ihr zu, erfasst die Worte, aber mehr noch ihre Melodie, die ihm so viel von ihrem Herzen zeigt. Die Worte berichten von den Zeiten der Enttäuschungen, der Kränkungen und der Trennung. In der Melodie aber findet sich der versöhnliche Klang der Herzlichkeit, des Stolzes und der Verbundenheit. Und er erfasst unmittelbar die entscheidende Frage: Wirst du alles mit mir teilen?

Clemens liegt neben Greta, er horcht, spürt ihren Atem, die Wärme ihres Körpers, diese unfassbare Anziehung des Augenblicks. Er fühlt ein Verschmelzen der Sinne, ein sehnsuchtsvolles Berühren, wie zufällig und doch alles andere als dies. Seine Hand berührt ihre Wange, fährt über ihren Mund. Die Augenbrauen, die Nase. Ihre Augen sind jetzt geschlossen, sie weiß um seine Blicke, aber fühlt keine Scham, ihre Verletzbarkeit versinkt hinter der Wärme dieses Augenblicks. Er nimmt ihre Hand und erkennt sie wieder, diese kleine, kräftige Hand. Er spürt die Verletzbarkeit und die Kraft und schwört sich im Herzen, dass er auf beides Acht geben wird, auf die Verletzbarkeit, wie die Kraft.

Ihre Hand berührt seinen Arm und zieht ihn zu sich, er erschauert förmlich. Er lässt seine Hand über ihren Rücken gleiten, erfasst die Wonnen, die ihre Körperlandschaft in ihm weckt. Sanft gleitet der Stoff beiseite, diese Nähe duldet kein Dazwischen. Die Kraft und Verletzlichkeit findet sich auch hier, in der Zartheit ihres Körpers, wie in ihrem Drängen und schließlich in ihren Lippen, die die seinen treffen.

Clemens ist voller Glücksgefühle, er ist gerührt und erregt zugleich, sie drängen ihre erhitzten Körper an einander und suchen sich intensiv wie nie. Und da gewinnen Rührung und Glücksgefühle die Oberhand: »Zu viel Liebe!«, flüstert Clemens. Und spürt einfach nur ihre Wärme, keine Scham, kein Versagen, einfach nur Liebe! Und das Glück seines Lebens, dass sie auch das versteht.

»Ich weiß«, sagt sie und versinkt in seinen Armen, die so viel Geborgenheit schenken. »Ich weiß, und wir haben so viel Zeit!«

So liegen sie die ganze Nacht, sprechen und lachen, durchzogen von kurzen Phasen des Schlummerns. Der Morgen graut und Clemens versinkt in einem hellen Traum.

Alles ist strahlend und klar, die Luft ist so rein, wie nach einem Gewitter, von einer unerklärlichen Direktheit. Wo befinde ich mich? Es ist so einzigartig schön, der Himmel so blau und alles glänzt. Da öffnet sich eine geheime, unsichtbare Tür und er tritt heraus: Der Einzige, der Wahre, Gott! Bist du es wirklich, in dieser hellen, gleißenden Gestalt? Da erklingt ein leises Klopfen, der Körper Gottes bewegt sich, er kommt immer näher, zugleich wird das Klopfen immer deutlicher, immer präziser. Was ist das? Ist das wahr? Was will es mir sagen? Ich spüre meinen Körper wieder, erhebe mich im Traum, dann auch real, bahne mir den Weg durch den schmalen Gang und öffne die Tür des Caravans.

Clemens ist geblendet, im gleißenden Sonnenlicht des Morgens steht vor ihm die Gestalt in Weiß. Sie erstrahlt aus jedem Detail und erwacht schließlich zu jugendlichem Leben: »Hey, ich bin Marvin. Ist Mama da?«

Kapitel 27

Nach einem entspannten Frühstück im Caravan legt sich Greta noch kurz auf's Ohr. Clemens Moor lässt Henry heute probehalber in ihrer Obhut zurück, um sich pflichtbewusst auf den Weg ins Polizeirevier zu machen. Als er dort ankommt, stürzt ihm Fenderling in ziemlich aufgelöster Verfassung entgegen. »Komm mit, es geht los!« Da Moor ihn bislang selten schneller als in gemäßigtem Tempo erlebt hat, muss die Lage außergewöhnlich sein. Mit Mühe und Not Schritt haltend eilt er hinter dem Kollegen her in Richtung des Dienstfahrzeugs. Dabei kommen ihm mit Sorge alle möglichen Verwicklungen rund um Bürgerinitiative und Oststrand in den Sinn.

Tatsächlich soll Clemens Moor mit seinen Befürchtungen recht behalten. Als sie Blaulicht und Signalhorn eingeschaltet haben, stöhnt Fenderling auf: »Der Oststrand brennt!«

Moor weiß um Fenderlings Sorgen, wegen seiner Mitwirkung im Vorstand der Bürgerinitiative als führendes Mitglied einer Mörderbande entlarvt zu werden, insbesondere als deren Vergnügungswart. Man kann sich die Fragen förmlich ausmalen: »Wie sind Sie eigentlich auf die Idee gekommen, dass Morden und Brennen *Vergnügen* bereiten könnte, Herr Fenderling?«

In kurzen, knappen Sätzen berichtet Fenderling von einem Anruf vor wenigen Minuten, demzufolge es im Bereich des Oststrandes brenne, offensichtlich habe jemand Feuer gelegt. Als sie sich dem Ziel nähern, sehen sie bereits dichten Rauch in einer senkrechten Säule aufsteigen. Der anfangs helle Qualm verfärbt sich zu einer dunklen Wand und zieht dem Wind folgend nach Westen ab.

Die Beamten nähern sich ungeduldig dem Ort des Geschehens, den sie am Ende nur noch mühsam erreichen, wegen der bereits zahlreich versammelten Schaulustigen. Etliche Videokameras und Digital-Fotoapparate bannen die kleine Sensation auf Mikrochips, für spätere vergnügliche Abende daheim. Als sich die beiden endlich durchgekämpft haben, stehen sie zunächst einmal entschlusslos vor einem brennenden Baum, dessen klägliche Überreste einige Feuerwehrleute mit ihrem C-Rohr wässern, als könne er dadurch zu neuem Leben erweckt werden. In der Nähe sind mehrere Plakatwände aufgestellt, auf denen unter anderem auch der Fenderling bereits gut vertraute Satz zu lesen ist: *Wenn der Bürgermeister pennt, wird es heiß: Der Oststrand brennt!*

Nun hat es also zum ganzen Strand glücklicherweise nicht gereicht. Ein Feuerwehrmann tritt näher und setzt Moor und Fenderling über die Lage in Kenntnis: »Ein Tourist hat uns informiert, das Feuer muss vor etwa fünfzehn Minuten ausgebrochen sein. Es hat sich rasend schnell ausgebreitet, vermutlich kam ein Brandbeschleuniger zum Einsatz. Ich tippe auf schnödes Benzin, das finden wir aber noch heraus.«

Clemens Moor bedankt sich und fragt nach dem Namen des Zeugen, der die Feuerwehr informierte. Sein Gegenüber zuckt jedoch nur mit den Schultern: »Keine Ahnung, das ist bestimmt nicht mein Job, oder?« Etwas pikiert wendet er sich wieder dem Baumskelett zu, um es in betont gelangweilter Haltung zu wässern. Clemens Moor stellt sich unwillkürlich vor, wie eine Reihe Feuerwehrmänner links und rechts Spalier stehen und mit geöffneten Hosenställen den geschändeten Baum begießen. Die Szene kommt der Realität erstaunlich nahe. Vor allem aber ärgert ihn, dass Leute im Angesicht eigener Nachlässigkeiten wie selbstverständlich in Angriffshaltung gehen. Er selbst hätte stattdessen vermutlich diverse Entschuldigungen gestammelt.

»Macht nichts!«, merkt er in Richtung Fenderlings an: »Die Handschrift ist so eindeutig, dass wir uns die Zeugenvernehmung vorerst sparen können. Wir fahren zu Mackeprang und kassieren das Heißblut erst mal ein, bevor noch mehr geschieht!«

Moor sieht mit Verwunderung, wie Fenderling nach Besteigen des Einsatzfahrzeugs erst einmal hektisch in seiner Aktentasche herumkramt. Schließlich schwenkt der Kollege triumphierend einen Bogen Papier durch die Luft: »Die Mitgliedsliste, ich wusste es doch!«

Nach wenigen Minuten haben sie die Adresse des Vorsitzenden gefunden und Kurs auf dessen Haus genommen. Fenderling informiert vorsichtshalber die Kollegen im Revier und bittet um Verstärkung, was Clemens Moor leicht übertrieben findet. In seiner heutigen Stimmung allerdings ist alles derart intensiv in mildes Rosa gehüllt, dass er sich jegliche Anmerkung verkneift. Fenderling wird schon wissen, überlegt er. Ein Vergnügen wird es jedenfalls nicht!

Als sie eintreffen, bietet sich ihnen ein groteskes Bild. Mehrere in die Jahre gekommene Vorstandsmitglieder der Bürgerinitiative haben sich zusammen mit ihrem Vorsitzenden an dessen Fahnenmast gekettet und skandieren angesichts zweier auflaufender Streifenwagen mit brüchigen Männerstimmen: »Muss der Bolzplatz Steinen weichen, schafft ihr das nur über Leichen!«

Dazu filmt irgendein Fernsehteam im Blitzlichtgewitter eines Insel-Journalisten und schwenkt direkt auf Fenderling, der von seinen Vorstandskollegen mit lautem »Hallo, du auch?« begrüßt wird. Irrtümlicherweise gehen sie davon aus, dass sich dieser seiner Funktion gemäß ein Vergnügen daraus macht, den Polizisten zu mimen, bis Mackeprang ihnen zuruft: »Ihr Idioten, das ist doch dieses Monarchisten-Schwein!«

Spätestens jetzt gerät der findige Inselreporter in Turbulenzen. Bullen-Schwein ist ihm durchaus geläufig, aber pensionsberechtigte Polizisten als Monarchisten-Schweine zu titulieren, das öffnet ein neues Kapitel. Also fragt der Reporter Clemens Moor: »Wo sehen Sie den Zusammenhang zwischen dem brennenden Baum am Oststrand und der Monarchie?«

»Ganz einfach«, erwidert der wieder erstaunlich gut gelaunte Moor: »Beide werden abgesägt, ist nur eine Frage der Zeit!«

Das liest sich am Folgetag auf der Titelseite des Lokalblatts so: *Ein hoher Polizeibeamter des Landeskriminalamts, der extra zur Klärung des Baumfrevels angereist war, verglich die Abholzung der Bolzwiese mit der Abschaffung der Monarchie. Der stellvertretende Revierleiter Hubert Fenderling verwies in diesem Zusammenhang auf einen gewissen Erich den Pommern, der bereits in erheblichem Umfang strafrechtlich in Erscheinung getreten sei. So weit dürfe es niemals wieder kommen! Egon Mackeprang, der Initiator des Geschehens, wurde abgeführt, nachdem ein Einsatzkommando der örtlichen Feuerwehr ihn und seine Mitdemonstranten mittels eines Bolzenschneiders befreit hatte.*

Auf dem Revier zeigen sich Fenderling und Moor

ausgesprochen schneidig. Während der schon kleinlauter auftretende Rädelsführer Mackeprang Fenderlings Fragen konsequent ignoriert, geht er auf Clemens Moor durchaus ein. »Wir haben damit ein Zeichen gesetzt. Sie werden sehen: In einem Jahr steht da ohnehin kein Baum und kein Strauch mehr. Da kommt es auf ein Exemplar auch nicht mehr an!«

Da gibt Clemens Moor dem Vorsitzenden heimlich recht, irgendwie scheinen hier höhere Gewalten Regie zu führen. Und Mackeprang erscheint ihm im Lichte dieser Thematik wie ein armseliger Michael Kohlhaas der Inselgeschicke und nicht als rasender Massenmörder. Aber da kann man sich bekanntlich auch gehörig irren, wie ihm seine Erfahrung leider immer wieder vor Augen geführt hat: Die friedliebendsten, zartesten Geschöpfe können eine grausige Blutspur ziehen, kommt nur auf den Anlass an!

Noch solchen tiefgründigen Betrachtungen nachhängend, bemerkt Clemens Moor zunächst gar nicht, dass Hubert Fenderling den Vernehmungsraum verlassen hat. Als er ihn schließlich vermisst und nach kurzer Suche gefunden hat, verkündet er dem merkwürdig blassen Kollegen: »Also, wegen der Schändung eines lächerlichen Baumes werden wir den nicht festsetzen können, das ist Sachbeschädigung und Brandstiftung, aber Fluchtgefahr nimmt uns kein Mensch ab!«

Nach einer kurzen Pause erwidert Fenderling: »Nicht nötig, jetzt ist ohnehin eine neue Lage entstanden. Eben kam ein Anruf aus der Uni-Klinik: Sie haben Melli Münchenhagen entführt.«

Eine Weile herrscht beklemmendes Schweigen im Raum, dann löst sich ganz allmählich die Spannung.

Fenderling berichtet weiter, dass die Schwester im Klinikum nach Melli gesehen und das Bett leer vorgefunden habe. »Die haben dann überall nach ihr gesucht und auch versucht, die Eltern zu erreichen. Leider vergebens.« Die Kollegen aus dem LKA hätten sich der Sache angenommen und mittlerweile keinen Zweifel mehr. Fenderling wirkt richtiggehend verzweifelt: »Das arme Mädchen wurde entführt! Es ist eine Tragödie!«

»Seltsam«, murmelt Clemens Moor in sich hinein. »Warum gesteht er den Baumfrevel und verschweigt die Entführung? Da geht doch irgendwas nicht zusammen!« Heimlich hat er also bereits Mackeprang im Verdacht, aber eher intuitiv. Nach Faktenlage tappt er noch entschieden im Dunkeln.

Fenderling erwacht allmählich aus seiner Erstarrung: »Und wie soll es nun weitergehen?«

Jetzt ist Moor wieder Herr seiner Sinne und auch der Lage: »Besorge zwei zuverlässige Kollegen, die Mackeprang rund um die Uhr nicht aus den Augen lassen, ich telefoniere derweil mit der Staatsanwältin.« Und so geschieht es: Ein sichtlich enttäuschter Egon Mackeprang verlässt nahezu unbemerkt das Revier, zwei unauffällige Beamte im Schlepptau. Und die Kriminalisten berufen einen Krisenstab ein, der sich im örtlichen Polizeirevier zu einer Besprechung versammelt.

Alles läuft routiniert und mit hoher Präzision ab. Man erörtert Strategien, bespricht die Rollen, verteilt Aufgaben. Die Ermittlungen in der Landeshauptstadt sollen vor Ort koordiniert werden. Das Lagezentrum dort hält ständigen Kontakt zu Clemens Moor.

Als Einsatzleiter auf der Insel informiert er in knappen Sätzen die örtliche Presse und sitzt wenig später im Dienstfahrzeug, Richtung Innenstadt. Ein schwerer Gang steht ihnen bevor: Sie müssen Bianca und Harald Münchenhagen aufsuchen und über den Stand der Dinge informieren. Unter anderem von deren Reaktion wird es abhängen, wie die nächsten vierundzwanzig Stunden für Melli verlaufen.

Kapitel 28

Melli Münchenhagen hat sich allmählich an das Dunkel rings um sie her gewöhnt. Sie sitzt irgendwo in einem engen Verlies. An der einen Seite entdeckt sie eine Stahlklappe, auf der anderen erhebt sich ein enger Schacht über ihr und verliert sich im Nichts.

Irgendwo in der Ferne vernimmt das Mädchen beständiges Rauschen, mal lauter, dann abebbend, aber niemals verstummt es. Bisweilen mischen sich unangenehme Vibrationen in diese Geräuschkulisse und lassen das Kind förmlich von innen heraus erzittern.

Dennoch ist Melli seltsam gefasst, zumindest in diesem Augenblick. Die Entführer haben ihr ein Gerät da gelassen, offensichtlich eine Art Pager, mit der sie Textmeldungen empfangen kann. Auf dem Display ist gerade zu lesen: *keine angst, kriegst essen und trinken! klo neben der klappe, brauner eimer. und schreien zwecklos, hoert keiner!* Leider kann sie nicht antworten, es bleibt also eine Einbahnstraßen-Kommunikation, aber immerhin: Besser als nichts. Man kümmert sich um sie!

Im selben Moment löst sich Clemens Moor im

Streifenwagen aus seinen warmen Erinnerungen der vergangenen Nacht, denen er sich trotz der beruflichen Herausforderungen kurze Zeit hingegeben hat. Er denkt an Melli und ist beunruhigt. In seinem Körper passiert das, was er aus vergleichbaren Situationen zuverlässig kennt: Sein Magen verkrampft sich, hängt wie eine Art Stein schwer in seinem Bauch. Clemens Moor bezeichnet diesen Zustand gerne als seinen inneren Seismographen, mit dem er aufkommende Gefahren erkennt und ortet. Tatsächlich nimmt dieses Gefühl im Augenblick zu, steigert sich mit jedem Meter, den sie sich dem Haus der Familie Münchenhagen nähern.

Sie stehen im üblichen Stau und Fenderling berichtet, dass mit dem künftigen Oststrand-Projekt die Situation vermutlich völlig aus dem Ruder laufe. Zu viel Verkehr, zu viele Fahrzeuge! Die entsprechende Kalkulation in einem Gutachten habe die Politik schlicht ignoriert. In diesem sei zunächst von einer leichten Zunahme des fließenden Verkehrs die Rede gewesen. Als die reinen Zahlen aber bei näherer Betrachtung etwas ganz anderes ausgesagt hätten, nämlich eine erhebliche Steigerung des Verkehrsaufkommens, habe man den ganzen Passus ersatzlos gestrichen.

Clemens Moor lässt diese Schilderungen nicht wirklich an sich heran, vermutlich sollen sie auch nur seiner Ablenkung dienen. Fenderling hat nämlich durchaus eine sensible Seite, wie Moor bereits mehrfach bemerkt hat. Aber heute verfehlt diese Strategie ihr Ziel. Clemens Moor ist ein einziger, gespannter Bogen. »Wird das niemals enden?«. fragt er den aufmerksam blickenden Fenderling.

Dieser erwidert: »Soll ich das Blaulicht setzen?«

Aber Clemens Moor schüttelt verlegen den Kopf:

»Nein, das meine ich nicht! Ich spreche von meinem Gefühl und davon, dass sich immer alles wiederholt. Aus Leid wird neues Leid, einer gibt es dem anderen weiter, die Eltern ihren Kindern.«

Fenderling nickt: »Verstehe, Chef!« Clemens Moor zuckt unwillkürlich zusammen. In diesem Moment erreichen sie das weitläufige Grundstück der Familie Münchenhagen, durchfahren das mächtige Tor und nähern sich der Eingangstür.

Moor gibt sich nach einer endlos lang erscheinenden Sekunde den entscheidenden Ruck und verlässt das Dienstfahrzeug. Er ergreift den schweren Messingklopfer und schlägt ihn gegen die massive Eichentür. »So klopft das Schicksal an!«, murmelt er fast unhörbar in sich hinein und beschließt, dass er an einer eigenen Haustür niemals solch ein Werkzeug der Heimsuchung dulden werde. Aber das Schicksal klopft anscheinend umsonst, in der Tiefe des Hauses rührt sich gar nichts. Noch einmal schlägt Moor, nun schon halbherzig, mit dem Klopfer gegen die Tür und kehrt schließlich nachdenklich zum Wagen zurück. Was soll er machen? Sein Plan gerät in Turbulenzen, und das kann er jetzt so gar nicht gebrauchen.

»Keiner zu Hause, wir fahren in Münchenhagens Büro«, überlegt er laut, als sie wieder die Auffahrt verlassen und sich erneut in die träge Lava des Insel-Verkehrs einfädeln. Irgendwie erscheint ihm diese Alternative auch entlastend. Im privaten Lebensbereich der Familie wäre er mit viel zu viel Gefühl konfrontiert, den Bildern vom Urlaub vielleicht, dem Schulranzen, einer Puppe. Er möchte es sich gar nicht näher ausmalen. Inmitten der Sachlichkeit des Büros, inmitten der an Pedanterie grenzenden Geordnetheit eines Dr. Harald Münchenhagen, erscheint Moor die Schwere der Nachricht irgendwie gemildert. Sie findet nicht so viel Widerhall, so hofft er zumindest. Arbeitsatmosphäre halt, etwas mehr Planungsstab als Gefühlsverwirrung. Aber er weiß auch, dass er nur etwas in sich selbst besänftigen will. Da steckt nämlich viel Mitgefühl, er denkt an seine Anna und den Mann, dem er gleich gegenübertreten muss. Der in diesem Moment noch nicht ahnt, in welcher Gefahr es steckt, sein Kind.

Schwer lastet dieser Gang auf ihm, als er neben dem auffällig schweigsamen Hubert Fenderling den Aufzug betritt. *Münchenhagen Komfort GmbH & Co. KG* liest er auf dem kleinen Schild und drückt die dazugehörige Taste. Eine Ewigkeit später schließen die Türen, sanft gleitet die Kabine aufwärts. In Moor zuckt für einen Moment die Vorstellung auf, man werde niemals ankommen, eine gütige Feder schieße sie in einer Kapsel in den blauen Himmel und befreie sie von der Erdenlast. Der sonore Klang des Lifts reißt ihn aus seinem Sekundentraum, die Tür schwingt zurück. Vor ihnen öffnet sich eine weitere Tür, die sie augenblicklich verschlingt wie das gierige Maul eines gewaltigen Untiers. Sie betreten den dunklen Teppich, der sie automatengleich in die Tiefe des Flures zieht, bis sie den Vorraum zu Münchenhagens Büro erreicht haben.

Moor hofft insgeheim auf Anette Witte, ihre ordnende Routine, aber sie ist nicht zu sehen. Gespenstisches Schweigen umgibt die Männer, die nun zögernd näher treten, schließlich an die Bürotür klopfen: »Herr Münchenhagen, hier ist die Polizei, wir müssen mit Ihnen sprechen.« Die kühle Sachlichkeit dieses einfachen Satzes gibt den beiden wieder Halt. In diesem Moment sind sie nicht mehr Hubert Fenderling und Clemens Moor, sondern »die Polizei.« Und diese erfüllt unbeirrbar eine Pflicht.

Entschlossen drückt Clemens Moor den Griff herunter und öffnet die Tür, die erstaunlicherweise unverschlossen ist. Alle Vorhänge sind zugezogen. Tief im Dunkel erkennen die Beamten die Umrisse eines Menschen, eines Mannes. Halb auf dem Schreibtisch liegend, vornübergebeugt, wie im Schlaf versunken. »Herr Münchenhagen, wir müssen mit Ihnen sprechen!«

Keine Antwort. Rasch tritt Fenderling an ein Fenster und öffnet den Vorhang. Ein Lichtstrahl geistert über den Boden, gewinnt an Fülle und erfasst die Gestalt am Schreibtisch, die in unnatürlich gekrümmter Haltung, wie ein leibhaftiges Fragezeichen, daliegt und doch in diesem Moment nichts Leibhaftiges mehr kennt. Clemens Moor nähert sich dem Schreibtisch und betrachtet den Menschen, bei dem es sich unverkennbar um Harald Münchenhagen handelt. Oder besser: handelte. Denn Münchenhagen ist tot.

Zweifel sind unbegründet. Automatisch geht der Griff des Beamten an das Handgelenk, dann zum Hals. Kein Pulsschlag ist spürbar. Die beiden Männer lassen sich etwas Zeit, die Szene in sich aufzunehmen. Alles ist geordnet, sogar das Kalenderblatt scheint sie hämisch anzugrinsen, in seiner stupiden Korrektheit. Heutiges Datum, gut so! Auf dem Schreibtisch liegen mehrere Akten, teilweise auch auf einen Sessel gerutscht, vom Toten im Fallen beiseite gewischt, wie die lästige Erinnerung an mittlerweile sinnlos gewordene Fakten. Die Rechte des Toten umklammert einen Federhalter, noch geöffnet, wie ein Messer in die Höhe weisend. Das Ganze erscheint wie in der Bewegung erstarrt. Lichtstarr verharren die Pupillen des Mannes, dessen Gesicht seltsam entspannt wirkt. Auf der Schreibtischplatte entdeckt Clemens Moor einen Streifen Blut. In seine Gefühle mischen sich neben Ekel auch Ratlosigkeit und Angst. Wie das Leben doch zerrinnt. Eben noch schmieden wir Pläne, machen kühne Entwürfe unseres Lebens, so wie letzte Nacht mit Greta. Und dann hat nichts mehr Bestand, weggewischt von einer einzigen, beiläufigen Bewegung? Mühsam schüttelt er diese unangenehmen Gedanken wieder ab. Schließlich ist das Leben doch anders, kein Roman, oder? Moor schaut genauer hin. Eine Tatwaffe kann er nicht entdecken, nur einen Brief. Mit zarter Schrift steht darauf *Für dich!* geschrieben.

Moor ist von dieser Anrede irgendwie irritiert. Aber tatsächlich funktioniert so ja der Alltag. Als junger Beamter hat er die Technik von einem erfahrenen Kollegen übernommen. Um in ein Haus zu gelangen, drückte dieser den Klingelknopf und antwortete auf Nachfragen der Gegensprechanlage stets mit: »Ich bin's!«, mit hundertprozentigem Erfolg. »Das ist noch nicht einmal gelogen, soweit ich weiß«, hatte der Kollege dem jungen Moor augenzwinkernd mit auf den Weg gegeben.

Und nun dieses: *Für dich!* Da könnte sich theoretisch jeder angesprochen fühlen. Wie das Tagebuch mit dem verführerisch im Schloss steckenden Schlüssel, das Teenager gerne ihren Müttern hinlegen, um sie anschließend, nach unerlaubtem Studium, zu beschämen.

Unwillkürlich greift Clemens Moor nach dem Umschlag und missachtet den warnenden Blick seines Kollegen, der das Einmaleins der Spurensicherung beherrscht. Er zieht das dünne Papier heraus, klappt den Bogen auseinander und beginnt zu lesen:

Mein Schatz, dieser Abend war so wunderbar in deinen Armen, die Welt gehörte uns. Schade, dass wir nur im Büro lagen und nicht auf unserer Insel, von der wir so gerne träumen. Ich meine die ferne Insel in einem zukünftigen Leben. Du hast es mir versprochen, dass es dieses Leben geben wird, an deiner Seite, in deinen Armen, mit deiner Zuversicht und deinem Mut! Und ich vertraue dir, wie keinem Menschen zuvor in meinem

Hier endet der Satz unvermittelt. Ratlos wendet Clemens Moor das Schreiben und überreicht es Fenderling, der es aufmerksam studiert. »Gibt es eine Fortsetzung, ein zweites Blatt, das entfernt wurde?«, fragt Moor. »Oder sollte dieser Brief weitergehen und wurde niemals vollendet? Aber warum liegt er dann hier in diesem Umschlag?«

»Wer hat den überhaupt geschrieben?«, erwidert Fenderling. »Zumindest sicher nicht Münchenhagen, kann ich mir nicht vorstellen, bei diesen Pranken!«

Da gibt Clemens Moor ihm recht. Der Tote hätte vermutlich eher seiner Sekretärin diktiert als zur Feder gegriffen, um diese Zeilen zu schreiben. Aber kann man sich nicht auch irren? Hatte dieser grobschlächtige Mann vielleicht auch eine ganz andere Seite? Der Inhalt des Briefes scheint dafür zu sprechen.

»Wo ist überhaupt seine Sekretärin?«, fragt Fenderling, als habe er Moors Gedanken gelesen.

Und die Antwort folgt in einem Schrei. In der Tür steht Anette Witte. Ihr Blick verrät reines Entsetzen und tiefen Schmerz zugleich. Dann stürzen die Tränen hervor und schwemmen alles weg, wie einen bösen Traum. Aber es ist böse und kein Traum: Harald Münchenhagen, der starke Münchenhagen ist tot!

Wird das niemals enden?, fragt sich wieder einmal Clemens Moor.

Kapitel 29

Intermedium

Das rhythmische An- und Abschwellen der Wellen dringt durch das geöffnete Fenster in den sonnendurchfluteten Raum und füllt ihn mit Zeitlosigkeit. Dazwischen schieben sich die Lebensgeräusche eines herrlichen Sommers, das Vogelgezwitscher des noch jungen Tages, vereinzeltes Lachen von Kindern und entspannten Eltern. Leise schlägt die Uhr auf dem Nachttisch, geschmackvoll in moderner Aluminium-Optik gehalten und im besten Sinne schön.

Ihr Blick gleitet weiter, mit gewissem Stolz und noch ungläubigem Staunen. Ein eindrucksvolles Bild belebt die gegenüberliegende Wand. *Palaver* hat es die Künstlerin genannt. Ein in dunklem Blau und leuchtendem Rot gehaltenes Werk, auf dem sich eine Gruppe junger, dunkelhäutiger Menschen versammelt und Rat hält. In seinem schwarzen Atelierrahmen erscheint das Bild oberflächlich betrachtet beinahe spartanisch, in seiner gesamten Wirkung aber beeindruckend und kühn. Es trägt eine gewisse animalische Note.

In der wertvollen Porzellanvase sonnt sich eine einzelne rote Rose, deren einzige Bestimmung es zu sein scheint, in ästhetisch anspruchsvoller Art zu vergehen. Sie wirkt ihrerseits wie aus jenem Material geformt, das sie umfängt. Ihr Duft schwebt anmutig im Raum und gibt ihm etwas Angenehmes, etwas Leichtes.

Der Plasma-Bildschirm auf der anderen Seite zeigt die Bilder eines spannungsgeladenen Filmes, in dem sich die entblößten Körper von Männern und Frauen in allen nur denkbaren Facetten begegnen. Der Ton dazu fehlt, aber die Bilder sagen alles.

Tief saugt sie die Luft ein und genießt das entspannte Liegen auf dem Bett, unter sich reine Seide, in einem zarten Rot-Ton gehalten, der mit ihrem braungebrannten makellosen Leib so trefflich harmoniert. Ihr Blick gleitet mit einem Lächeln über den eigenen Körper, genießt den Anblick der noch festen Konturen, die sich nach der Sonne recken, dann des straffen Bauches darunter und entdeckt noch etwas tiefer schließlich ein einzigartiges Ereignis: Jenseits des Hügels erwacht ein Naturschauspiel der besonderen Art.

Wie selbstverständlich gleiten ihre Schenkel auseinander und ihre Blicke an die Decke über ihr, an der die Sonnenstrahlen durch ein Prisma hindurch farbige Streifen malen. Die Bilder des Fernsehschirms mischen sich allmählich mit Tönen. Ein tiefes Brummen erklingt, dann ein Seufzen. Ihr Blick ruht fest auf dem Farbenspiel und bewegt sich nun auf und ab, wie ihr ganzer Körper überhaupt. Im Rhythmus dieser Bewegungen, dem Spiel der nahen Wellen nicht unähnlich, gewinnt das Seufzen an Intensität.

Indem sich auch das Tempo kraftvoll erhöht, beginnt sie die Augen zu schließen und sich fallen zu lassen, in die Vorstellungen jener Welt, in der sie seit Kurzem zu

Hause ist. Sie erinnert einzelne Szenen, während sich das zarte Zirpen verstärkt, das die nun schon vertrauten Bewegungen dem Bett unter ihr entlocken. Die bewegte Szene gewinnt an Dynamik, ergreift den Raum.

Erst gestern sah man sie auf einem Ball, inmitten einflussreicher Menschen, aus Wirtschaft und Ministerium, sie trug ein wunderbares hochgeschlossenes, enges Kleid, das ihr etwas nahezu Keusches gab. Und alle Augen ruhten wohlgefällig auf ihr und dem einflussreichen Mann an ihrer Seite.

Das Naturschauspiel drängt seinem Höhepunkt zu, über ihren Körper laufen Schauer. Dann ein einziges tiefes Seufzen und entspannte Ruhe. Dazwischen mengt sich das kaum vernehmbare, sonore Surren des Ventilators, der für gewöhnlich die überhitzten Körper kühlen soll. Jetzt aber überzieht er den ihren mit fröstelnden Schauern. Sie greift nach der Decke und zieht sie höher, über besagten Hügel hinweg, auch um der Szene die Befangenheit zu nehmen, die sich augenblicklich einstellt.

»Na: Wie war ich?«, fragt das ermattete Naturereignis neben ihr, das sie jetzt erst zu bemerken scheint.

Ihre routinierte Antwort kommt prompt: »Einzigartig, Burckhard!«

»Ich weiß«, vervollkommnet das Naturereignis mit Zufriedenheit in der Stimme, was ihr signalisiert, dass sie richtig liegt. Aber im Grunde ihres noch jungen Herzens hasst sie diese Szene über die Maßen. Und ihre Antwort scheint ihr ehrlich, wenn auch mehrdeutig.

Sie ist mit sich und der Welt zufrieden. Dies alles gehört also ihr! Und es gehört Burckhard, wie sie den Geliebten an ihrer Seite gerne nennt. »Er hat es dir tatsächlich geschenkt?«, fragt sie ihn, noch immer staunend.

»Nicht ganz, du hast es für uns beide pro forma gekauft, ein ungeheuerliches Schnäppchen. Nur zwanzigtausend, so viel kostet allein der Pool!« Nach einer kurzen Pause muss der stolze Burckhard lachen: »Dafür bekommt er aber auch bald einige Millionen, unser smarter Harald!« Ein selbstgefälliges Grunzen dringt zu ihr herüber, während sein Blick schon wieder angeregt über die Landschaft gleitet.

»Und dieses herrliche Haus mit diesem wundervollen Grundstück gehört nun uns?«, fragt sie begeistert und fiebert seiner Antwort entgegen.

»Natürlich, mein Schatz!«, lässt er sie wissen und schweigt. Während sie die Männer gewöhnlich Burckhard tauft, liebt es der prominente Held an ihrer Seite eher volkstümelnd. Mit einem weiteren, abschließenden »Schatz« versenkt er die gesamte Thematik erneut zügig im tiefen Tal der Banalität, das jenseits des Venus-Hügels seinen Ausgang nimmt, und schläft kurz danach ein.

Das rhythmische An- und Abschwellen der Wellen dringt durch das geöffnete Fenster in den sonnendurchfluteten Raum. Leise schlägt die Uhr auf dem Nachttisch, geschmackvoll in moderner Aluminium-Optik gehalten und im besten Sinne schön.

Ihr Blick gleitet weiter, mit gewissem Stolz und noch ungläubigem Staunen. Die Szene erscheint oberflächlich betrachtet beinahe spartanisch, in ihrer gesamten Wirkung aber beeindruckend und kühn. Sie trägt eine gewisse animalische Note.

Der Geruch des Körpers neben ihr schwebt schwermütig im Raum und gibt ihm etwas Einzigartiges.

Kapitel 30

Clemens Moor und sein Kollege haben Anette Witte in den Nebenraum begleitet, während die Spurensicherung im Büro des Toten ihre Tätigkeit aufgenommen hat. Die Erbsensammler vom Dienst, wie Moor die Mannschaft gerne tituliert, sichten jedes Detail und finden verborgene Spuren auch an Stellen, an denen es für Laien nichts zu erkennen gibt. Längst hat die High-Tech-Branche den bis dato eher beschaulich agierenden, pinselschwingenden Fingerprint-Sammler überrollt und damit die moderne Kriminalistik revolutioniert.

Anette Witte erscheint völlig verstört und aufgelöst. Eine derart heftige Betroffenheit überrascht Moor bei der ansonsten so abgeklärten Sekretärin dann doch. Durch viele Gespräche mit Kollegen ist er allerdings gewarnt. Menschen haben ihre ganz persönliche Art, auf extreme Herausforderungen zu reagieren. Psychiater sprechen von *Coping*-Strukturen, also von individuellen Reaktionsmustern, in denen sich Menschen mit den alltäglichen Herausforderungen auseinandersetzen. Anette Witte würde ein Psychiater danach vermutlich eher zu den *Bad-Copern* zählen, jenen Menschen also, die in Extremsituationen gefährdet sind. Sie kommunizieren eher sporadisch, sie ziehen sich zurück, reagieren mit Schuldgefühlen.

»Warum bin ich heute nur nicht bei ihm geblieben?«, fragt sie sich ein ums andere Mal und die Männer spüren ihre aufrichtige Verzweiflung. Gleichzeitig erscheint etwas an ihrer Formulierung aber auch zu persönlich. So, als wenn es nicht darum gehe, einen Chef und sein

Büro zu bewachen, sondern den Mann des Herzens. Ist das denkbar?

Moor blickt Hilfe suchend zu Fenderling und wird sogleich irritiert. Auf dessen Gesicht erkennt er für Sekunden ein Schmunzeln, das so gar nicht zu der bedrückenden Szene passt. Clemens Moor nimmt Hubert Fenderling zur Seite und lässt sich den Grund der Erheiterung berichten.

Fenderling, für seine Loriot-Vorliebe bekannt, ist in Erinnerung einer Schlüsselszene in wildes Fantasieren geraten: Harald Münchenhagen bestellt Anette Witte zu sich. Er setzt seine Hornbrille ab und bittet die Sekretärin nach einer kurzen Ansprache, ihr Haar zu lösen. Schon endlos viele Jahre ist die Frau ihrem Chef in glühender Liebe ergeben. Sie errötet und kommt der Bitte in spannungsvoller Erwartung nach. Pure Erotik steht im Raum. Schon wenig später sinken sie zu Boden, wälzen sich in ungebührlicher Weise auf dem Teppich, bis Harald Münchenhagen stutzt: Vor ihm unter dem Schreibtisch liegt ein Schreiben an das *Cluster*-Management, das er längst auf dem Postweg vermutet. Der Millionen-Deal ist in höchster Gefahr. Münchenhagen erstarrt, die Szene kippt und Anette Witte bricht in Tränen aus. Verletzt und gekränkt ergreift sie den Brieföffner und sticht blindlings zu.

Das erhoffte befreiende Lachen gefriert Moor jedoch im Ansatz. Diese Szene ist vom Fernsehoriginal so weit entfernt wie Hubert Fenderling vom Lottogewinn. Aber vorstellbar ist alles, bei diesem mehr als mysteriösen Brief, den sie noch eben in den Händen hielten.

Sie kehren zu der Sekretärin zurück und setzen die Befragung fort. Clemens Moor wagt sich etwas weiter vor: »Wo waren Sie denn, als es geschah?«

Die Antwort folgt umgehend: »Beim Zahnarzt, der kann das bestätigen! Ich habe mindestens zwei Stunden dort zugebracht, schlechte Praxisorganisation nach meiner Ansicht!«

Das nimmt Moor ihr ungefragt ab: Eine Anette Witte hätte das Ganze innerhalb von wenigen Wochen perfekt organisiert. Er notiert die genauen Zeiten des Alibis und kommt dann auf einen etwas heiklen Punkt zu sprechen: »Verstehen Sie mich recht, Frau Witte. Sie arbeiten schon geraume Zeit für Herrn Münchenhagen. Nach so langer Zeit kennt man sich doch ziemlich gut. Und schließlich sind Sie ja auch eine attraktive Frau. Ich meine …« Clemens Moor hat sich verheddert und stockt.

Glücklicherweise springt Fenderling sofort hilfreich in die Bresche: »Mein Kollege meint: Hatten Sie vielleicht ein Verhältnis?«

Moor errötet, Anette Witte ebenfalls und Hubert Fenderling wird blass. Einige Sekunden später senkt die umsichtige Sekretärin den Blick und schweigt. Clemens Moor kommt ins Grübeln. Es gibt Augenblicke im Leben, in denen ein schnörkelloses Bekenntnis alles klärt. Ein empörtes »Wie bitte?!« hätte ihn erlöst, aber diese Nicht-Reaktion sagt ihm alles: Anette Witte und Münchenhagen waren ein Paar! Leise hakt er nach: »Und dieser Brief auf seinem Schreibtisch, der war von Ihnen, stimmt's?«

Anette Wittes Blick wird stumpf, wieder bleibt sie eine Antwort schuldig. Sie wendet sich ab, packt automatengleich ihre Handtasche und sagt schon halb im Gehen: »Ich kann nicht mehr, fragen Sie mich ein anderes Mal!«

Clemens Moor bleibt rätselnd zurück. Dass die Sekretärin ein Liebesverhältnis mit ihrem Chef verband, steht für ihn nach dieser Szene außer Frage. Aber das hilft ihm nicht entscheidend weiter. Wie viele Bürokonstellationen folgen wohl diesem Klischee? Und dennoch erfreuen sich die Betroffenen bester Gesundheit. Zunächst gilt es also, das Alibi zu prüfen und die Ergebnisse der Spurensicherung und der Autopsie abzuwarten. Mit Dr. Tomie sind sie im Übrigen bereits verabredet. Schweigend machen sie sich auf den Weg.

Als Moor und Fenderling das Gebäude der Rechtsmedizin betreten, verschwindet Clemens Moor zunächst in Richtung WC. Dort angekommen, prüft er das Spiegelbild seiner Nasenöffnungen, um anschließend erleichtert zu Fenderling zurückzukehren. Nun gilt es also, Harald Münchenhagen einen letzten, traurigen Pflichtbesuch abzustatten. Sie folgen den ungemütlichen Gängen, in denen ihnen Bahren und Container mit fragwürdigem Inhalt den Weg verstellen. Auf Laufkundschaft ist man in diesem verwirrenden Labyrinth nicht eingestellt. In der Luft liegt der beißende Geruch von Formalin. Sie folgen den Schildern und erreichen schließlich den Sektionssaal. Dort empfängt sie Olaf Wohlgemuth und führt sie an den Sektionstisch, wo sie schweigend verharren.

Clemens Moor blickt geradeaus und fixiert einen imaginären Punkt an der Wand. Dann ermattet er und blickt Hilfe suchend Fenderling an, der mit einem schiefen Lächeln signalisiert: Durchhalten, Clemens, es geht vorbei!

Die Stille wird jäh beendet, als endlich Dr. Tomie eintritt. Die Schwingtüren machen ihrem Namen alle Ehre und begleiten die Ausführungen des Arztes noch kurz mit solidarischem Quietschen. »Nun, fragen wir Dr. Tomie doch einmal nach den Fakten!«, hören die Männer den gut gelaunten Rechtsmediziner verkünden. Wohlgemuth hat das weiße Tuch zur Seite geschwenkt, so dass die sterblichen Überreste des einstmals stolzen Investors schamlos den Blicken ausgeliefert sind. Über dem Brustbein gelang dem Helfer eine Naht, die in ihrer Kunstfertigkeit wie ein Schmuckstück wirkt. Alles andere aber präsentiert sich grausam entstellt.

Dr. Tomie doziert: »Die Stichwaffe ist links parasternal eingedrungen und hat den Herzbeutel perforiert. Dann ist sie in die rechte Kammer vorgedrungen und hat das Septum durchspießt. Es kam augenblicklich zu einer Massenblutung und postwendend zum Exitus. Saubere Arbeit!«

Moor übergeht diese Bemerkung und fragt nach: »Andere Möglichkeiten gibt es nicht?«

»Ausgeschlossen!«, ist sich der Arzt ganz sicher. »Das hat ja wohl auch gereicht. Als Nebenbefund fanden wir eine Neoplasie im Bereich der Leber. Frühstadium.«

»Neoplasie?«, fragt Moor irritiert.

»Ja, Krebs, wenn Sie so wollen. Hätte sowieso nicht mehr lange gelebt.«

Moor und Fenderling eilen nach draußen und ziehen die Luft tief ein. Moor fühlt sich kraftlos, aber auch verärgert. »Dieser arrogante Mistkerl!«

Fenderling seufzt: »Mir ist einfach nur schlecht. Ich kann diesen impertinenten Geruch nicht ausstehen. Vielleicht bilde ich es mir auch nur ein, aber Formalin ist das letzte Zeug. Hängt noch tagelang in den Klamotten!«

Fenderling und Moor wägen die Alternativen ab: Schnaps oder Revier? Rasch sind sie sich einig, dass sie sich zunächst einmal lüften müssen, und steuern auf den Strand zu. Im *Haus Stockholm* betreten sie eine Bar und sinken ächzend an den Tresen. Der *Küstennebel* rinnt ihnen die Kehle hinunter und macht die Sinne wieder geschmeidig. Etwas beschwipst vertraut Moor Hubert Fenderling später an: »Meine Tochter würde ich diesem Pathologen-Scheusal niemals zur Frau geben. Man stelle sich das nur mal vor: Anna Tomie!«

»Verstehe ich nicht«, murmelt Fenderling, bis ihm die Erkenntnis schließlich ein Lächeln entlockt: »Ach – Anatomie, verstehe!«

Ins Revier zurückgekehrt, machen sie sich an die Lagebesprechung. Aus der Arbeitsgruppe des LKA wurde berichtet, dass Melli beobachtet worden sei, in Begleitung einer Person. Das Kind sei direkt vor dem Krankenhaus in ein Auto gestiegen, zu einer vermummten Gestalt. Das Kennzeichen beginne mit OH, mehr sei nicht bekannt. Die Kollegen stuften den Informanten allerdings als wenig verlässlich ein. Es gebe noch andere Hinweise, aber keine heiße Spur. Zumindest betrachteten die Ärzte das Kind als geheilt. In dieser Hinsicht müsse man sich nicht auch noch sorgen.

Die Spurensicherung hält sich indessen bedeckt. Der Kollege berichtet, dass man auf dem Brief in Münchenhagens Büro diverse Abdrücke gefunden habe, insgesamt vier. Registriert sei jedoch keiner. Moor zuckt unwillkürlich zusammen und spürt Fenderlings Blicke: »Vergleichen Sie erst mal mit der Sekretärin, da haben wir eine heiße Spur!«

Zunehmende Sorgen bereitet den Beamten die Tatsache, dass auch Bianca Münchenhagen völlig von der Bildfläche verschwunden ist. Niemand hat sie seit dem

Vortag gesehen. Weder von Melli noch von ihrer Mutter gibt es irgendein Zeichen. Man muss also das Schlimmste befürchten.

Moor macht sich auf den Weg zu seinem Wagen. Er erreicht das Schaufenster des Juweliers, das er bereits früher ausführlich studiert hat, und bleibt erneut stehen. Sein Blick gleitet über die Auslage, über den Schmuck, die Uhren und verharrt schließlich wieder mal bei den Eheringen. Moors anfängliches Schmunzeln wird jäh gebremst, als er ein verwaistes Preisschild entdeckt. Irgendjemand hat ein Paar Ringe erworben. Und augenblicklich fügt sich gedanklich zusammen, was zusammengehört. »Ich Idiot!«, flucht der Beamte, schlägt sich mit der flachen Hand vor die Stirn und setzt sich dann gedankenverloren in Gang. Der morgige Tag wird spannend, das ist ihm jetzt klar.

Aus seiner Tasche ertönt ein Ton, Greta schickt ihm eine SMS: *Ich vermisse dich, Clemens! Sitze im Wohnwagen, rieche Tomatensoße und trinke gleich alles aus!* Dankbar steigt Moor in seinen Jaguar und macht sich auf den Weg. Er schaltet das Radio an: »Liebe und Leid, alles braucht seine Zeit«, vertraut ein einsam heulender Sänger dem Mikro an. Clemens Moor versteht und drückt aufs Gas.

Kapitel 31

Stumpf fühlt sie das Pochen tief in sich, den Schmerz, den jeder Schlag ihres Herzens durch den geschundenen Körper sendet, durch den es das Blut pumpt, das gemeinhin Leben bedeutet. Aber was für ein Leben ist das eigentlich? Vergebens sucht sie nach Trost. Was ist das eigentlich: Trost? Eine Hülse vielleicht, ein Muster ohne Wert.

Ihre Situation erscheint ihr aussichtslos. Ihre Blicke irren umher, verlieren sich im Dunkel. Sie ist gefangen in sich und ringt um Haltung. Bianca Münchenhagen, die für kurze Zeit der Müllkippe ihres erbärmlichen Lebens entronnen erschien – sie ist wieder da angekommen, wo sie niemals mehr landen wollte.

Sie hat es immer geahnt, in den besten Tagen und Wochen ihres Lebens, als alles anders erschien, sich ein kleiner, ein winzig kleiner Keim von Hoffnung zu ihrer Trauer gesellte. Und der Keim hat auch keine Früchte getragen. Die Triebe sind verdorrt.

Ihre Haut fühlt sich an wie Schmirgelpapier, grobkörniges, hässliches, blutiges Schmirgelpapier. Es reibt an ihren Knochen, an den Muskeln, die unwillkürlich ihre Spannung verdoppeln. Aber wohin sollte sie Bianca führen, wenn nicht in neues Verderben? Alles aussichtslos: Die Reibung ist so erbärmlich quälend.

Hört auf damit! Hört doch endlich auf, bitte! Sie fragt sich ein ums andere Mal, schon seit Stunden, was sie ihnen getan hat, warum sie in dieses Tal von Jammer und Leid zurückgestoßen wird, warum man sie behandelt wie ein Tier, das man so einfach in den Dreck werfen kann. Das man gierig schänden kann. Sie fühlt ihre Ohnmacht, jede Bewegung erstarrt. Und etwas quält sie noch mehr als alles bislang Erlebte: Warum hat man dies alles nicht nur ihr angetan, warum muss die arme, unschuldige Melli darunter leiden, als gebe es nur ein einziges, unzertrennliches Schicksal? Ein langes, bedeutsames, zerstörerisches Schicksal, das die Generationen unerbittlich vereint. Man hat ihr Gewalt angetan. Und es ist diese Gewalt, die nun auch Melli getroffen hat, den unschuldigen, reinen, zarten Spross ihres Leibes. Gewalt, Unterwerfung, Hass und Tränen. Die Gefühle übermannen sie und ziehen sie für einen Moment ohnmächtig in den tiefen Schlund des Vergessens.

Hubert Fenderling hat mittlerweile sein Zuhause erreicht. Ein Bierglas in der Rechten, beobachtet er zunächst Eva, die in entspannter Haltung vor dem Fernseher ruht. Sie hat eine Gurkenmaske aufgelegt. Fenderling konnte noch nie nachvollziehen, was seine Frau so magisch zum abendlichen Werbeblock zieht. Um einen Kontrapunkt zu setzen, liest Fenderling ihr aus der Zeitung vor, die endlich einmal von einem wahrhaft dramatischen Inselvorfall berichten kann:

Der Oststrand brennt: Baulöwe tot!

Seit dem gestrigen Tag ist in unserer einstmals friedlichen Heimat nichts mehr, wie es einmal war. Das große Verbrechen hat sich auch hier endgültig Bahn gebrochen. Gegen Mittag überschlugen sich die Ereignisse, die bezeichnenderweise ursprünglich am Oststrand ihren Ausgang nahmen. Hier, wo der bekannte Investor Dr. Harald M. ein gigantisches Jahrhundertprojekt verwirklichen wollte, entzündeten Egon L. und seine Helfer als Zeichen des Widerstands eine Fackel der Gewalt (wir berichteten darüber). Was die Polizei bereits vermutete, wurde nun bittere Gewissheit: Das alles war erst der Auftakt zu einer Blutspur, die unsere ganze Insel zu überziehen droht! Einem anonymen Hinweis folgend drangen die Beamten gestern in das Büro des Dr. M. ein und fanden den blutüberströmten und grausam zerfetzten Leichnam des Investors. Ein fassungsloser Polizeibeamter vertraute unserem Reporter an: »So etwas Grauenvolles habe ich noch nie erlebt, überall war Blut, es war wie ein Massaker!« Welche aufgestaute Wut muss sich hier entladen haben? Und damit nicht genug: Soeben erfahren wir, dass offensichtlich auch Frau und Kind des Getöteten vermisst werden. Eine ganze Insel bangt nun um deren Leben. Der Bürgermeister, den wir um ein Interview baten, war nicht erreichbar. Er befand sich in einer kurzfristig einberufenen Krisensitzung. Sein Stellvertreter reagierte sichtlich fassungslos: »Das wirft uns um Monate, wenn nicht Jahre zurück! Wir rechnen mit massenhaften Absagen, die Tourismus-Saison ist damit gelaufen! Unser Mitgefühl gilt natürlich auch den Angehörigen.«

»Entsetzlich!«, ruft Eva. »Ich habe sie doch noch gekannt, die Ärmste, eine so sympathische Frau! Wie sie es allerdings mit ihrem Mann, diesem Harald ausgehalten hat, ist mir, ehrlich gesagt, ein Rätsel. Der hatte ja so rein gar nichts an sich, wenn du mich fragst: ein übergewichtiger Eisblock auf zwei Beinen. Und nun alles vorbei, alle tot!«

»Noch ist sie nicht tot, Eva! Wir wissen nichts über ihren Verbleib und über das Schicksal des Mädchens«, entgegnet ein genervter Fenderling.

»Eben!«, erwidert Eva, die sich triumphierend die Gurkenmaske vom Gesicht reißt. »Totenmaske« assoziiert der Beamte unwillkürlich und erstarrt.

Kapitel 32

Der Gaskocher hat seine Pflicht getan. Die Tomatensoße schmeckt herrlich, die Nudeln sind al dente und der Rotwein tut ein Übriges. Ein wunderbarer Abend steht ins Haus oder genauer: in den Caravan. Clemens musste Greta zunächst beruhigen, die mit Gas in erster Linie Explosionen oder Vergiftungen verbindet, nicht aber Heizen und Kochen. Erst nachdem er die Bescheinigung der letzten Gasprüfung vorgelegt hatte, fügte sie sich zögernd in ihr Schicksal. Um den Rest des angebrochenen Abends noch ungestört genießen zu können, schlägt Greta vor, das Geschirr zu spülen, während Clemens kurz seinem Chef berichtet. Nachdem sie sich auf den Weg ins Waschhaus begeben hat, greift Moor zum Telefon und wählt Wind-Schnittichs Nummer.

»Wie geht's, wie steht's?«, hört Clemens Moor seinen offensichtlich gut gelaunten Vorgesetzten fragen.

»Können Sie nicht mal eine andere Begrüßung wählen?«, erwidert Moor. »Ich zucke schon beim Gedanken daran zusammen.«

»Nun ja«, erwidert Wind-Schnittich nach kurzem Schweigen, »jetzt seien sie doch bloß nicht so ete tepete!«

Clemens Moor kommt nicht gleich auf die Antwort, aber irgendetwas erscheint schräg. »Na ja, jedenfalls kommen wir voran. Von der Entführung hat man sie wohl informiert.«

»Allerdings!«, maßregelt ihn Wind-Schnittich. »Das hätte ich aber lieber direkt von Ihnen gehört. Das nächste Mal möchte ich sofort in Kenntnis gesetzt werden!«

Moor nimmt seinen ganzen Mut zusammen und schiebt noch einen nach: »Na ja, dann wissen Sie sicher auch das von Münchenhagen, der ist nämlich hin!«

»Wo hin?«, kommt es postwendend aus dem Hörer.

»Nun ja, so ganz eben, also: tot«, stammelt der Kriminalhauptkommissar und redet einfach weiter: »Wir haben die Sekretärin in die Mangel genommen, sie hatten ein Verhältnis. Ich schätze, das haben wir bald geklärt.«

Als er nur noch tiefes Schnauben vernimmt, wählt Clemens Moor beherzt die Abkürzung und greift zur Notlüge: »Chef, meine Pensionswirtin kommt, sie bringt die Rechnung. Bis morgen!« Dann legt er einfach auf.

Ein laues Lüftchen weht über den Platz, als er Annas Mailbox angehört hat und sich anschließend ein Glas Wein genehmigt. Dankbar betrachtet er seine Greta, die mit dem Geschirr und einem Zettel erscheint. »Die Rechnung?«, fragt er sie verschmitzt.

»Lass mal stecken, das geht auf Kosten des Hauses, mein Held!« Dann reicht sie ihm das Blatt, das sie zufällig auf dem Weg zum Waschhaus gefunden hat. Darauf steht mit zarter Handschrift: *Leben! Das alles will ich und nichts wird uns trennen! Ich gehöre dir, was immer geschieht. Dein glücklicher und geduldiger, treuer Schatz!*

Clemens Moor ist etwas peinlich berührt. In beruflicher Hinsicht ist er daran gewöhnt, in fremden Unterlagen zu kramen und zu spionieren. Aber dies ist offensichtlich etwas anderes, nämlich ein ganz persönlicher Brief, verloren auf dem Weg, vielleicht unterwegs zum Rendezvous. Noch nicht einmal das Geschlecht der Schreiberin oder des Schreibers ist eindeutig. Und mit dieser Überlegung steckt Clemens Moor schon wieder mitten im Geschäft. Irgendetwas erscheint ihm seltsam daran, der Brief ist persönlich gehalten, doch fehlt ihm die Anrede. Dadurch wirkt er aber auch so abrupt. Und dann irritiert ihn diese Schrift, die er irgendwo schon einmal gesehen hat. Gedankenverloren steckt er den Zettel ein und schweigt.

Moor kann sich nur schwer entspannen. Zu ereignisreich und deprimierend verlief dieser Tag. Sein Windhund, der die Zeit mit Greta offensichtlich gut überstanden hat, legt ihm verständnisvoll die Schnauze aufs Knie. Moor hört etwas halbherzig Greta zu, die kurz von ihrem freien Tag berichtet. Dann aber wird er plötzlich wieder hellwach, als sie auf Melli zu sprechen kommt: »Stell dir vor, was sie mir gezeichnet hat!« Greta schildert ihm den rätselhaften Test, die vier Gestalten und ihre Probleme, daraus schlau zu werden.

»Wie machst du das überhaupt mit diesen Tests?«, fragt Clemens interessiert. »Tatsächlich beweist das doch eigentlich gar nichts!«

»Genau so einen Kollegen hatte ich mal, in der Klinik«, erwidert Greta. »Der sammelte immer Beweise, so wie andere Leute Briefmarken. Und daraus zog er dann seine Schlüsse, ohne Rücksicht auf Verluste. So eine Art Staatsanwalt der Seele. Gefühle haben ihn verstört und das in dem Beruf! Dabei kommt es auf nichts anderes an: Was uns wirklich bewegt, sind Emotionen, der Verstand kommt bloß dazu.«

»Es wird emotional entschieden und rational begründet«, doziert Clemens und schiebt rasch nach: »Habe ich auf einem Seminar gelernt, aber nie begriffen.«

An Stelle einer Antwort zieht Greta das Bild heraus, das sie fast jeden Tag studiert: Mellis Test, *Familie in Tieren*. Ratlos überfliegt Clemens die Figuren und zuckt zusammen. »Zumindest nicht lustig«, überlegt er. »Und bei näherem Hinsehen: das Grauen pur!«

»Ja, so ist es«, meint Greta. »Und irgendwo in diesem Rätsel steckt das entscheidende Detail! Wenn wir das finden, dann wissen wir am Ende alles. Jedenfalls gibt es in diesem Test eine Bedrohung und eine geheime Person, von der niemand was weiß.«

Clemens nickt. »Ich mache mir Vorwürfe, Greta. Warum bin ich nicht gleich losgefahren, als ich von allem erfuhr? Vielleicht hätte ich sie gerettet, sie und ihre Mutter. Vielleicht sogar Münchenhagen selber!«

Gretas zärtlicher Blick tröstet ihn etwas. »Diese ständige Verantwortung! Das kenne ich gut, meine höchstpersönliche Behinderung«, meint sie und schmiegt sich an ihn. Dann seufzt sie und richtet sich entschlossen auf: »Ich muss dir was erzählen, Clemens! Ich habe meinen Kollegen Raul von der Felde angerufen, wegen Bianca Münchenhagen. Sie machte mir Sorgen. Als sie im Krankenhaus so hilflos und verloren da stand, berührte sie mein Herz. Ich wollte etwas tun. Aber ich kam nicht zum Zuge, irgendetwas hat sie zutiefst verschreckt. War es das Bild, diese *Familie in Tieren*? Oder war es die Karte, die ich ihr gab? Raul von der Felde, ein junger Psychotherapeut, hatte eine Visitenkarte bei uns hinterlegt – ich glaube, es war in der Ambulanz. Ich hatte sie in meinen Unterlagen, man weiß ja nie. Und als sie mir wieder einfiel, habe ich sie Bianca Münchenhagen angeboten. Aber sie ließ sie einfach liegen, reagierte plötzlich völlig verstört und verschwand.«

»Wer ist dieser Raul?«, will Clemens wissen.

»Ich kenne ihn nur flüchtig«, antwortet Greta. »Von einer Tagung im vorletzten Jahr. Wir haben einige unverbindliche Sätze gewechselt. Er hat glühende Verehrer und entschiedene Gegner, je nachdem. Und für mein Empfinden hat er irgendwie was Schräges, aber das ist nur ein Gefühl.«

»Soso«, bemerkt Clemens. »Hörte ich dich nicht sagen: ›Was uns wirklich bewegt, sind Emotionen?‹«

Greta lacht. Dann wird sie wieder ernst und nickt: »Du hast völlig recht, mein Held!« Sie sieht ihn lange an, erhebt sich und verschwindet langsam in der Tiefe des Wagens. Aus dem Hundekorb blicken ihr zwei glückliche Augenpaare hinterher. Karla kuschelt sich zurecht und Henry leckt seine Pfoten.

Die halbe Nacht liegen Clemens und Greta eng umschlungen zusammen. Sie haben sich alles gezeigt und alles geschenkt. »Wie schön und wie schade«, murmelt Clemens. »Wie habe ich mich danach gesehnt und nun ist es geschehen. Das erste Mal ist so unwiederbringlich, findest du nicht?«

Greta hat die Augen geschlossen, ihre Hand berührt zärtlich seine Brust. »Jedes Mal ist das erste Mal, mein Liebling!« Dann schläft sie ein.

Clemens spürt ihren Atem, ihren Kopf auf seiner Brust und ihre Hand. Dann kommen ihm unwillkürlich Tränen der Rührung. So viel Glück, das ist einfach zu viel! Er hört das Rauschen des Meeres, streicht ihr sanft über den Rücken und genießt jeden Augenblick.

Als Greta am Morgen erwacht, löst sie sich behutsam aus Clemens' Armen und schlüpft ins Bad. Dann stutzt sie: Irgendjemand hat ihren Kajalstift benutzt. Ihr Blick gleitet höher und fällt auf den Spiegel. Auf diesem stehen einige Zeilen in einer schon ganz vertrauten Schrift. Der Jemand war also Clemens, irgendwann in der Nacht. Mit einem feinen Lachen schließt sie kurz die Augen. Dann blinzelt sie vorsichtig Richtung Spiegel und liest:

»Nächte«

Nächte! So kurz und nicht tugendschwer
Mit himmlischem Sehnen geteilt
Ein Beben, ein Spüren und dann noch viel mehr
Ein Sturm, dass die Zeit uns enteilt.

Nächte! So tief und voll Leichtigkeit
Mit Lippen und Händen erspürt
Nie zaghaft, doch zärtlich, zu allem bereit
Wohin uns die Leidenschaft führt.

Nächte! In Liebe und jubelndem Glanz
Mit feurigen Körpern gebebt
Vom Anfang gehör ich nur dir und stets ganz
Die Sehnsucht der Jahre, sie lebt!

Nächte! So kurz und nicht tugendschwer
Für immer genussvoll verweilt
Voll Achtung und Freude und stetem Begehr
Ein Leben, in Treue geteilt.

Kapitel 33

Die Camper nehmen ihr Tagwerk auf, überall öffnen sich Türen, werden Wassertanks befüllt, Frühstückstische zurechtgerückt und Zeitungen studiert. Auch Greta Bartholdi hat sich bereits auf den Weg gemacht und ist zur Arbeit gefahren.

Clemens Moor bleibt noch eine Weile sitzen und beobachtet die Surfer auf der morgendlich glänzenden Wasserfläche. Er braucht diese kurze Zeit für sich allein, um etwas dazwischenzusetzen: zwischen den Ansturm der liebevollen Gefühle auf der einen Seite und die Routinen und Schattenseiten menschlicher Existenz auf der anderen. Erst heute Nacht ist ihm klar geworden, dass es Greta im Kern nicht anders ergeht. Vielleicht sind die Themen, die ihr in den Therapien und Gesprächen begegnen, auf den ersten Blick nicht ganz so brutal. Aber er begreift, dass deren zerstörerische Wirkung den Morden und Gräueltaten seiner Kriminalfälle in nichts nachsteht. Seelenmorde hat Greta sie genannt, diese Schattenseiten menschlicher Existenz, die die Würde von Menschen auslöschen. Wie einst vielleicht die Pest, bloß dass es keiner merkt, überlegt Moor.

Zärtlich krault er Henry den langen Hals, so wie es sein Hund gewöhnlich am liebsten mag. Dann fällt sein Blick erneut auf die Surfer und er erinnert sich, dass der verstorbene Münchenhagen diesen Sport so liebte. Wer hatte ihm eigentlich davon erzählt? Moor kommt nicht darauf. Was für ein Absturz, das Ganze: gestern noch stolzer Surfer, der den Wellen trotzt und unbeirrbar seine Bahn zieht, und heute ein sorgsam vernähter eisiger Block, der in einer einsamen Schublade seiner Freigabe entgegenfriert.

Clemens Moor seufzt. Nun ist es geschehen: Er hat nach seinen zuvor noch so liebestrunkenen Gedanken den Rubikon zum beruflichen Alltag endgültig überschritten. Zwar gilt es vielleicht nicht direkt Italien zu erobern, wie es einst Julius Caesar tat. Aber: Zumindest einen entscheidenden Etappensieg zu landen, in diesem immer verwickelteren, gänzlich undurchsichtigen Fall.

Er verschließt den Caravan, umkreist seinen Jaguar, der schon seit längerer Zeit eine Wäsche gebrauchen könnte, befördert Henry zu Trinknapf und Decke in den Kofferraum und startet den Wagen. Im Vorbeirollen nimmt er wie immer die morgendliche Parade der Caravan-Gemeinde ab. Sie führt vorbei an unausgeschlafenen Gesichtern und an Menschen, die mit Kulturbeuteln und Handtüchern zum Waschhaus streben. Viele Camper sind inzwischen abgereist, es ist eine ganz neue Atmosphäre eingekehrt. Ältere Gesichter, weniger Zelte und deutlich mehr Wohnmobile der gehobenen Klasse.

Auf dem Revier angekommen, schlägt ihm schon beim Öffnen der Tür eine bedrückte Stimmung entgegen. Er vermisst das eine oder andere entspannte Moin, das ihm die Dienststelle mittlerweile ein bisschen zur zweiten Heimat gemacht hat, und steuert schnurstracks auf den Glaskasten zu, in dem er außer Fenderling noch zwei zerknautschte Gestalten entdeckt.

»Nicht das, bitte!«, stöhnt Moor, als er die beiden Kollegen erkennt, die eigentlich Mackeprang auf den Fersen sein sollten, wird aber sogleich in seiner Befürchtung bestätigt.

»Das ist doch nicht zu fassen!«, skandiert soeben ein sichtlich erregt auf und ab marschierender Fenderling, indem er jede Silbe mit dem trotzigen Stampfen eines Fußes quittiert. »Einfach abgehängt, wie ...« Hilflos gestikuliert er in der Luft herum und ringt nach Worten.

Die achselzuckenden Kollegen schleichen sich aus dem Büro und nicken Moor kurz zu, dessen Eintreten Fenderling zunächst nicht zu bemerken scheint. Dann schließlich hebt er den Kopf, blickt Moor an, irgendwie müde und ausgebrannt: »Was soll man da nur machen, frage ich dich? Wenn die noch nicht mal das Einmaleins der täglichen Polizeiarbeit beherrschen!«

»Erzähl mal!«, bittet Moor.

Fenderling hat die Tragödie in wenigen Sätzen zusammengefasst. Die Beamten folgten Mackeprang mit ihrem Fahrzeug und ließen sich etwas zurückfallen, um den Verdächtigen nicht zu warnen. Da entdeckte einer von ihnen auf dem Gehweg eine Bekannte, mit der er kurz durch das geöffnete Seitenfenster sprach. Anschließend habe man Mackeprang nicht mehr gesehen. Was unter »kurz« zu verstehen sei, hatte Fenderling nicht klären können, wohl aber die Identität jener Frau: Ludmilla Gors, leibhaftig. Wahrscheinlich wieder in einem sündhaft knappen Mini-Rock, überlegt Moor, belässt es aber beim Denken.

Tatsächlich sagt er: »Die schnappen wir uns, Hubert, die hat nämlich gelogen!« Fenderling wirkt zwar etwas irritiert, will Moor aber offensichtlich nicht widersprechen.

Als sie die *Sonnenburg* erreichen, bietet sich ihnen ein tristes Bild: Fast alle Parkplätze sind verlassen, das Ferienparadies scheint verwaist. Offensichtlich hat es die

Urlauber doch verschreckt, sich im Zentrum einer mafiösen Insel-Tragödie zu wissen. Zügig eilen die Polizisten den Gang entlang, der sie direkt zu Mau und seiner Schaltzentrale führt. Sie erreichen die Tür, die einen Spaltbreit geöffnet ist, und bleiben unvermittelt stehen.

Aus der Tiefe des Raumes vernehmen sie ein heftiges Gespräch und gerade eben Ludmillas Stimme. Hart und erregt stößt sie hervor: »Das kannst du dir abschminken, du Loser! Ich steige doch nicht mit jedem ins Bett. Solang du keinen hochkriegst, kannst du alles vergessen. Und auch sonst bist du nicht mein Niveau!« Ein verächtliches Lachen lässt keinen Zweifel, dass Ludmilla Gors die Lage beherrscht. Ein kläglicher Mau beginnt zu sprechen, hat aber keinerlei Chance. »Ich bin schließlich was Besseres«, höhnt Ludmilla weiter, »das wirst du schon sehen. Ich kenne sie alle, die Typen, aber meiner hat Stil! Das ist eine richtige Nummer!«

Die Tür wird aufgerissen und heraus tobt Ludmilla Gors wie eine Furie, die Moor fast überrollt. Ludmilla bemerkt ihn und Fenderling und erstarrt. Für Sekunden herrscht Stille, dann beginnt sie erneut, diesmal in Richtung Moors, zu keifen: »Erst im Kaufhaus mit Blicken ausziehen und nun auch noch lauschen! Das hat man gerne, so arbeiten die Bullen!«

Eigentlich will sie weiter, aber Moor versperrt ihr den Weg. »Ich habe noch einige Fragen. Und von den Antworten wird abhängen, ob Sie die nächsten Jahre überhaupt noch mal ein Kaufhaus betreten.«

Entschlossen schieben sie die verdutzte Ludmilla kurzerhand zurück ins Zimmer und schließen die Tür.

Clemens Moor setzt sich auf die Tischkante und lässt sich Zeit. Das hat er aus dem Fernsehen, gefällt ihm ausgesprochen gut: Der Kommissar hockt dort gerne etwas erhöht und blickt hinab, in die Niederungen der Ganovenbande. Diese wiederum erhebt die Köpfe und betet ihn quasi an, den Göttlichen! Wer wollte da noch lügen, im Angesicht des jüngsten Gerichts?

Nach angemessener Pause fährt er schließlich fort: »Also kommen wir zur Sache: Sie haben gelogen! Und das gibt uns zu denken. Sie haben zunächst zugegeben, dass sie als Zimmermädchen die Sachen des Verstorbenen durchwühlten, dem feinen Doktor aus dem Ministerium. Dann erwähnten Sie, er sei ein treuloser Bursche und begründeten diese Aussage mit dem beiseitegelegten Ehering des Toten. Der war aber weder verheiratet, noch hatte er sonst eine Frau. Er war schlicht und einfach Single und hatte auch keinen Ehering! Das haben wir von unseren Kollegen aus Kiel erfahren. Wie erklären Sie uns das?«

Clemens Moor fängt Fenderlings bewundernden Blick auf und beobachtet mit Genugtuung, dass die sonst so forsche Ludmilla doch tatsächlich zu trudeln beginnt. Sichtlich überrumpelt nestelt sie an ihrem T-Shirt und legt eine Schulter frei. Diese Geste wirkt aber eher berechnend und verfehlt ihr Ziel.

Rasch hat sich Ludmilla wieder gefangen. »Da fragen Sie besser den!«, schreit die Frau und deutet auf Mau. »Dem hab ich das alles zu verdanken! Scheiß-Eifersucht, ich halt das nicht aus!« Wutentbrannt reißt sie die Tür auf und stürmt hinaus.

Moor tauscht kurz einen Blick mit Fenderling und schließt die Tür. Der völlig in sich zusammengesunkene Empfangsdirektor wirkt wie ein Zerrbild seiner selbst. Nichts Direktorales ist mehr zu entdecken. Dieser

Mensch scheint völlig zerstört, als habe er sich bereits aufgegeben. Moor lässt ihm Zeit und beobachtet die Möwen, die vor der stolzen *Sonnenburg* ihre Kreise ziehen. Dann beginnt Mau leise zu sprechen.

»Ja, ich war es, ich gebe es zu! Ich kann es mir selbst nicht erklären, es ist wie ein Fluch!«

Moor wartet kurz und hilft ihm ins Gleis: »Sprechen Sie weiter, wir hören zu!«

Mau hebt kurz den Blick und nickt. »Ich habe es schon länger vermutet. Die Ludmilla, die kenne ich gut. Bevor ich sie in die *Sonnenburg* holte, war sie ein Nichts. Sie stand im *Star-Club* drüben am Tresen, nicht dahinter. Und wenn einer wollte, nahm er sie mit. Dabei hat sie auch etwas ganz Zartes!«

Moor ist überrascht und überlegt, dass sich Ludmilla ihm gegenüber, was die erwähnte Zartheit betrifft, wohl gut getarnt hat.

Mau fährt fort: »Ich habe sie gesehen und gleich für unser Hotel engagiert. Sie war mir auch dankbar, zumindest am Anfang. Wir trafen uns privat und kamen zusammen. Aber irgendwas ging schief. Es klappte nicht so richtig mit uns, wenn Sie mich verstehen?«

Moor ist sich nicht sicher, nickt lediglich aufmunternd.

Und Mau fährt fort: »Sie hatte andere, das war mir rasch klar. Ich habe ihr Handy kontrolliert, da waren die Typen, einer nach dem andern, förmlich aufgereiht. Dann begann ich zu drohen, ich würde sie feuern, aber sie hat nur gelacht. Sie kenne ganz andere Kerle, ich würde schon sehen!«

Moor überlegt, dass die Sache nun langsam auf den Punkt gehört. Vermutlich müsste er spätestens jetzt den armen Mau über seine Rechte belehren. Er zögert jedoch, möchte die Gunst der Stunde nutzen und fasst stattdessen zusammen: »Sie fühlten sich gedemütigt, das haben wir verstanden. Und dann kam dieser Doktor aus dem Ministerium, mit seinem Koffer, und bei Ihnen sind die Sicherungen durchgeknallt. War es so?«

Mau widerspricht: »Nein, erst war das anders! Der Chef hat gesagt, wir sollen uns kümmern, dem Herrn alles bieten, was das Herz begehrt. Man füttert die Kuh, bevor man sie melkt! Das habe ich auch verstanden und Ludmilla anfangs sogar ermutigt. Dann lief das aber völlig schief. Sie war immer öfter auf seinem Zimmer und hat immer so frivol gelacht. Bei mir hat sie das nie. Und schließlich bin ich rein und habe sie gesehen. Er auf ihr drauf, dieses schwitzende Schwein. Und sie blickt zur Decke und denkt sich ihren Teil! – Da habe ich ihn mir gegriffen!« Mau schreit wie ein waidwundes Tier und beginnt dann zu schluchzen. »Ich hatte plötzlich einen dieser Steine in der Hand, die der Doktor am Strand gesammelt hat. Ich weiß nicht wie, aber plötzlich sank er zu Boden. Rutschte einfach so ab von meiner Ludmilla! Da bekam ich richtige Wut und habe noch mal zugeschlagen. Dann war Schluss!«

Moor findet die Vorstellung unappetitlich, wie der blutüberströmte Tote von der Kante rutscht, eben noch stattlich und jetzt ein Nichts. »Wie ging es dann weiter?«, fragt er.

»Ich stürzte hinaus und war wie von Sinnen. Ludmilla hatte aber alles im Griff. Sie holte mich zurück, durchwühlte den Koffer und entnahm ihm ein paar Riesen. Viel war es nicht! Das Ergebnis können Sie in ihrem Kleiderschrank bewundern. Dann haben wir ihn ins Kühlhaus geschleppt, im Restaurant, müssen Sie wissen. Und in der Nacht ging's weiter an den Strand. Den Koffer haben wir verbrannt, im Ofen der Küche.«

Clemens Moor überlegt kurz und fragt dann weiter: »Wie hat denn Ludmilla reagiert? Was war ihre Rolle?«

Mau blickt verächtlich, sein Blick ist starr: »Die hat kassiert! Erst fünfhundert, aber das war ihr nicht genug. Sie wollte mehr!«

Clemens Moor ist zufrieden. Nicht mit dieser unappetitlichen Geschichte, aber mit dem Geständnis. Es ist zumindest ein Beginn. Er belehrt Mau und erklärt dem einstmals stolzen Empfangsdirektor, dass er vorübergehend festgenommen sei. Dann bringen sie ihn gemeinsam aufs Revier.

Ein Beamter begegnet ihnen im Eingang und informiert sie: »Eben hat ein Dr. Geier angerufen, ein prominenter Verteidiger. Man kennt ihn aus dem Fernsehen, ziemlich teure Nummer. Jedenfalls hat er verkündet, dass er diese Ludmilla vertrete. Keine Vernehmung mehr ohne ihn!«

Wortlos führt Clemens Moor den Verhafteten weiter. Nur kurz treffen sich ihre Blicke. *Gebrochen!*, denkt Moor und für einen Moment erfasst ihn sogar Mitleid.

Eine halbe Stunde später betritt Clemens Moor Fenderlings Büro. Dieser wirkt ziemlich verzweifelt vor seiner Schreibmaschine und verfasst das obligate Protokoll. Neugierig blickt ihm Clemens Moor über die Schulter, um kurz darauf schallend zu lachen. »Das kannst du doch so nicht schreiben!«, prustet es aus ihm heraus.

Während Fenderling etwas pikiert reagiert, schnappt sich Clemens Moor den Bogen, nimmt eine übertrieben pathetische Haltung ein und zitiert: »Alsbald verschaffte sich der Tatverdächtige Zutritt zu den Räumlichkeiten, bemerkte die mittlerweile erfolgte geschlechtliche Vereinigung und versetzte dem stark transpirierenden Opfer einen heftigen Schlag mittels eines bereitliegenden Findlings. Infolge der stumpfen Gewalt ließ das Opfer alsbald von der Zeugin ab, was diese zunächst überrascht registrierte. Angesichts der umgehend nachlassenden Erektion seines Opfers erfasste den Beschuldigten eine heftige Erregung, die ihn umgehend dazu veranlasste, sein Tun zu wiederholen. Gemeinschaftlich handelnd entsorgte man schließlich das Opfer, indem es der Kältekammer des Restaurants zugeführt wurde.«

Nachdem Clemens Moor seinen Kollegen besänftigt und versprochen hat, an seiner Stelle die Vernehmung schriftlich zusammenzufassen, platzt es aus Fenderling heraus: »Mensch, Clemens, das war ja vorhin die Mega-Nummer! Wie hast du das nur gemacht? Wie bist du darauf gekommen?«

Statt einer Antwort stellt Moor eine überraschende Gegenfrage: »Bist du schon mal Trauzeuge gewesen?«

»Nein«, lautet Fenderlings Antwort.

»Dann bereite dich schon mal vor!«, grinst Clemens und schließt die Tür. Er macht sich kurz auf den Weg, um sich die Beine zu vertreten und frische Seeluft zu schnuppern.

Kapitel 34

Als Clemens Moor ins Polizeirevier zurückkehrt, empfängt ihn ein aufgeregter Fenderling.

»Ach, da bist du ja, ein richtiger Hellseher!«, wirft er hastig hin. »Gerade wollte ich dich anrufen, wir haben Kontakt.«

»Kontakt?«, fragt Clemens Moor etwas irritiert. Seufzend fällt er an den bereits vertrauten Schreibtisch und lauscht Fenderlings Bericht.

»Eben hat der Kriminaldauerdienst angerufen. Ein Unbekannter hat einen Brief hinterlegt, an der Rezeption des *IFA-Hotels*. Dann hat er dort angerufen und gebeten, man möge das Kuvert sofort öffnen. Das kam dem Angestellten irgendwie spanisch vor, so dass er die Polizei informierte. Eine oberflächliche Untersuchung des Briefes ergab keinen Anhalt für eine Gefährdung und so haben sie ihn geöffnet. Den Inhalt kannst du diesem Fax entnehmen, sieh dir das mal an!«

Fenderling reicht Clemens Moor den Bogen, auf dem dieser einen Text in Klebebuchstaben erkennt:

Der Oststrand brennt!

Die Aktionsgruppe Inselschutz hat den Aggressoren Einhalt geboten und ihren Schergen ein weiteres Zeichen gesetzt. Frau und Kind des Despoten wurden von uns entführt, sie befinden sich in sicherem Gewahrsam an zwei getrennten Orten. Ihr Leben hängt an folgenden Bedingungen: Sofortiger Stopp aller Bauplanungen und öffentliches Bekenntnis des Inselbürgermeisters, das gesamte Projekt zu stoppen! Aktionsgruppe Inselschutz, der Kampf beginnt!

Clemens Moor runzelt die Stirn und brütet düster. Nun ist es also grausame Gewissheit: Mutter und Kind wurden entführt. Das Schreiben, das er in Händen hält, ist zumindest ein kleiner Anhaltspunkt, eine erste Spur. Das ist doch eindeutig die geistige Handschrift dieses Mackeprang. Er blickt zu Fenderling, der ihn aufmerksam beobachtet und fragt nach: »Was hältst du davon?«

Fenderling lässt sich Zeit. Dann erwidert er unsicher: »Wenn du mich so fragst, sind meine Gefühle verwirrt. Irgendwas stimmt da nicht!«

»Was uns wirklich bewegt, sind Emotionen, der Verstand kommt bloß dazu«, hört sich Clemens zu seiner eigenen Verblüffung sagen. Mit allem hat er gerechnet, bloß nicht damit, dass der bodenständige Fenderling plötzlich mit Gefühlen kommt.

Gemeinsam besprechen sie, allen Spuren nachzugehen. Die Fahndung nach Mackeprang ist bereits im Gange, die Personenbeschreibung wurde verteilt, ein Fernsehaufruf gestartet. Der Brief der Entführer hat sie einen Schritt weitergebracht.

Dann geht es zügig mit dem toten Baulöwen weiter. Der Bericht der Spurensicherung zum Tatort liegt vor. Clemens Moor hasst diese umständlichen, dürren Texte, die phasenweise kein Mensch nachvollziehen kann. Darum bittet er Fenderling, der sich auf solche Werke anscheinend besser versteht, um eine Zusammenfassung.

»Die kurze oder die lange Fassung?«, wird Moor gefragt.

»Die kurze natürlich!«, bittet er Fenderling und trommelt nervös mit den Fingern. So ganz allmählich verspürt er auch mächtigen Hunger. Und während in ihm die verführerische Vision einer herrlich dampfenden

Portion Spaghetti ersteht, versucht er sich mühsam auf Fenderlings Bericht zu konzentrieren:

»Die Spurensicherung hat die Fingerabdrücke auf dem Umschlag verglichen, der auf dem Schreibtisch des Toten lag. Sie stimmen mit hundertprozentiger Sicherheit mit denen von Anette Witte überein. Ansonsten Fehlanzeige. Der Brief stammt also offensichtlich von ihr. Aber noch was anderes ist interessant: Die Kollegen haben Blut gefunden. Das Opfer, also Münchenhagen, hatte Blut an seiner Hose, aber es stammt nicht von ihm selbst. Und genau identische Spuren fanden sich in seiner Wohnung, an mehreren Stellen verteilt. Man hat wohl versucht, die Spuren zu entfernen, aber es sind Reste geblieben, noch relativ frisch. Man schätzt, dass die Spuren in etwa gleich alt sind, die an der Hose und die im Haus.«

Irgendetwas in Moors Gehirn beginnt sich unangenehm bemerkbar zu machen. Zwischen Visionen von Blutspuren, Briefumschlägen und Spaghetti al dente schiebt sich beharrlich ein vager Gedanke, der schließlich die Oberhand gewinnt. »Mensch, Hubert, reich mir mal diesen Brief an Münchenhagen rüber, ich werde verrückt!«

»Hoffentlich nicht!«, erwidert dieser und wühlt in der Akte. Wenig später hat er das Schreiben gefunden und schiebt es über den Schreibtisch.

Moor legt den Zettel, auf dem Anette Wittes Fingerabdrücke gesichert wurden und dessen Text so abrupt endete, säuberlich entfaltet auf die Tischplatte, greift gedankenverloren in seine Tasche und entnimmt ihr ein weiteres, noch zerknülltes Papier. Es ist jener Zettel, den Greta zufällig auf dem Campingplatz gefunden und ihm überreicht hat. Ganz langsam fügen sich die Teilstücke zusammen, zunächst in Moors innerer Vorstellung, dann aber auch ganz real fassbar. Nachdem Moor das Knäuel sorgsam geglättet hat, legt er beide Schriftstücke untereinander, sie passen genau zusammen und bilden nun wieder eine Einheit. Moor runzelt die Stirn. »Ich werde verrückt!«, bemerkt er noch einmal und beginnt zu lesen:

Mein Schatz, dieser Abend war so wunderbar in deinen Armen, die Welt gehörte uns. Schade, dass wir nur im Büro lagen und nicht auf unserer Insel, von der wir so gerne träumen. Ich meine die ferne Insel in einem zukünftigen Leben. Du hast es mir versprochen, dass es dieses Leben geben wird, an deiner Seite, in deinen Armen, mit deiner Zuversicht und deinem Mut! Und ich vertraue dir, wie keinem Menschen zuvor in meinem Leben! Das alles will ich und nichts wird uns trennen! Ich gehöre dir, was immer geschieht. Dein glücklicher und geduldiger, treuer Schatz!

Aufmerksam studiert Moor Papier und Schriftzüge. Es gibt keinen Zweifel, der Brief ist komplett, der fehlende Puzzlestein gefunden.

Fenderling blickt ihm über die Schulter. »Wo hast du das her?«, fragt er verdutzt. »Das ist ja der Hammer!«

Clemens Moor berichtet von Gretas Zufallsfund auf dem Campingplatz und dann auch noch von Mellis Zeichnung: »Irgendwie gehört alles zusammen, aber ich blicke nicht durch! Es ist wie ein verstreutes Puzzle, das erst sein Geheimnis preisgibt, wenn alle Teile gefunden und an der jeweils richtigen Stelle eingefügt wurden. Wer um Himmels willen ist der Unbekannte? Etwa Mackeprang? Ludmillas großes Tier? Oder der tote Doktor am Strand? Anette Witte? Lebt Bianca Münchenhagen überhaupt noch, oder Melli? Vom eigenen Vater ermordet? Oder doch entführt?«

Clemens Moor ist regelrecht verzweifelt. Den ebenso aufgewühlten Fenderling hört er sagen: »Morgen bestellen wir uns die Witte ein, irgendwas hat die doch schließlich am Stecken. Und erzählt hat sie rein gar nichts, wenn ich es recht bedenke!«

Kapitel 35

Es herrscht eine düstere, mehr noch: brütende Stimmung im Hinterzimmer des *Zollhauses*. Qualm steht meterdick unter der alten Holzbalkendecke und wabert dem knatternden Abzugsschacht entgegen. Füße scharren reichlich nervös, Männerhände gleiten über abgewetzte Eichentische, ansonsten herrscht in beredtem Gegensatz dazu gespannte Ruhe. Laut vernehmbar tickt eine Standuhr, die an die sieben Geißlein erinnert, mit einem leicht unregelmäßigen Schlag. Irgendjemand hat versäumt, sie lotrecht auszurichten. Dieser kleine Versatz stört für gewöhnlich nur musikalische Gemüter. Heute Abend stört er keinen. Auf den Tischen liegen uralte Deckchen, vom ständigen Waschen inzwischen blassrosa und beige verblichen. Zigarettenasche formt darauf schmuddelige Muster, das Bier ruht schal in den Gläsern.

Die Tür schwingt auf, eine junge Bedienung betritt den Raum. Sie prallt unwillkürlich kurz zurück, kämpft sich dann jedoch tapfer durch die Wand aus Rauch, Bierdunst und Schweiß. Die Frau verteilt die Bestellung und die Männeraugen gleiten für wenige Augenblicke prüfend über ihre Gestalt. Die Bedienung ist noch schlank an Jahren, um es einmal beschönigend zu formulieren. Und sie ist auch insgesamt nicht attraktiv, es mangelt ihr an Ausstrahlung. Sie wirkt bereits erschreckend stumpf. Gedankenverloren knallt sie eine Eisschokolade auf den Tisch und verteilt die Biere.

Dann schließt sich die Tür, als habe es die Frau und ihren Auftritt niemals gegeben, die Männer sind wieder unter sich. Sie spielen weiter »Scharwenzel«, ihr Leib- und Magenspiel. Gewöhnlich geht es dann hoch her, mit Rufen und Lachen und Kartenknallen. Heute aber spielt man verbissen. Kuntz hat das Spiel kürzlich Clemens Moor erklärt. In dieser Form sei es einzig und nur auf der Insel anzutreffen. Sogar das Fernsehen habe darüber berichtet. Einer der Männer wirft schließlich krachend seine »Olsch« auf den Tisch und für kurze Zeit flackert so etwas wie Freude auf, um gleich wieder in den Sumpf schwelender Gereiztheit einzutauchen. Die Karte sticht »Söben« und »Basta«, das Scharren der Füße unter dem Tisch erstarrt.

»Das darf doch nicht wahr sein«, flucht Mackeprang, der heißblütige Vorsitzende der Bürgerinitiative, die sich im *Zollhaus* zusammengefunden hat. Mackeprang meint ausnahmsweise nicht das Spiel. »Eine einzige, lächerlich kleine Kugel Vanille-Eis, kalte Schokolade und ansonsten ein Klecks Sahne, das ist alles. Eine Mini-Kugel Vanille!« Er schnaubt empört, reißt sich aber etwas zusammen, als die Bedienung erneut den Raum betritt. »Hallo, Biene, da ist euch aber ein Irrtum passiert: Nur eine Kugel Vanille schwimmt im Glas, das ist keine Eisschokolade!«

»Wieso?«, kommt es postwendend, im Ton reichlich patzig zurück. »Vanille steht doch auf der Karte!«

»Aber auch eine Schokoladenkugel!«, empört sich Mackeprang, stößt jedoch auf eine Mauer jugendlichen Stumpfsinns.

»Pöh, das machen wir hier halt so!«, meint Biene und vollführt eine wegwerfende Bewegung, als wenn sie das Gesagte samt imaginärer Schokoladenkugel über ihre Schulter schleudern wolle.

Normalerweise wäre nun eine gehörige Ansprache fällig, aber angesichts der insgesamt schon schwierigen Lage versinkt Mackeprang sogleich wieder in dumpfem Brüten, bis die Fernsehnachrichten beginnen. Alle blicken gespannt auf den altersschwachen *Grundig*-Fernseher, der schon entschieden bessere Zeiten erlebt hat. Die Fernsehmoderatorin berichtet mit der ihr eigenen freundlichen Indifferenz umfassend über die Insel und ihre kriminelle Heimsuchung. Die Kameras der Reporter haben die Brennpunkte akribisch abgefilmt: das repräsentative Haus der Familie Münchenhagen, die geschlossenen Gardinen, halten längere Zeit auf ein Spielzeugfahrrad, achtlos hingeworfen, als habe der Entführer das Kind eben erst heruntergezerrt. Sie filmen das verwaiste Büro, gleiten über die entleerten Parkbuchten des einstmals stolzen Hotels und schwenken schließlich auf Fenderling, der im Namen der Ortspolizei sein Statement gibt.

Scheinbar emotionslos gibt er in leicht hölzerner Diktion zum Besten: »Wir haben inzwischen gesicherte Hinweise darauf, dass die Entführung von Ehefrau und Tochter des Getöteten dem politischen Spektrum zuzurechnen ist. Mittlerweile liegt ein Bekennerschreiben vor, dessen Authentizität geprüft wird. Die Fahndung läuft auf Hochtouren!«

Dem Bericht folgen andere über gentechnologisch veränderte Bestandteile in Schokoladeneis und schließlich der Wetterbericht. Jemand schaltet den Fernseher aus. Dann herrscht eisiges Schweigen im Raum.

»Verdammter Mist, hätte ich bloß nicht mitgemacht bei der Sache«, stöhnt ein schmächtiger Kartenspieler auf. Er wirkt regelrecht verzweifelt. »Habt ihr das gehört? Das ›politische Spektrum‹ sind doch wir. Die meinen *uns*. Die suchen uns, jetzt sind wir alle dran!«

»Red kein' Scheiß!«, fährt Mackeprang ihn an. »Jetzt führt kein Weg mehr zurück, wir sind schließlich Bürgerrechtler und keine Hosenscheißer!«

Niemand pflichtet ihm bei, alle scheinen verunsichert und gedankenverloren. »Aber eigentlich könnten wir doch jetzt aufhören, oder? Wir haben doch erreicht, was wir wollten!«, widerspricht der Zauderer erneut.

»Nichts ist passiert, du Schwachkopf!«, erwidert der rot angelaufene Mackeprang. »Der Bürgermeister hockt in irgendwelchen Sitzungen und hüllt sich in Schweigen. Und die eigentlichen Drahtzieher sitzen warm und trocken!«

Keiner widerspricht ihm in diesem Augenblick. Recht hat er! Aber alle spüren auch, dass sie längst über eine imaginäre Linie hinausgeprescht sind, die politisches Engagement und Kriminalität trennt. Es ist einfach so passiert. Kollektiv sind sie mal eben, von einem Tag zum anderen, aus den Kulissen ihrer bürgerlichen Zufriedenheit gekippt, wie Zinnfiguren. Und nun rückt sie keiner zurecht. Vielleicht wünscht sich mancher einfach nur seliges Erwachen: Alles nur ein Traum! Aber es ist alles andere als traumhaft und die Männer schweigen sich wund.

Das alles berührt Biene wenig, sie ist gänzlich unpolitisch. Emotionslos folgt sie dem reißerischen Bericht. Hinter dieser Fassade aber ist sie erbost, weil ihr eine fehlende Schokoladenkugel in der Eisschokolade die Laune verhagelt, sei sie nun gen-dingsbums verändert oder nicht. Und schließlich hat das ihr Chef versemmelt und sie soll nun büßen. Langsam denkt sie sich in Rage. Den alten Bock im Hinterzimmer kann sie ohnehin nicht leiden. Und dann die verlockende Aussicht, dass die bislang unscheinbare Biene die Bühne der Welt betritt, als strahlender Star einer Insel-Soap! Vielleicht landet sie sogar im Fernsehen? In einer Talk-Show? Entschlossen greift sie zum Hörer, wählt die Nummer des Notrufs und weist damit dem Schicksal einiger noch ahnungsloser Menschen eine neue Richtung.

Melli erwacht mit heftigem Kopfschmerz, sie hat nicht richtig geschlafen, ist vielmehr aus einer Art Narkose erwacht. Alles schmerzt sie, die Fesseln schneiden tief ins Fleisch und ihr Magen hängt in ihrem Körper wie ein schlaffer Sack. Wann hat sie das letzte Mal gegessen?

Während sie noch nachdenkt, erspäht sie neben sich einen Schatten. Er bewegt sich nicht, war vorher aber nicht da. Ein Mensch? Oder ein Tier? Die Fantasie spielt offensichtlich mit ihren Sinnen. Als sie zugreifen will, kippt sie kraftlos vornüber. Das Mädchen stöhnt auf, fällt auf die Seite und sieht direkt vor sich eine Kiste. Darauf stehen Lebensmittel, ein Glas mit Wasser und Früchten. Alles beinahe liebevoll dekoriert, mit Marienkäfern aus Schokolade. Für einen kleinen Augenblick ist Melli förmlich gerührt, bis ihr mit einem Schlag alles wieder bewusst wird: Brutal zugegriffen hat man, sie gepackt und herumgestoßen. Alles in ihr schmerzt.

Zur gleichen Zeit spricht Clemens Moor in Begleitung Fenderlings mit Anette Witte und konfrontiert sie mit ihren Erkenntnissen. Er erwähnt die Fingerabdrücke und Blutpartikel. »Wir gehen davon aus, dass Sie mit dem Toten eine Beziehung hatten. Also haben Sie auch diesen Brief geschrieben!«, versucht es Moor, wedelt mit den beiden Papierfragmenten, erhält aber keine Antwort. »Ich rate Ihnen dringend, die Karten auf den Tisch zu legen«, mahnt er scharf. »Die Spurensicherung hat uns eindeutige Beweise geliefert und wenn Sie jetzt mitziehen, kann Ihnen das möglicherweise nutzen.«

Nach schweigsamen Sekunden, die Anette Witte in trotziger Haltung absitzt, hört Clemens Moor Fenderlings einfühlsame Stimme, die der Szene die entscheidende Wendung gibt: »Ist Ihnen der Tote so egal, dass Sie nichts dazu sagen?«

Um die Selbstbeherrschung der Sekretärin ist es augenblicklich geschehen. Sie bricht in bittere Tränen aus, die in gespenstisch lautlosen Bahnen über ihr müdes Gesicht rinnen. »Das bringt ihn mir auch nicht zurück!«, stöhnt sie und blickt Fenderling flehend an.

Moor ahnt dessen Absicht. Er will offensichtlich das Eisen schmieden, bevor es erkaltet, und tatsächlich schiebt Fenderling rasch nach: »Das stimmt! Aber der feige Mörder dieses Mannes, der Sie so geliebt hat, verdient eine gerechte Strafe. Helfen Sie uns bitte!«

Clemens Moor blickt Fenderling in einer Mischung

aus Bewunderung und Fassungslosigkeit an. Was ist bloß in Hubert gefahren, den einstmals so hölzernen Pedanten?

Der Damm ist gebrochen. Die Frau berichtet von den Anfängen der Beziehung: »Er war stark, mein Harald! Ich habe ihn so bewundert. Aber ich kannte ihn auch anders, das müssen Sie mir glauben. Er war, wie soll ich es sagen? Er war irgendwie auch zart. Zumindest in manchen Momenten. Er hatte eine Vision und so viel Energie. Aber wenn er abends dann dasaß, überfielen ihn auch Zweifel. Er war nicht so, wie viele meinen. Ihm ging es um die Menschen, er dachte an Arbeit. Aber wenn dann alles schiefzugehen schien, dann stürzte er plötzlich in Depressionen. Und er sprach mit mir! So wuchsen wir allmählich zusammen. Ich habe es nicht gewollt, am Anfang. Das klingt doch so platt: Ungeliebter Chef liebt Sekretärin! Oder?«

»Bei Ihnen nicht, Anette«, hört sich Moor sagen und es ist tatsächlich nicht gedankenlos oder leichtfertig dahingesagt. Etwas an dieser starken und doch zarten Person weckt sein Mitgefühl.

Die Frau ist dem Beamten dankbar. In nahezu gespenstischer Ruhe fährt sie fort. »Wir sprachen oft miteinander und er wirkte so gelöst. Und seine Frau? Ich habe es mich oft gefragt. Sie wirkte einsam, sie brauchte seine Stärke, oder besser: missbrauchte! Als Mensch verstanden hat sie ihn nicht.« Und dann fügt sie mit Nachdruck an: »Sie lebt in verschiedenen Welten. Harald tat alles, er wollte sie retten. Aber auch seine Kraft versagte. Sie ist krank, wissen Sie?«

Clemens Moor nickt und steckt in der Klemme. Er will sie behutsam ermutigen, nicht überfordern, aber die

Zeit verrinnt. Irgendwo stecken Bianca und Melli und die Sekunden laufen. Die Stoppuhr tickt. Was hat Anette Witte ihm tatsächlich zu sagen? Dann beschließt Moor, Ruhe zu bewahren, und fasst sich in Geduld: »Erzählen Sie mir von dem Brief, wenn Sie mögen!«

Und sie mag. »Ich durfte Harald nicht beim Namen nennen, ich meine: im Brief. Er fürchtete Entdeckung! Seine Frau war krankhaft eifersüchtig, sie kontrollierte ihn ständig. Und darum durften Namen nicht sein. Ich schrieb ihm täglich, auch an diesem Tag!« Die Frau kämpft mit den Tränen, sie ist so tapfer. »Ich saß an meinem Schreibtisch. Und da tauchte seine Frau auf, wie aus heiterem Himmel! Die erste Seite meines Briefes hatte ich bereits in den Umschlag gesteckt. Die zweite schob ich unauffällig beiseite. Dann sah Frau Münchenhagen das Kuvert und stutzte. Plötzlich schnappte sie sich das Papier und rauschte wortlos davon! Ich glaube: Da hat sie alles gewusst, mit Harald und mir!«

»Und Sie?«, fragt Moor, den es kaum noch auf dem Stuhl hält.

»Ich berichtete kurz Harald von diesem Vorfall und ging zum Zahnarzt, das habe ich bereits erzählt!«

»Haben wir überprüft, das stimmt«, erwidert Clemens Moor im Bemühen um eine sachliche Wendung. »Was geschah mit dem Brief, mit der zweiten Seite?«

Anette Witte wirkt ratlos. »Keine Ahnung, was weiß ich? Das ist doch egal!«

Clemens Moor seufzt. »Wir haben ihn gefunden. Auf einem Campingplatz. Wie können Sie uns das erklären, Frau Witte? Nun packen Sie endlich aus!«

Ihr Blick kommt wie aus weiter Ferne, aus einer anderen Galaxie, als sie antwortet: »Dieser Campingplatz an der Nordküste? Ich habe Harald bloß geholfen, wir brachten sein Surfbrett zurück.«

Die Schlacht ist verloren, die Quelle versiegt. Langsam erhebt sich die Sekretärin. »Bin ich verhaftet?«

Moor schüttelt den Kopf. »Das nicht, aber halten Sie sich zu unserer Verfügung!«

Die Tür fällt ins Schloss, die Beamten schweigen.

»Du warst echt klasse!«, ergreift Moor das Wort.

Ein kleines, feines Lächeln huscht über Fenderlings Züge: »Das habe ich von einem Kollegen. Vom Chef. Was uns wirklich bewegt, das sind nämlich Emotionen!«

Kapitel 36

Alle im Revier spüren, dass der Tag der Entscheidung gekommen ist. Es herrscht eine gespannte Atmosphäre, erkennbar an den Gesichtern der Menschen, ihrer individuellen Art, mit der Spannung umzugehen. Fenderling zum Beispiel wird dann wortkarg, man lässt ihn auch in Ruhe. Für gewöhnlich widmet er sich im Angesicht des Großen in scheinbar stoischem Gleichmut dem Kleinen. Im Moment zum Beispiel hält er eine spielzeugähnliche Gießkanne in der Hand, um die wenigen, halbvertrockneten Alpenveilchen auf seinem Fensterbrett zu wässern. An solchen Zeichen erkennt jeder im Revier, dass ihm Ungemach droht, sobald er sich Fenderling jenseits einer imaginären Grenze nähert. Und heute ist wahrlich ein Tag, an dem etwas geschehen wird, das diese ansonsten so beschauliche Insel noch nie gesehen hat.

Clemens Moor hat seine Dienststelle in Kiel informiert. Dann wird alles in die Wege geleitet. In Abteilung fünf des Landeskriminalamtes hat die spezielle Koordinierungsstelle Moors Einsatzersuchen positiv bewertet und sofort dem zuständigen SEK, dem Spezialeinsatzkommando zugewiesen.

Die Aktion verläuft planmäßig und präzise. Die dunkel gekleideten Männer tragen schwere Helme und verbergen sich so gut es geht hinter ihren Schutzschilden, ihre Waffen im Anschlag. Es ist wahrlich keine einfache Sache, in den über dreißig Kilo schweren Ausrüstungen durch die Dünen zu robben. Als sie das Gebäude erreichen, nehmen sie an den Hausecken Aufstellung, dicht gedrängt stehen sie hintereinander und erwarten den Einsatzbefehl. Nur Minuten später erfolgt der Zugriff, anfangs noch lautlos und gespenstisch, aber mit hoher Effizienz. Türen werden aufgestoßen, Kollegen gesichert, Menschen unter die Tische gewiesen, dann fliegen Rauchbomben. Man hört Schreie der Überraschung, Glas splittert. Nach nur wenigen Minuten ist der Spuk vorbei. Auf dem Boden liegen sechs überraschte Männer und können es nicht fassen. Einer nach dem anderen steigen sie in die bereitstehenden Einsatzfahrzeuge. Die Bürgerinitiative geht einen schweren Gang.

Im *Zollhaus* herrscht plötzlich wieder Ruhe, auch eine vorübergehende Sprachlosigkeit. Dann bricht unter Gästen und Personal ein Sturm los, in dem sich Entsetzen, Panik, fassungsloses Erstaunen und Neugier mischen. Biene, die Bedienung, ist Star und Heimsuchung zugleich. Und weil sie den Betroffenen dies alles nun schon zugemutet hat, ist sie ihnen natürlich eine Erklärung schuldig.

Und so erzählt sie ihre ganz spezielle Geschichte. Ein ums andere Mal, was nichts bedeuten will, denn jede Geschichte ist anders. »Ich habe es gleich bemerkt, die waren bewaffnet«, erzählt sie gerade. »Es ging um Rache und Mord, die waren zu allem bereit. Und dann haben sie mich auch noch bedroht. Zunächst ging es bloß um die Eisschokolade, aber ich wusste es genau: Das war nur ein Vorwand! Üble Kerle, allesamt, mindestens zehn. Einer ist mir sogar fast an die Wäsche gegangen, in der Ecke zum Hof. Er kam direkt auf mich zu, aus Richtung der Toiletten. Die Hose stand schon offen. Das war vielleicht eklig. Das hätte ein übles Ende genommen. Ich konnte aber entkommen, rein in die Gaststube, zum Hörer gegriffen, das war eins! Auf mein Leben habe ich nichts mehr gegeben, das könnt ihr euch denken!«

Auf der Wache herrschen indes Stress und Hektik. Die Mitglieder der einstmals stolzen Bürgerinitiative sind eingetroffen und werden erkennungsdienstlich behandelt, später dem Haftrichter vorgeführt. Dieser ist ein altgedienter Jurist, kurz vor der Pension, der die ihm auferlegten Arbeitsaufträge mit mehr oder weniger Gleichmut versieht. Pedantisch und emotionslos für gewöhnlich. Seine buschigen Augenbrauen heben sich vielleicht etwas, wenn er erzürnt ist, und seine Stimme wird dann seltsam spröde, fast brüchig. Aber heute ist er entsetzt und schockiert. Seine Augen sprühen ein ungekanntes, empörtes Feuer.

Sechs der angesehensten Bürger muss er befragen, sie alle sind ihm persönlich bekannt. Und keinem hätte er all das auch nur im Ansatz zugetraut! Entführung? Mord? Brandstiftung? Sachbeschädigung? Die Liste ist lang und lang sind auch die blassen Gesichter, die ihn schuldbewusst anblicken, voran Egon Mackeprang. Er ist nur noch ein Schatten seiner selbst. Vorbei ist die noch vor Stunden lodernde Flamme des Widerstandes, erstickt in den Rauchbomben des Einsatzkommandos und abgearbeitet an den harten Gerichtsbänken mit ihrer in langen Jahren von Schweiß und Unruhe getränkten, archaischen Autorität. Offensichtlich hat Mackeprang die Lage völlig falsch eingeschätzt, sich auf eine absurde Weise wohl für unantastbar gehalten, beinahe schon eine geschichtliche Instanz. Und dann ist da noch sein verdammtes Temperament.

Aber nun ist es für Reue zu spät. Einzeln werden die Männer befragt. Nüchtern schießen die Fragen auf sie ein, so dass sie sich noch tiefer ducken, in ihren Kokons aus Entsetzen und Scham. Sie beteuern ihre Unschuld, der eine wortreich, der andere stockend. Jeder auf seine Weise.

Dann ist Moor an der Reihe. Er räuspert sich und trägt den Ermittlungsstand vor: »Wir gehen davon aus, dass der Tod des Dr. Harald Münchenhagen politisch motiviert ist. Er ist maßgeblich als Investor des geplanten Ferien-Resorts hervorgetreten. Dieses Projekt bekämpft die Bürgerinitiative, deren Exponenten Sie hier vor sich sehen. Es gibt deutliche Hinweise darauf, dass die Bürgerinitiative auch an einer Entführung der Familie des Toten, seiner Frau Bianca Münchenhagen und seiner Tochter, beteiligt ist. Dazu liegt uns das Bekennerschreiben einer *Aktionsgruppe Inselschutz* vor, das im IFA-Hotel anonym abgegeben wurde.«

Clemens Moor überreicht dem Richter das Schreiben und fährt fort. »Alle bisherigen Erkenntnisse weisen darauf hin, dass die hier anwesenden Mitglieder der

Bürgerinitiative und die Entführer die gleichen Personen sind. Niemand sonst hätte ein erkennbares Interesse daran, das Ferien-Resort zu verhindern. Außerdem wurde das Gewaltpotenzial dieser Personen bereits in Form einer Brandstiftung erkennbar. Wir haben den Anführer der Bürgerinitiative, Egon Mackeprang, observieren lassen. Leider hat er sich der weiteren Überwachung entzogen und ist untergetaucht. Die Fahndung wurde eingeleitet. Nur dem Fernsehaufruf und dem Anruf einer Zeugin im *Zollhaus* haben wir es zu verdanken, dass wir seiner habhaft werden konnten.«

In die eintretende Stille hinein und im Angesicht von sechs fassungslos blickenden Augenpaaren bislang wohlsituierter Inselbürger, die nun zu Tatverdächtigen mutierten, fährt Clemens Moor mit bedächtig gewählten Worten fort. »Aus polizeilicher Sicht besteht dringender Tatverdacht, was den Tod von Münchenhagen und die Entführung seiner Familie betrifft. Wir hoffen, dass Mutter und Tochter noch am Leben sind, fremde Blutspuren an den Hosenbeinen des Toten werden gerade erkennungsdienstlich behandelt und abgeglichen. Und es besteht Fluchtgefahr, wie das konspirative Vorgehen der hier anwesenden Verdächtigen unschwer erkennen lässt.«

Die Zeit ist knapp, geht es Moor durch den Kopf. Viel zu lange sind die Geiseln bereits an ihrem unbekannten Ort. Und jede Minute zählt! Alle spüren das in diesem Moment. Eine Schlacht ist gewonnen, aber der Krieg?

Die Entscheidung des Gerichts lässt keinen Zweifel daran, dass man Moors Einschätzung teilt. Die Männer werden der Untersuchungshaft überstellt. Die weiteren Ermittlungen und die Gespräche mit den Inhaftierten laufen an.

Fenderling und seine Männer sind fieberhaft bei der Arbeit, aber kommen nur sehr mühsam voran. Bekennerbrief, ja, das geben die Männer zu. Aber alles sei nicht so gemeint gewesen, Agitation eben. Mord oder eine Entführung? Nein, keiner will es gewesen sein. So stecken sie alle fest. Ermittler, Richter, Staatsanwalt auf der einen Seite, die einstmals stolzen Inselschützer auf der anderen. Und wie gesagt: Jede Minute zählt!

Nach langen, ermüdenden Vernehmungen jedoch, die in der Sache keinen Millimeter weiterführen, sich am Ende immer wieder mühsam im Kreise drehen, fällt die fieberhafte Spannung in sich zusammen. Das Wochenende beginnt. Die Ermittlungen aber laufen weiter. Moors Tochter Anna will zu Besuch kommen. Er nickt Fenderling zu und erhebt sich gedankenverloren von seinem Stuhl. »Bis dann!«, murmelt er vage und verlässt den Raum.

Kapitel 37

Clemens besteigt seinen Jaguar und legt den Rückwärtsgang ein. Langsam lässt er den Wagen aus der Parklücke rollen, bis ihn ein unangenehmes Knirschgeräusch aus den noch immer verwirrten Gedanken reißt. Er steigt aus und betrachtet stirnrunzelnd das Ergebnis seiner Grübeleien: Eine hässliche weiße Spur verunziert den ansonsten makellosen racing-grünen Lack. Clemens Moor hat den Begrenzungsstein schlicht übersehen.

Das kleine Missgeschick mahnt Moor, sich zu besinnen und allmählich wieder zurück in den Alltag zu finden.

Zum ersten Mal hat ihn Greta nämlich zu sich nach Hause eingeladen. Sie erwartet ihn vermutlich bereits sehnsüchtig. Ein kurzes Telefonat mit Greta nimmt ihm etwas von seiner Kraftlosigkeit und Enttäuschung. Noch unterwegs telefoniert Moor mit seiner Tochter Anna und spricht mit ihr über das bevorstehende Treffen. Dann erzählt sie ihm vom neusten Teeny-Stress in der Schule, von einem üblen Zickenalarm unter Freundinnen, wie es ihn so nach seiner Ansicht nur bei Mädchen gibt. Eine lehnt die andere ab, und niemand blickt durch! Irgendwie tut ihm Anna ein bisschen leid. Sie möchte es immer gerecht haben und niemanden verletzen. Aber die Welt, sie ist nicht so, nur ganz selten. Und das kann Moor so gut verstehen. Das hat sie original von mir, sagt er sich selbst und beginnt sie zu trösten. Ihre klare, unverstellte Stimme berührt ihn wieder so tief. Er hofft, dass sie niemals in ihrem Leben an ein erbärmliches »M« gerät, an einen Münchenhagen, Mackeprang oder Mau, sondern an den Mann ihres Herzens. Aber das kann manchmal dauern, muss er sich seufzend eingestehen.

Einige Kilometer weiter biegt er bei Greta auf den Hof. Sie hat mit ihrer Warnung nicht übertrieben, eine Art Wildgarten erwartet ihn, früher sagte man wohl Unkraut. Er lädt zum beschaulichen Verweilen ein, nichts wurde der ursprünglichen Natur entrissen, bloß der Rasen verrät einen rührenden Wunsch nach Kultur. Die im Eingang wartende Greta fängt seinen Blick auf und erklärt: »Mein Vater, er mäht mir den Rasen, jede Woche.« Und dann fragt sie nach: »Habe ich dir zu viel versprochen, das ist doch Chaos, oder?«

Clemens strahlt sie an und schüttelt den Kopf: »Im Gegenteil, nach diesem Wahnsinnstag ist alles in bester Ordnung!« Bewundernd gleitet sein Blick über ihren Körper und er prägt sich jedes Detail ein. Seine Aufmerksamkeit gefällt Greta ganz offensichtlich. Dann gehen sie Arm in Arm ins Haus. Überall werfen Kerzen ihr romantisches Licht auf eine Szene, die Clemens mit Behagen in sich aufsaugt.

Später, nach mehreren herrlich duftenden Spaghetti-Portionen und einem guten Glas Wein wird Clemens Moor Zeuge einer ganz eigenen häuslichen Idylle. Greta sitzt auf dem Sofa und entspannt sich dadurch, dass sie ihrer Tochter Marlene den Rücken krault.

Es gibt da eine ganz bestimmte Technik. Die Fingerendglieder gebeugt, fahren die Fingerkuppen in kreisenden Bewegungen weiträumig über den Rücken, nicht zu zart, weil dies kitzelt, aber auch nicht zu derb, weil dies schmerzt. Sobald Greta ihren Gedanken nachhängt, geschieht für gewöhnlich das Missgeschick: Irgendwann verliert sie das rechte Maß, der Druck verstärkt sich oder versiegt. Dann beginnt der Protest, Marlene mault und je nach Lage beginnt nun ein Streit. Heute aber ist alles anders. Sanft und mit Nachdruck kreist Gretas Hand und bewirkt bei Marlene ein behagliches Schnurren.

Später am Abend schleicht Clemens durch die ihm noch etwas unvertrauten und doch schon lieb gewordenen Räume und lässt seinen undisziplinierten Gedanken freien Lauf, in denen Hubert Fenderling Eheringe reicht, Henry durch den Wildgarten hechtet und Anna mit Marlene plaudert. Aber jetzt genießt er diese Gedanken. Denn schließlich gilt: »Was uns wirklich bewegt, sind Emotionen, der Verstand kommt bloß dazu.«

Kapitel 38

Clemens, Greta und Marlene stehen am nächsten Tag in Puttgarden am Bahnsteig und sehen gespannt dem nahenden Zug entgegen. Der graue Wurm gewinnt an Größe, schiebt sein unförmiges Maul in Position, schwenkt zur wartenden Menge und kommt quietschend zum Stehen. Eine Jugendliche mit einem roten Rollkoffer entsteigt dem zahnlosen Geschöpf und eilt ihnen entgegen.

Anna kommt auf Besuch. Gerührt schließt Clemens sie in seine Arme, noch dankbarer als sonst. Irgendwie hat die Insel ein Grauen erfasst, das die schätzungsweise jährlich 2200 Sonnenstunden nur mühsam überstrahlen. So ist er auch nicht sicher, ob dieses Wochenende für Annas Besuch wirklich passt. Aber die Sehnsucht war stärker und Greta war es auch. Sie tritt aus seinem Schatten, auf Anna zu. Der schwierige Moment, den Moor erwartet, die denkbare Krise fällt aus. Sie grüßen sich neugierig, die Frauen seines alten und neuen Lebens, und gehen plaudernd fort. Clemens ist verblüfft und dankbar zugleich. Es hätte auch anders laufen können. Und hilfreich ist auch Marlene mit ihrem ungefilterten jugendlichen Charme. Clemens Moor spürt eine Mischung aus Spannung und Erschöpfung in sich. Er ist hin und her gerissen, weil er die Verantwortung spürt, die dieser Fall ihm auferlegt, aber auch die Freude über den Besuch seiner Tochter. Fenderling hat ihm aber aus seiner Klemme geholfen und ihm versprochen, ihn über alle Vorgänge auf dem Laufenden zu halten.

Annas Wunsch ist es, das berühmte Haifischbecken

auf Fehmarn zu besichtigen. Die Zarte und das Biest! Sie fahren die wenigen Kilometer nach Burg und fädeln sich in die Schlange zum *Meereszentrum* ein. Die gespenstischen Haifische, aber auch die harmloseren Exoten haben es dem Mädchen angetan. Greta gerät in Entzücken, als ein riesiger bunter Fisch nahe an sie heranschwimmt und eine Fratze zieht, nur ein einziges Mal und nur für sie. Während die Mädchen lachen und sich auch gruseln, besonders im Angesicht der Haie, kommt Clemens ins Grübeln. Ist die Welt draußen am Ende auch so? Ein Haifischbecken? Oder gibt es rettende Reservate für sie? Mit Unbehagen blickt er in die kleinen, versteckten Augen des Untiers. Dann fällt sein Blick auf das Maul und erfasst die Reihen Haifischzähne. Fällt einer aus, schiebt der nächste nach. Der Inbegriff an Gefräßigkeit. Schauer laufen ihm über den Rücken. Und für einen Augenblick taucht er wieder in die Tiefen seiner Ermittlungen ein, überlässt er sich seinen Fantasien, mit einem großen, fratzenziehenden Aktivistenfisch und einem verschlossen lauernden Investor-Hai.

Als schließlich das Mobiltelefon klingelt, zuckt Clemens zusammen. Am Hörer lauert der Chef-Hai aus Kiel und fletscht vermutlich gierig die Zähne.

Aber Greta hilft ihm, sie springt in die Bresche und ergreift das Telefon: »Pension *Sharky*, Oststrand, was kann ich für Sie tun?«

Es folgt kurzes Schweigen, dann stammelt der Chef: »Oh, Verzeihung, ich habe mich wohl verwählt?« und legt auf.

»Sie sprechen mit Frau Fischbach«, hört Clemens eine grinsende Greta automatenhaft in den Hörer rattern.

Und Clemens ergänzt: »Wünschen Sie Moor, so sagen sie Moor!«, während ihm Greta nuschelnd antwortet: »Ich habe Sie nicht verstanden!«

Später am Abend nimmt Clemens Moor Greta in die Arme. Er ist aufgewühlt und beginnt zu erzählen, von den vergangenen turbulenten Tagen. Moor ist unzufrieden: »Was haben wir schon erreicht? Knallharte Fakten? Eine Spur zu den Entführten? Fehlanzeige!«

Greta wirkt nachdenklich und schließt die Augen. Clemens Moor betrachtet sie neugierig. In seinem Inneren formt sich eine Hoffnung, flüchtig noch, aber irgendwo im Anflug vorhanden. Ob sie ihm weiterhelfen kann mit ihrem psychologischen Gespür? Sind nicht alle Fälle im Kern lediglich Blaupausen unserer eigentlichen menschlichen Natur? Und müssen wir sie nicht aus diesen Gründen psychologisch erschließen? Wie ein nasses Stück Seife gleitet ihm die Hoffnung wieder aus den Händen, sobald er danach greift.

Greta bittet Clemens, ihr noch einmal die Details zu berichten. Als er auf Anette Witte zu sprechen kommt, bemerkt er eine Veränderung in ihren Zügen. Sie wirkt irritiert: »Was hat Frau Witte gesagt? ›Sie lebt in verschiedenen Welten. Harald wollte sie retten.‹ Sie sagte nicht: ›Sie lebten in verschiedenen Welten.‹ Sie meinte also nicht die Eheleute. Anette Witte meinte es genau so, wie sie es gesagt hat. Bianca selbst ist es, eine einzige Person also, die in verschiedenen Welten lebt!«

Clemens blickt ratlos und beobachtet Greta, die eine eigentümliche Unruhe erfasst. Sie stürzt aufgeregt zur Kommode und entnimmt ihr die Zeichnung, Mellis *Familie in Tieren*. Er sieht, wie sie fassungslos auf das Papier starrt, das sie dann wortlos an ihn weiterreicht.

Aber Clemens erblickt in dieser Zeichnung wieder nur die dunklen Gestalten und die gewaltige Brücke.

»Wie konnte ich so blind sein?«, hört Clemens Greta fragen. »So blind und so taub!«

Gespannt blickt Clemens Moor Greta an, die mit angezogenen Beinen auf dem Bett sitzt und zu erzählen beginnt: »Als ich Dr. Sandmann von Mellis Zeichnung berichtete, fing alles an. Er blickte damals so ironisch und in mir entstand Wut. Ich erzählte von vier Figuren und begann das Rätsel zu lesen. Aber er mit seiner knallharten Logik, er klappte es einfach wieder zu. Und dann habe ich nur noch doziert, um Sandmann zu imponieren. Dabei war ich eigentlich schon ganz nah dran!«

So hat Clemens seine Liebe noch nie gesehen. So wütend und griffig. Und er findet sie schön, sogar schöner als schön! Während er sie noch gespannt betrachtet, hört er ein Schnarren. Die Türglocke. Greta springt auf, schlüpft in den Morgenmantel und eilt zur Tür.

Vor dem Eingang steht ihr Sohn Marvin, den Moor sofort an seinem weißen Outfit wiedererkennt. »Kann ich reinkommen?«, fragt Marvin und steht schon im Flur. Moor beobachtet den Jugendlichen, der ohne zu zögern erst einmal den Kühlschrank öffnet und eine Milchtüte ergreift, hastig den Deckel entfernt und sich einschenkt. Nach einigen Schlucken läuft er auf und ab. Er findet keine Ruhe und wirkt seltsam gehetzt.

»Was ist mit dir los?«, fragt ihn Moor.

Sofort sprudelt es förmlich aus Marvin heraus: »Wir waren bei so einem Typen, weißt du. Wir haben Poker gespielt, drüben am Strand. Erst war es ganz lustig, aber dann gab es Zoff.« In die Pause hinein ahnt Clemens förmlich Gretas Sorge. »Dann hat Ricky dem eine geklatscht und wir sind gegangen.« Doch Marvin schwächt sofort wieder ab: »Das war heftig, aber das hat der verdient. Das ist auch egal, Mann! Jedenfalls mussten wir im Dunkeln zurück, über die Brücke laufen. Und Ricky war sauer, ein bisschen auch stoned. Wir waren mitten auf der Brücke. Und dann hat er voll gesponnen! Redet so einen Stuss von einer herumirrenden Frau. Ich denke: Der tickt doch nicht richtig! Aber dann habe ich sie auch gesehen. Richtig gespenstisch. So, muss jetzt wieder los!«

Marvin hat sich alles von der Seele geredet, verlässt so plötzlich, wie er gekommen ist, wieder das Haus und verschwindet im Dunkel. Noch wenige Sekunden kann Clemens seine weißen Konturen erkennen, dann umfängt ihn wieder die Nacht. Schweigend steht Clemens Moor minutenlang am Fenster und drückt Greta die Hand.

Nebenan herrscht Stille. Clemens öffnet vorsichtig die Tür zum Kinderzimmer und späht durch den Spalt. Da liegen die Mädchen, unter einer Decke, und schlafen den Schlaf der Gerechten. Er schlüpft zu Greta ins Bett, aber an Schlaf ist nicht zu denken. Plötzlich springt Greta auf, greift nach der Jeans und zieht sich an: »Komm mit, Clemens, wir müssen, komm einfach nur mit!«

Der Jaguar faucht und schießt in die Nacht, mit Greta am Steuer. Clemens ist hellwach. Was immer sie tun, sie tun es gemeinsam. Das nennt man Vertrauen, denn verstanden hat er nichts. Aber er lässt Greta gewähren.

Nach wenigen Minuten schließlich legt sie los: »Du erinnerst dich an Mellis Zeichnung, da war doch etwas ganz falsch. Drei Menschen galt es zu zeichnen, also drei Tiere halt. Und vier sind es tatsächlich geworden. Worauf es ankommt, ist die Katze. Sie sitzt im Käfig, mit diesem Bären. Und anfangs dachte ich: Der Bär ist der Unbekannte! Das Kind sitzt also in der Falle und wird bedroht. Aber eigentlich geht es um die Mutter, verstehst du?« Und kurz darauf legt sie nach: »Und dann war da doch diese Brücke, zwischen den Welten!«

Clemens versteht nichts. Die Situation ist absurd. Er rast mit Greta durch die Nacht, er bewundert ihre Schönheit, sie redet von Bären und er kennt noch nicht mal das Ziel. *Der Weg ist das Ziel*, tröstet er sich und weiß zugleich, dass es ein Klischee ist. Dann fragt er nach: »Du meinst also, dass mit Bianca Münchenhagen etwas nicht in Ordnung ist?«

Dann zitiert Greta jene Stelle in Anette Wittes Aussage, die ihm nach wie vor wie ein Orakel erscheint, die aber auch wie ein Schlüssel wirkt, der ihm die Wahrheit erschließt: »Sie lebt in verschiedenen Welten. Harald wollte sie retten. Aber auch seine Kraft versagte. Sie ist krank, wissen Sie?«

In diesem Moment erfassen die Scheinwerfer die *Fehmarn-Sund-Brücke* und Moor beginnt endlich zu ahnen. Es entfaltet sich eine schwer fassbare Assoziationskette: die Frau, die Brücke, der Bär, das Leid! Während der Jaguar langsam, katzengleich auf die Brücke gleitet, werfen die Seile der kühnen Konstruktion gespenstische Schatten. Ihr Flackern führt ihn in die Irre. Seine Blicke suchen umher, auf der Brücke, im Wasser. Eine unheimliche Szene. Und plötzlich erwacht diese zu Leben. Greta bremst scharf und wendet den Wagen. Die Scheinwerfer blenden auf und Clemens Moor erstarrt: Auf der Brüstung der Brücke, unmittelbar am Abgrund, steht eine Frau!

Kapitel 39

Die Scheinwerfer des Jaguars sind aufgeblendet. Das helle Xenon-Licht leuchtet die Szene erbarmungslos aus. Alle sind für einen Moment erstarrt. Auch die Frau vor ihnen erscheint wie gelähmt. Greta und Clemens verlassen zögernd das Auto, die Lage ist unübersichtlich. Dabei bietet sich ihnen ein verwirrendes Bild. Auf dem Absatz des Geländers steht die Frau und blickt hinab, unter ihr die dunklen Fluten. Gestochen scharf zeichnen sich ihre zerbrechlichen Konturen gegen den düsteren Hintergrund ab. Sie wirkt weit entfernt und scheint nichts zu bemerken. Sie hat in diesem Moment keinen Blick übrig für die Welt um sie her, ist sich selbst möglicherweise Welt genug, in einem Mikrokosmos von Angst und Schrecken. Und von Gewalt.

Clemens greift zum Telefon, doch leider ins Leere. Er hat es schlicht vergessen. Nun sind sie also völlig auf sich gestellt. Diese Erkenntnis teilt sich augenblicklich jeder Faser seines angespannten Körpers mit. Schrittweise, ganz langsam, pirscht er sich näher. Bloß keine falsche, keine überhastete Bewegung, kein unbedachtes Geräusch.

Da wendet die Frau, wie aus einem inneren, unmotivierten, vielleicht aber auch ahnenden Entschluss heraus ihren Kopf, hebt das Gesicht und sieht ihn an. Er hört Greta mit halblauter Stimme sagen: »Es ist Bianca Münchenhagen!« Der Blick der Frau bleibt stumpf, sie zeigt kein Erkennen. Die Haare wehen ihr um den Kopf, fallen ihr in das versteinert und leblos wirkende Gesicht, sie streicht sie mit der Hand weg. Dabei rutscht sie plötzlich zur Seite, sie verliert den Halt. Ein Fuß hängt am Absatz, sie beginnt zu schreien. Die plötzliche Dramatik knallt förmlich in die Szene, wie eine Granate, die alles zerfetzt.

Clemens und Greta stürzen gleichzeitig auf Bianca Münchenhagen zu, Moor erreicht sie als Erster. Er packt sie am Arm und hält sie verzweifelt fest. Ihre Fingernägel krallen sich in seine Hand. Der Schmerz fährt ihm tief durch den Körper, dann ist Greta neben ihm. Beruhigend spricht sie mit der Frau. Ruhig fließen ihre Worte, wie ein hypnotischer Code: »Schon gut, atme tief ein und aus, alles ist gut!«

Clemens ist erstaunt. Wem gelten die Worte? Und spürt er nicht selber die erlösende, die entspannende Wirkung? Worte, die geschundene Seelen trösten können, Balsam auf die Wunden legen. Dann blickt er auf. Greta wirkt aufs Höchste besorgt, sie nickt ihm zu. Noch ist nichts gewonnen, es war bloß eine hilfreiche Zäsur. Mit äußerster Anstrengung zieht er Bianca Münchenhagen auf das Geländer. Clemens spürt das Gewicht ihres Körpers, schwerer, als ihr zerbrechlicher Anblick vermuten lässt, seine Muskeln drohen zu versagen, so kurz vor dem Ziel. Doch dann ist sie endlich sicher am Lebensufer gestrandet. Die Frau des stolzen Harald Münchenhagen, von der in diesem Moment nur noch ein kümmerlicher Schatten auf der zugigen Brücke zu kauern scheint. Ihre Augen sind geschlossen.

Wie lange hat sie dort wohl gestanden? Im Wind, unter sich die tödlichen Fluten und sichtlich verstört? Und wer hat sie dort hingebracht? Oder abgeliefert? Weiß sie um den Tod ihres Mannes? Die vielen Fragen stehen im Raum und Clemens ist wie erschlagen. Dann aber passiert plötzlich ein absurdes Wunder. Bianca

Münchenhagen öffnet die Augen und lächelt, aus einem kindlichen, unbeholfenen, fast unberührten Gesicht. »Sie lebt in verschiedenen Welten«, kommt es Clemens Moor unwillkürlich in den Sinn.

Bianca Münchenhagen legt Greta ihre zarte Hand auf den Arm und beginnt zu sprechen: »Erinnern Sie sich noch an die Karte? Die Visitenkarte von dem Psychotherapeuten, diesem Dr. von der Felde?« Greta nickt. In ihren sonst so feinen Zügen steht die Dramatik der vergangenen Augenblicke förmlich eingemeißelt. Moor erlebt sie aufs Höchste konzentriert, als Bianca Münchenhagen fortfährt: »Diese Karte habe ich nicht zufällig liegen lassen oder vergessen, glauben Sie mir! Es ging bloß nicht. Ich kannte ihn bereits, er war mein Therapeut. Und er war wie alle anderen Männer, ein wildes Tier. Ich war so einsam und verletzt, das hat er nicht begriffen. Keiner hat das jemals begriffen!« Sie schluchzt auf und schluckt leer.

»Wenn Sie nichts sagen wollen ...«, erwidert Greta, aber die Frau schüttelt den Kopf. Sie will jetzt sprechen, es drängt förmlich aus ihr heraus. Noch immer wirkt sie auf Clemens Moor wie ein Kind, aber nun doch eher wie ein trotziges und gleichzeitig ohnmächtiges Kind. »Raul war wie *diese* Männer und alle Männer und er war so gemein. Seine Blicke und alles. Er hat mich so tief verletzt. Aber nun ist es vorbei! Ist es endgültig vorbei!«

Sie sagt diesen letzten Satz in einer eigentümlichen Bestimmtheit, als wenn darin eine besondere, noch unerklärliche Botschaft läge. Clemens weiß nicht, was er denken soll, und blickt zu Greta. Sie hat ihn bereits geraume Zeit fixiert, scheint in seinen Zügen zu lesen. Jetzt nickt sie zu ihm herüber und flüstert: »Hör ihr einfach nur zu!«

Bianca Münchenhagen hat sich wieder etwas gefasst. Sie will sprechen, sich in dieser absurden Situation alles von ihrem noch jungen Herzen reden: »Dann kam ich dahinter! Harald hatte eine andere, ich vermute dieses Luder, seine Tippse.« Verachtung und Schmerz überziehen ihr Gesicht. »Und da wusste ich: Auch ihn hatte ich jetzt verloren. Ich fand ihren Brief, ›für dich‹ stand darauf geschrieben.« Verächtlichkeit und Bitterkeit liegen in ihrer Stimme. »Kein Name, und doch wusste ich alles. Und dann ging ich zu ihm, um ihn zur Rede zu stellen. Er reagierte so kalt. Es waren Sätze wie aus einem Schundroman. Man werde sich einigen, einfach Freunde bleiben, es sei so das Beste, all dieses gemeine Zeug!« Tränen laufen ihr über das Gesicht, gleichzeitig ballt sie ihre Faust, in einer Art kraftloser Entschlossenheit. Sie ist völlig in der Erinnerung an diese Szene eingetaucht.

»Was haben Sie getan?«, fragt Clemens in diese Versunkenheit der Frau hinein, viel zu atemlos und hastig. Er bereut es sogleich.

»Ihm getan?«, fragt Bianca Münchenhagen staunend. Sie blickt ihn das erste Mal direkt an. »Das fragen Sie mich? Er hat sich selbst gerichtet. Es war meine Hand, ja, meine Hand, aber sie war nur ein Werkzeug!« Der letzte Satz steht wie ein grelles Plakat im Raum.

Und wieder vollzieht sich in ihr ganz plötzlich eine Wandlung. Clemens spürt es genau: Sie ist erneut eine andere, sie entzündet ein Feuer, eine lodernde Flamme. Plötzlich ist da der Hass und der erfasst ihre Seele. Ihre Sprache wird rau, fast grob und hastig: »Ich musste meinen Engel schützen, er ist doch so klein.«

Bianca Münchenhagen wendet den Kopf zu Greta. »Und dann kamen Sie und ihr verdammter Test. Sie zeigten ihn mir im Krankenhaus. Erinnern Sie sich? Da war nur noch Panik in mir. Es überschlug sich alles. Wenn sie das erfährt, so dachte ich, dann nehmen sie mir meinen Engel fort. Ich sehe ihn nie wieder!« Und nach kurzer Pause fährt sie etwas ruhiger fort: »Das hört man überall, dass sie die Kinder fortnehmen. Und da habe ich sie einfach mitgenommen. Aus diesem kalten Krankenhaus. Es war ganz leicht. Ich kannte das Mittel, war selbst lange schlaflos. Sie nahm die Tabletten, das liebe Kind, mein Engel. Sie war so entspannt. Sie ging die ersten Schritte, bis vor die Tür, dann nahm ich sie auf den Arm. Sie war federleicht! Und ich dachte nur das eine: Dich wird mir niemand nehmen, du gehörst zu mir! Denn du bist ich!«

Der Satz verhallt, bricht sich an den Wänden aus kaltem Stahl. Clemens Moor sieht sie vor sich, sieht die Panik. Nicht in den jetzt wieder eigentümlich ruhigen Augen dieser Frau, aber bei Greta. Sie scheint plötzlich aufs Höchste besorgt. Und tatsächlich teilt sich ihm diese Panik auch augenblicklich mit.

»Wo ist Melli jetzt, um Himmels willen, was haben sie getan?«, bricht es aus Greta hervor.

»Warum wollen Sie das wissen?«, erwidert die Frau voller Misstrauen, ganz leicht hingeworfen.

Da schaltet sich Clemens ein: »Bitte, sagen Sie uns alles, wir werden Ihren Engel nicht stehlen! Dafür gebe ich Ihnen hier mein Wort!« Er hasst sich für diese Lüge, aber spürt doch die Gefahr. Und auch Greta scheint zu begreifen.

»Mein Engel?«, fragt Bianca Münchenhagen und wendet ihr Gesicht ab. Wieder huscht dieses entsetzliche Lächeln über ihre noch so jungen, aber vom Leben gezeichneten Züge. »Meinem Engel geht es gut! Machen Sie sich keine Sorgen!« Dann greift sie unvermittelt in die Tasche ihrer Jacke und lächelt erneut.

Was im nächsten Moment passiert, kann sich Clemens Moor im Nachhinein nicht erklären. Aber irgendetwas in ihm schlägt augenblicklich Alarm. Als Bianca Münchenhagen im Zeitlupentempo die Hand wieder aus der Tasche zieht und sich in Richtung des Geländers bewegt, da greift er einer plötzlichen Regung folgend, wie in einem Reflex, einfach zu. Es folgt ein wildes Ringen, sie stürzen zu Boden, Bianca Münchenhagen und er. Diese zierliche Frau entwickelt schier unglaubliche Kräfte und für einen Moment denkt er: *Alles zu spät!* Die Hand, weiß und kalt, und im Moment so gnadenlos, sie schwebt über dem Abgrund und entspannt sich, als er mit letzter Kraft zupackt und etwas zu fassen bekommt: ein Stück Metall, einen Schlüssel! Er birgt ihn in seiner Hand und fällt fast atemlos zurück, während Greta schreit.

Der Schatten einer Frau stürzt über das Geländer, für wenige Sekunden steht alles still, dann hören sie den Aufprall. Der Schlüssel in Clemens Hand brennt wie Feuer. Sein Gefühl ist tot. Er nimmt Greta in den Arm und artikuliert beinahe tonlos: »Wird das denn niemals enden?«

Kapitel 40

Lagebesprechung im Revier. Die Morgensonne scheint durch die trüben Scheiben und wirft warme Streifen im Wechsel mit langen Schatten auf die kleine Runde übernächtigter Menschen, die sich kurzfristig versammelt hat.

Clemens Moor hat nach dem nächtlichen Abenteuer die Rettungskräfte informiert und eine Suche nach Bianca Münchenhagen eingeleitet, bislang ohne Erfolg. Die Hoffnung, dass die Frau nach ihrem Sturz von der Fehmarn-Sund-Brücke, aus über zwanzig Metern Höhe, wie in einem Wunder dem Tode entronnen sein könnte, sinkt mit jeder Stunde.

Moor bemerkt aus den Augenwinkeln Fenderlings prüfende Blicke, die von Clemens zu Greta und wieder zurück wandern. Es ist das erste Mal, dass Fenderling die beiden zusammen erlebt. Das alles mag ihm rätselhaft erscheinen. Im Grunde seines Herzens ist und bleibt Fenderling ein bodenständiger Insulaner, auch dem stärksten Wind der Veränderung trotzend. In letzter Zeit aber hat Clemens Moor an ihm deutliche Wandlungen erlebt. Fenderlings Zurückhaltung ihm gegenüber ist mittlerweile einer freundschaftlichen Vertrautheit gewichen.

So wundert sich Clemens Moor auch nicht über Fenderlings provokant formulierte Frage: »Warum siehst du eigentlich so fertig aus, du Held? Ist das die neue Liebe, oder was? Vielleicht sollte ich mir das mit dem Trauzeugen noch mal überlegen.«

Clemens blickt säuerlich, während Fenderling auf seiner Beliebtheitsskala erst einmal ins Bodenlose stürzt.

Greta nimmt es hingegen sportlich und kontert geschickt: »Sollte es danach gehen, müsste Ihr Liebesleben ja eine Granate sein, Herr Fenderling!« Dieser denkt an seine Eva und bleibt vorübergehend sprachlos.

Clemens bemerkt die Irritation, die fragenden Blicke Hubert Fenderlings und beschließt, ihn zu erlösen. Deshalb stellt er Greta vor, unwillkürlich verbunden mit einem leichten Erröten. Mit einem angedeuteten Nicken geht Fenderling dann aber zu den aktuellen Themen über. »Die SEK-Aktion war formal betrachtet ein voller Erfolg. Schneller Zugriff, keine Verletzten, leider aber auch noch kein Geständnis, sieht man einmal von der Bekenner-Kiste ab. Die Herren der Bürgerinitiative beteuern ansonsten ihre Unschuld.«

Die anschließende Pause nutzt Clemens Moor, um die Ereignisse der letzten Stunden aus seiner Perspektive auf den Punkt zu bringen.

»Also, soweit wir im Moment wissen, hat sich die Sache in etwa so abgespielt: Bianca Münchenhagen hatte ein dickes Problem mit ihrer verkorksten Kindheit, um es mal vorsichtig zu formulieren. Eigentlich war das ganze keine wirkliche Kindheit, sondern offensichtlich eine Aneinanderreihung zahlloser Katastrophen. Näheres dazu kann Greta noch erzählen oder der Therapeut, dieser von der Felde.« Nach einer kurzen Überlegungspause fährt Clemens Moor fort: »Wegen dieser traumatisierenden Kindheitserlebnisse reagierte Bianca Münchenhagen extrem empfindlich. Das betraf nach meiner Ansicht besonders Beziehungen zu Männern. Die Therapie bei von der Felde hatte es nicht gebracht, auf den war sie schließlich ziemlich wütend, weil er sie – aus ihrer Sicht – begehrte. Wie dem auch sei: Ihr Mann betrog sie mit seiner Sekretärin und Bianca kam schließlich dahinter. Dies geschah durch einen Teil dieses Liebesbriefes, den wir beim Toten auf dem Schreibtisch gefunden und später mit dem zufällig aufgefundenen zweiten Teil zusammengesetzt haben. Von dieser Beziehung und dem Vertrauensbruch, besonders aber von seiner ausgesprochen unterkühlten Reaktion, war Bianca Münchenhagen so entsetzt und gekränkt, dass sie ihn kurzerhand umbrachte. Kurz zuvor hatte sie bereits ihre Tochter Melli entführt, um sie ganz für sich zu behalten. Wo Melli jetzt ist, ob sie überhaupt noch lebt, das wissen wir nicht. Jedenfalls haben wir hier einen Schlüssel, den Bianca zuletzt verzweifelt im Wasser zu versenken versuchte. Als dies misslang, sprang sie überraschend über die Brüstung … Aus und vorbei!«

Greta und Fenderling blicken ihn beeindruckt an. Wenn Clemens eines beherrscht, dann diese Kunst, komplizierte Sachverhalte überschaubar und geordnet auf den Punkt zu bringen. Nach kurzem Überlegen fragt Fenderling vorsichtig nach: »Ich will ja nicht schon wieder ins Fettnäpfchen treten, aber wie seid ihr darauf eigentlich gekommen?« Nun ist aber auch Moor am Ende und blickt hilfesuchend in Gretas Richtung.

Nach kurzem Zögern berichtet Greta: »Mit Melli hatte ich einen Test gemacht, in dem sie vier Tiergestalten gezeichnet und damit drei Familienmitglieder charakterisiert hatte. Ich begriff plötzlich, dass der unbekannte Vierte in Mellis Zeichnung gar keine weitere Person war, sondern ihre Mutter Bianca. Es handelte sich dabei lediglich um eine sorgsam versteckte, bisweilen aber unheilvoll hervorbrechende Seite von ihr. Es gab Bianca

Münchenhagen also doppelt. Deshalb erschien die Situation mit dem mächtigen Bären auch so bedrohlich. Als ich dann mit dieser neuen Einsicht versehen erneut Mellis Bild betrachtete, stieß ich unvermittelt auf die Brücke. Sie stand klar und deutlich im Mittelpunkt des Bildes. Dann überschlug sich plötzlich alles. Mein Sohn besuchte uns und berichtete von merkwürdigen Vorgängen auf der Brücke und von einer mysteriösen, umherirrenden Frau. Und da löste sich plötzlich der Knoten! Der Rest war reine Intuition!«

»Verstehe«, erwidert Fenderling sichtlich beeindruckt. »Und wie kommt ihr nun darauf, dass Melli nicht mehr leben könnte? Wenn ich euch richtig verstehe, dann würde ich doch wieder zurück zur Brücke fahren und sie dort suchen! Irgendwo muss dieser ominöse Schlüssel doch passen, oder?«

Plötzlich kommt Leben in Clemens Moor. Greta Bartholdi und Hubert Fenderling vor sich her schiebend verlässt er das Revier. Nur wenige Minuten später rauschen sie mit quietschenden Reifen vom Hof. Aus dem fahrenden Wagen ordert Clemens Moor sicherheitshalber Verstärkung und rast in Richtung Fehmarn-Sund-Brücke.

Zum zweiten Mal an diesem Tag geht es also in dieselbe Richtung. Langsam stellt sich bei Moor Galgenhumor ein: »Wenn das so weitergeht, stelle ich meinen Wohnwagen demnächst gleich auf die Brücke. Dann haben wir es wenigstens nicht so weit!« Als er Biancas Schlüssel in der Tasche spürt, drückt Clemens unwillkürlich aufs Gas.

Als sie zur Brücke kommen, wirkt die Szene seltsam friedlich. Ratlos überfliegen ihre Blicke das mondäne Bauwerk, das einem überdimensionierten Kleiderbügel ähnelt, und suchen nach Anhaltspunkten, als Fenderling plötzlich völlig unerwartet mit einer Art Vortrag beginnt: »Die Widerlager der Brückenkonstruktion sind in etwa halber Höhe der Rampenköpfe flach als verlorene Hohlkastenwiderlager gegründet. Sie belasten die Rampenköpfe weniger als die von ihnen verdrängte Dammauflast.«

Greta und Clemens blicken ihn konsterniert an. Vermutlich ist der liebe Fenderling einfach am Ende oder mehr oder weniger durchgedreht! Das kann man angesichts der letzten dramatischen Erlebnisse durchaus verstehen. Fenderling wirkt bei näherem Hinsehen aber keineswegs verwirrt, sondern ziemlich geordnet. So lässt er sich auch nicht irritieren und zitiert weiter: »Die Pfeiler sind in unverkleidetem Stahlbeton der Güte B 300 hergestellt und auf Druckluftsenkkästen gegründet. Sie sind sowohl in den Fundamenten als auch in den Schäften hohl. Diese Hohlbauweise hat den entscheidenden Vorteil, nur geringe Massen zu erfordern und geringe Bodenpressungen hervorzurufen.«

Nun ist Clemens Moor seinerseits am Ende: »Hilfe, Hubert …! Wenn du nicht sofort erklärst, auf was du hinauswillst, dann bringe ich dich um!«

»Kann ich gut verstehen«, erwidert Fenderling. »Mein Cousin ist Architekt und der hat es mir neulich auf einem Familienfest erklärt. In den Pfeilern finden sich also aufgrund der besonderen Bauart der Brücke Hohlräume. Und in diese gelangt man über spezielle Zugänge, die zur Sicherheit mit Stahlklappen verschlossen sind. Alle paar Jahre überprüfen Leute diese Pfeiler, um die Sicherheit der Brücke zu gewährleisten. Einer von ihnen war Münchenhagen. Also zähle ich jetzt mal eins und eins zusammen und komme zu dem Schluss: Mit Sicherheit stammt dein Schlüssel aus dem Besitz des Toten. Vermutlich hat Bianca Münchenhagen ihn irgendwann einmal an sich genommen, zum Beispiel als sie plante, ihre Tochter Melli zu verstecken. Wenn dein Schlüssel irgendeinen Sinn haben soll, dann müssen wir dort in den Hohlräumen nach Melli suchen!«

Die inzwischen als Verstärkung eintreffenden Kollegen werden entsprechend instruiert und übernehmen diese Aufgabe. Fenderling, Greta und Clemens warten am Wagen auf das Ergebnis. Dieses Warten macht Clemens Moor förmlich mürbe.

Plötzlich schallen aufgeregte Rufe herüber.

Clemens Moor, Hubert Fenderling und Greta Bartholdi rennen los und erreichen die Beamten, die vor einer halbhohen Stahlklappe hocken. Von innen hören sie ein leises Rufen und Klopfgeräusche. Mit fliegenden Fingern versucht Moor, den Schlüssel in das Schloss zu führen, was ihm aber erst im dritten Anlauf gelingt. Sein Herz droht zu stocken, dann ist es endlich geschehen. Der Schlüssel bewegt sich, das Schloss ist entriegelt. Die Stahlklappe schwenkt auf und gibt zunächst eine schwarze Öffnung preis. Angestrengt spähen sie ins Dunkel, bis sich ihre Augen langsam an die Finsternis gewöhnen. Aber sie können nichts entdecken. Dann leuchtet schließlich ein Polizeibeamter mit seiner Taschenlampe hinein. Nun erkennen sie ein ängstliches kleines Gesicht: Es ist Melli Münchenhagen, die seltsam kindlich lächelt. Es ist dieser Moment und vielmehr dieser Anblick, den Moor nie wieder vergessen soll. Mutter und Tochter, die sich in so vielen Belangen ähneln, sie bilden auch in diesem Moment eine tragische Einheit.

Diese Parallele macht ihm schmerzlich bewusst, dass der wirklich schwierige Teil für Melli nun erst beginnt.

Melli wird aus ihrem Verlies gehoben und fällt wie selbstverständlich Greta in die Arme. Beamte entfernen dem Kind seine Fesseln. Melli muss sich erst Schritt für Schritt an die Helligkeit des Tageslichts gewöhnen. Schließlich steht sie zitternd vor dem Schacht, immer noch mit diesem hilflosen, verstörten Lächeln.

Clemens Moor ist nachdenklich. Ihrem Verlies ist Melli glücklich entronnen, dem Schicksal ihres Lebens aber noch lange nicht. Als Tochter betrat sie ihr Gefängnis, als Waise kehrt sie aus ihm zurück. Es wird ein langer, beschwerlicher Weg werden.

Als sie wieder im Revier eintreffen, informiert Moor kurz telefonisch seinen Chef und nimmt dessen aufrichtig gemeinte Glückwünsche entgegen. »Respekt, Herr Moor. Das haben Sie wirklich im Griff!«, hört er ihn noch sagen. Dann kehrt Clemens in den Vernehmungsraum zurück.

Greta schlägt vor, mit Mellis Befragung lieber zu warten. Alle stimmen ihr zu, können sie doch deutlich sehen, dass das Kind völlig neben sich steht. Etwas ängstlich fragt Greta Clemens: »Wollen wir sie nicht mit zu uns nehmen? Die Mädchen werden sich bestimmt gut verstehen. Und das ist doch im Moment besser als jede Pflegestelle oder jedes Heim!«

»Natürlich!«, erwidert Moor ohne Zögern. »Das habe ich auch schon überlegt.«

Auf dem Flur vor dem Vernehmungsraum bewegt sich zur gleichen Zeit eine Männergesellschaft. Die Vertreter der Bürgerinitiative, mit Mackeprang im Schlepptau, schleichen wie eine Gruppe begossener Pudel dem Ausgang zu. »Kein Haftgrund mehr«, stöhnt Fenderling mit grimmigen Blicken und schüttelt den Kopf. »Das hätte es bei Erich dem Pommern mit Sicherheit nicht gegeben!«

Gemeinsam mit Greta und Melli verlässt Moor das Revier. Sie fahren langsam nach Hause, zu Anna und Marlene. Dort machen sie sich einen starken Kaffee und sitzen noch eine Weile schweigend auf der Terrasse, während sich Melli den beiden Jugendlichen angeschlossen hat und mit ihnen im Mädchenzimmer verschwunden ist.

Als das Telefon klingelt, sieht Greta Clemens zunächst fragend an. Dann hebt Clemens müde den Hörer, lauscht hinein und reagiert bereits nach wenigen Worten wie elektrisiert. Er nickt ein paarmal, flüstert: »Danke« und legt abrupt auf. Als Greta ihn fragend ansieht, beginnt er zu sprechen: »Das war die Einsatzzentrale! Sie erhielten einen Anruf, man hat Bianca Münchenhagen gefunden, nur wenige Kilometer von der Brücke entfernt.«

»Oh mein Gott, wie sollen wir das bloß Melli sagen, in dieser Situation?«, fragt Greta verzweifelt.

»Besser nicht, jedenfalls nicht sofort«, antwortet er entschieden. »Erst muss Bianca wieder zu Kräften kommen.«

Es dauert Sekunden, bevor Greta schließlich die Bedeutung seiner Worte versteht. Dann fällt sie aus allen Wolken: »Zu Kräften? Das heißt: Sie lebt?«

»So habe ich es jedenfalls verstanden«, bestätigt Clemens. »Sie befindet sich jetzt in der Psychiatrie in Heiligenhafen, auf einer geschlossenen Station. Dort wird man sie in der nächsten Zeit behandeln.«

Clemens und Greta schleichen in den Flur und lauschen Richtung Marlenes Zimmer. Als sie nichts hören, öffnen sie ganz vorsichtig und leise die Tür. Marlene und Anna schlafen tief und fest, zwischen ihnen liegt Melli. Ihre Augen sind starr und stehen weit offen. Wie bei einem waidwunden Tier, durchzuckt es Clemens. Leise schließen sie wieder die Tür.

»Ich werde Bianca so bald wie möglich besuchen«, meint Greta. »Dann werden wir sehen, was mit Melli passiert. Aber ich fürchte, es wird sehr lange dauern!«

»Du meinst«, fragt Clemens, »es hört irgendwann auf?«

»Mag sein, mein Liebling«, erwidert sie zärtlich, »aber bestimmt nicht unsere Liebe, niemals mehr!«

»Ein Glück« murmelt Clemens, »sonst müsste ich dich am Ende noch entführen!«

Einige Minuten verbringen sie schweigend, bis sie erschöpft in einen tiefen Schlaf fallen. Clemens Moor hält den Schlüssel zu Mellies Verlies noch immer fest in seiner Hand. Auf seinen Zügen erscheint in diesem Moment ein unverstelltes, kindliches Lächeln.

Kapitel 41

Greta sitzt im Besucherraum der geschlossenen Station und wartet auf Bianca Münchenhagen. Nachdenklich betrachtet sie die kahlen Wände, die bereits bessere Zeiten gesehen haben.

In Höhe der Stuhllehnen zeigt die Tapete an verschiedenen Stellen Schäden, in Kopfhöhe haben sich zahllose Besucher mit großen dunklen Flecken verewigt. An einer anderen Stelle hat jemand mit einem Kuli *Lisa loves*

Timo an die Wand geschrieben. Angestrengt lauscht Greta in Richtung der Tür, aus der Geräusche an ihr Ohr dringen. Eine helle Stimme singt irgendein lautes Lied, dessen Text sie nicht verstehen kann. Vereinzelte Rufe mischen sich darunter. Dann kehrt wieder Stille ein, lediglich unterbrochen vom Ticken der Wanduhr, sobald der Minutenzeiger einen Strich weiterspringt.

Greta blickt auf ihre Schuhe, mit denen sie nervös auf dem kalten Steinfußboden scharrt, und beginnt zu zweifeln, ob dieser Besuch in der Klinik eine gute Idee war. Schließlich kennt sie Bianca Münchenhagen nur aus Extremsituationen, was die Kontaktaufnahme bestimmt nicht leichter macht.

Vor einer halben Stunde hatte sie kurz Gelegenheit, mit dem Stationsarzt zu sprechen. Leider war dieser sehr in Eile und hat sie deshalb mit Gemeinplätzen abgefertigt. Vielleicht konnte er aber auch nur ihre Aufgabe oder den Grund ihres Interesses nicht recht einordnen. Und im Grunde weiß Greta diese Frage selbst nicht schlüssig zu beantworten. Immerhin kann sie sich damit ausweisen, dass Melli von ihr aufgenommen wurde. Von ihr kann sie Bianca Münchenhagen berichten.

In diesem Moment öffnet sich die Tür und eine sehr blasse junge Frau betritt den Raum. Tatsächlich dauert es einen Moment, bis Greta in dieser Frau Bianca Münchenhagen wiedererkennt. Ihre Züge wirken eigentümlich flach und lassen kaum eine Gefühlsregung erkennen. In dieser maskenhaften Erscheinung führen lediglich die aufmerksamen Augen ein gewisses Eigenleben. Greta weiß vom Stationsarzt, dass Bianca Münchenhagen Medikamente bekommt. Sie sollen nicht nur ihre inneren Spannungen mildern, sondern auch ihre

Motorik dämpfen. Mit unnatürlich kleinen, schnellen Schritten nähert sich die junge Frau ihrer Besucherin. In der Tür verabschiedet sich ein Pfleger mit den Worten: »Wenn du irgendwas willst, kannst du ja klingeln!« und schließt die Tür.

Diese Unsitte, erwachsene Patienten automatisch zu duzen, hat Greta in ihrer Zeit in einer psychiatrischen Klinik kennen und hassen gelernt. Wie so manche andere Gepflogenheit, über die sich in der Alltagsroutine kaum noch jemand Rechenschaft ablegt. Sie denkt daran, dass Patienten oft nicht mit ihrem eigenen Namen, sondern mit dem Namen ihrer Krankheit angesprochen werden. Was wäre dann wohl Bianca Münchenhagen in diesem Augenblick? »Die Neurose von Zimmer fünf« vielleicht? Oder: »Unser Münchhausen by proxy?«

Die junge Frau geht direkt auf Greta zu und kommt ihr einen entscheidenden Schritt zu nahe. Sie unterschreitet die passende oder kritische Distanz. Das war Greta bislang noch nicht aufgefallen.

»Guten Tag«, begrüßt Bianca ihre Besucherin, ein bisschen so, als sei schon damit alles gesagt. Und so macht sie es Greta, die bei aller Professionalität vor einer ganz neuen Herausforderung steht, in diesem Moment nicht gerade leicht. Bianca Münchenhagen setzt sich auf einen der wackeligen Holzstühle und schlägt die Beine übereinander.

Unwillkürlich beginnt Greta das Gespräch mit einer Frage: »Ich bin Greta Bartholdi, erkennen Sie mich wieder?« Kaum ausgesprochen, kommt ihr diese Eröffnung schon dümmlich vor.

Aber Bianca Münchenhagen scheint sich nicht daran zu stören. »Und ob ich Sie kenne!«, erwidert sie, wobei offen bleibt, ob ein Unterton mitschwingt, vielleicht sogar Ablehnung.

»Ich wollte Ihnen gerne von Melli erzählen, weil sie im Moment bei uns wohnt«, erklärt Greta. Durch den überraschten Blick der jungen Frau ermutigt, fährt sie einfach fort. Sie berichtet über Mellis Entwicklung und ihren Alltag.

Als sie geendet hat, ergreift Bianca Münchenhagen das Wort. Ihre Stimme ist noch immer brüchig, es mangelt ihr an Ausdruckskraft, Stärke und Melodie. »Ich hoffe, dass sie etwas zur Ruhe kommt bei Ihnen. Meine Therapeutin hier meint, dass ich erst meine eigene Kindheit aufarbeiten muss, bis ich Melli wiedersehen darf. Ob das jemals gelingt? Sie meint, nur wenn mir die Last meiner eigenen Kindheit genommen wäre, würde ich auch mein Kind nicht mehr damit belasten. Vielleicht sagen sie das hier ja immer, aber irgendwie stimmt es wohl schon.«

Bianca Münchenhagen schweigt kurz und fährt in einer Mischung aus Nachdenken und Sprechen fort: »Als ich ein Mädchen war, etwas älter als Melli, da habe ich mich selbst schlecht behandelt. Ich weiß nicht, wie das kam, immer wieder entwickelte sich in mir so eine fürchterliche Spannung. Und wenn ich mich selbst verletzte, dann war sie sofort wieder weg. Zeitweise war das wie eine Art Sucht. Aber niemand sollte das wissen. Deshalb trug ich immer langärmlige Pullover. Und ins Schwimmbad ging ich grundsätzlich nicht.«

Nach einer erneuten Pause spricht sie weiter, nach Gretas Gefühl aber inzwischen mehr zu sich selbst. »Diese furchtbaren Schuldgefühle, ich wurde sie nie los, nicht bei Tag und nicht bei Nacht! Und wenn ich mich verletzte, ging es mir auch damit besser. Hier auf der Station gibt es einige Frauen, die sich schneiden.«

Greta hustet leise und weckt so kurz Biancas Aufmerksamkeit. »Haben Sie Melli manchmal auch verletzt? Ich meine, nicht mit Schlägen, ich meine das anders …«

»Sie meinen Tabletten?« Wieder huscht für einen kurzen Moment das Greta bereits vertraute Lächeln über Bianca Münchenhagens Gesicht. »Das wissen Sie doch bereits, oder?«

In diesem Moment öffnet sich erneut die Tür des Besucherraumes. Eine ältere Frau im Morgenmantel tippelt in Begleitung einer weiteren Dame herein. Vielleicht ihre Schwester oder Freundin, denkt Greta. Sogleich greift die ältere Besucherin in ihre Tasche, entnimmt ihr ein größeres Bündel, das sich später als Kuchenpaket entpuppt, und schließlich eine Thermoskanne. Sie füllen sofort mit angeregtem Lachen und Plaudern den Raum, so dass an eine Fortsetzung des Gesprächs mit Bianca Münchenhagen nicht mehr zu denken ist. Greta ist sogar etwas erleichtert, weil sie im Grunde zweifelt, ob sie mit ihren Fragen nicht allzu leicht auf Abwege gerät.

Als hätte sie Gretas Gedanken erraten, erhebt sich Bianca Münchenhagen von ihrem Stuhl und bewegt sich in Richtung Tür. »Wir wollten Sie aber nicht vertreiben«, ruft die ältere Besucherin besorgt herüber. Dann verlassen Greta Bartholdi und Bianca Münchenhagen den Besucherraum, um zögernd in Richtung Stationszimmer zu gehen. Ihnen kommen Menschen entgegen, teils Patienten, teils Personal. Allen ist gemeinsam, dass sich ihre Blicke mehr oder weniger nach innen richten. So, als wäre dies der letzte Zipfel einer schützenswerten

Privatsphäre, die das Leben auf einer geschlossenen psychiatrischen Station sonst nicht kennt.

»Hier ist man nie allein«, murmelt Bianca. Dann bleibt sie kurz stehen, blickt ihre Besucherin an. »Und glauben Sie mir, manchmal macht mich das froh! Das ist ziemlich krank, oder?« Dann drückt sie plötzlich Greta die Hand. »Kommen Sie bitte wieder. Und behüten Sie meinen Engel!«, hört Greta sie sagen, bevor sich Bianca Münchenhagen abrupt abwendet. Noch eine Weile blickt die Psychologin ihr hinterher. Greta Bartholdi ist berührt und entsetzt zugleich. Wird Melli sie nach der Mutter fragen? Was soll sie ihr berichten?

»Soll ich Sie rausschließen?«, fragt unvermittelt eine freundliche junge Stimme.

Der Zivildienstleistende, wie Greta dem Namensschild entnimmt. »Ja bitte!«, hört sie sich sagen und bemerkt erst jetzt, dass sie bereits vor der Ausgangstür steht.

Der junge Mann mit den weichen Gesichtszügen und der freundlichen Stimme dreht den schweren Bartschlüssel im Schloss und öffnet. »Frau Münchenhagen ist eine sehr sensible Frau. Ich mag sie«, hört sie ihn noch sagen, bevor sich der letzte Eindruck der Station im Trubel des anderen Lebens verliert. Irgendwie ist es beruhigend für Greta, mit diesen einfachen, geradlinigen Worten des Zivis die Klinik zu verlassen. Gibt es doch anscheinend mindestens einen Menschen in dieser Welt, der in Bianca Münchenhagen intuitiv das empfindsame Kind erkennt.

Irgendwie findet Greta durch den dichten Straßenverkehr nach Hause. Sie biegt auf den Hof und zuckt zusammen. Inmitten ihrer Gedanken ist sie wie ein Automat gefahren, mit einer Art innerem Autopilot. Während sie aussteigt, muss sie sich unwillkürlich schütteln. Aus ihrer Kleidung fällt sinnbildlich die Asche armer, verbrannter Seelen. Sie holt tief Luft, hört die stampfenden Rhythmen einer Rap-Nummer und schließlich das befreite Lachen der Kinder.

»Und behüten Sie meinen Engel!« Wie altertümlich das klingt, überlegt Greta. Dann blickt sie in den Himmel und flüstert: »Ja, ich werde ihn behüten! Und gib auf dich acht, Bianca!« Dann steckt sie entschlossen den Schlüssel ins Schloss.

Kapitel 42

Clemens Moor genießt die gleißende Mittagssonne am Oststrand in einem kleinen Café. Schweigend sitzt er neben Hubert Fenderling und sieht aufs Meer hinaus. Der frische Milchkaffee wärmt ihn auch innerlich. Leise dringt das Geräusch der Wellen zu ihnen herauf, begleitet vom heiseren Krächzen der Möwen und dem allfälligen Lärmen der Touristenfamilien, auf dem Weg zu ihren Pizza- und Pommes-Stationen.

Wehmut überfällt Moor, als er an das enge kleine Zimmer denkt, das im LKA in Kiel auf ihn wartet. Zwischen seinen dunklen Augenbrauen bildet sich eine tiefe Falte. Wenn er dort im Büro das schmalbrüstige Fenster öffnet, dringt der Lärm tausender Autos und Busse zu ihm herein, durchmischt von dem niemals abreißenden Konzert der Großstadt. Er erinnert sich, wie er versucht hat, sich diesen beständigen Strom als Meeresrauschen umzudeuten, und muss unwillkürlich lächeln. Ein frommer Selbstbetrug, fürwahr! Er streckt seine Beine aus und schließt für einen Moment die Augen.

Auch Fenderling wird er vermissen. Wenn er an den Anfang denkt, muss er schon wieder grinsen. Da zeigten sich Hubert und seine Truppe nicht gerade in Bestform. Und Fenderling erschien ihm doch arg engstirnig und verschroben. Aber irgendwann, an den Zeitpunkt kann Clemens Moor sich gar nicht recht erinnern, begann sich die Sache zu verändern. Er lernte Fenderlings angenehme Seiten kennen, seine Verlässlichkeit und seinen Witz. Und bisweilen ein ungeahntes Feingefühl.

Hubert Fenderling ist ihm ein vertrauter Kollege geworden, ein bisschen auch ein Freund. Und dass man mit einem Menschen auch längere Zeit einfach nur schweigen kann, so wie jetzt gerade, das erscheint Clemens Moor doch als wahres Geschenk.

»Eigentlich schade«, hört er seinen Begleiter murmeln.

Er öffnet die Augen zu einem Schlitz und betrachtet Hubert Fenderling. »Ein Bekenntnis?«, grinst er ihn an.

»Ach Quatsch«, erwidert dieser, »es hat nur alles ganz gut geklappt mit uns beiden!«

»Stimmt genau«, erwidert Moor und schließt wieder die Augen.

Wenig später ergreift Fenderling erneut das Wort. »Habe ich dir eigentlich schon mitgeteilt, dass unser Revierleiter endlich in Pension gegangen ist?« Als Moor verneint, fährt sein Kollege fort: »Es war auch höchste Zeit, ehrlich gesagt. Aber jetzt suchen sie natürlich einen zackigen Nachfolger und haben mir den Posten angeboten. Ich hätte diesen Fall hier souverän und mit Fingerspitzengefühl aufgeklärt. Meine Eva bearbeitet mich auch schon den lieben langen Tag, mich zu bewerben.«

»Dann mach es doch!«, erwidert Clemens Moor mit einem feinen Lächeln.

»Du bist mir ein schöner Freund«, meint Fenderling postwendend. »Ich tauge für diesen Posten überhaupt nicht. Je schneller ich die ganze Verantwortung als Chef loswerde, desto besser! Wenn hier einer diesen Fall gelöst hat, dann warst du es, Clemens. Eigentlich machst du dich doch hier bei uns gar nicht schlecht.«

Moor ordert die nächste Runde Schnaps und brummt: »Ein Kommissar im Caravan ist eine Zumutung. Und gelöst hat den Fall allenfalls Greta mit ihrem psychologischen Sachverstand. Das schmink dir getrost ab!«

Nach einer Weile kollektiven Dösens geschieht etwas Seltsames. In das bereits vertraute »Konzert der Maritimen Symphoniker«, wie Greta die Klangkulisse aus Wind und Wellen gerne bezeichnet, mischt sich ein störendes Geräusch. Eigentlich sind es verschiedene Geräusche, die sich in ihrer Intensität bald verstärken. Als die Männer irritiert aufblicken, sehen sie in unmittelbarer Nähe ein merkwürdiges Bild. Wie in einer Prozession naht eine schwere Limousine mit holländischem Kennzeichen und mit getönten Scheiben, gefolgt von mehreren Transportern und Baufahrzeugen. Die Limousine stoppt aus hohem Tempo direkt vor der verwaisten *Sonnenburg*. Die Fahrertür öffnet sich und ein untersetzter, aber erstaunlich wendiger grauhaariger Typ steigt aus. Mit verspielten, tänzerischen Bewegungen umrundet er das Fahrzeug, ordnet kurz mit einem routinierten Griff seine Krawatte und öffnet die Beifahrertür. Unwillkürlich muss Clemens Moor an die Echternacher Springprozession denken, bei der die Teilnehmer zu Polkamelodien das Grab des Heiligen Willibrord umrunden. Nur dass diese Polka aus Wind und Wellen offensichtlich keinem Heiligen gewidmet ist.

Aus der Tiefe des Wagens schälen sich vielmehr zwei knallrote und, wie Moor unwillkürlich denkt, rattenscharfe Stilettos einer exklusiven italienischen Marke, gefolgt von schwarzen Netzstrümpfen, die eine halterlose Andeutung formulieren, die sich irgendwo unter dem sensationell engen Minirock einer Frau verliert. Mit eleganter Wendung entsteigt sie dem Sitz. »Ludmilla«, stöhnen die Männer wie aus einem Munde, als hätten sie diese Szene über Monate geprobt. Fassungslos sehen sich die beiden an. Diese Frau hätten sie hier und zu diesem Zeitpunkt niemals vermutet. Ludmilla Gors ergreift den hilfreichen Arm ihres Begleiters, eines untersetzten, selbstsicher auftretenden Mannes, und schnürt mit diesem hüftenschwingend, begleitet von einigen unscheinbaren Personen, in Richtung *Sonnenburg* davon.

Noch immer sprachlos verfolgt Clemens Moor diesen Auftritt, bis sich die Gruppe schließlich in der Tiefe des Foyers verliert, und fällt in düsteres Brüten. Derweil entfaltet der zurückgebliebene Rest der kuriosen Gesellschaft ein emsiges Treiben. Etwa zehn Männer in Arbeitskleidung sind ausgestiegen und beginnen, die Transporter zu entladen. Ein Bauzaun wird sichtbar, etliche Schilder sind zu erkennen, Holzbalken und Gerätschaften stehen im Sand. Auf einem der Schilder kann Clemens Moor teilweise einen Text erkennen: *Umbau des Hallenbades in ein modernes Erlebnisbad mit Wellness-Bereich und …* Der Rest bleibt hinter anderen Gerätschaften verborgen. Die Männer ergreifen schwere Hämmer und rammen mit kraftvollen Schlägen eine dicke Stange in den Untergrund.

»Es geht los«, sagt Fenderling und verzieht sein Gesicht in einer Weise, dass Clemens Moor unwillkürlich an den Besuch im Meerwasser-Aquarium zurückdenkt. Hatte der gemütliche dicke Fisch in der Ecke des Beckens nicht ähnlich grimassiert? Dann hört er Fenderling fortfahren: »Während die Typen hier schwitzend an ihrem Ständer arbeiten, ist diese Ludmilla jetzt sicher auch schon schwer beschäftigt!«

Clemens Moor kann sich ein Schmunzeln kaum verkneifen, bei aller Bitterkeit, die diese Bemerkung verströmt. Fenderling ist eben in dieser Hinsicht ein wahres Naturtalent. Moor ordert zwei *Küstennebel* und brummt: »Bei so viel Undurchsichtigkeit ist das Getränk doch genau passend, oder?«

Dann vertiefen sich die Männer hinter ihren Zeitungen, wie zum Schutz vor so viel Ungeheuerlichkeit. Fenderling liest ein überregionales Blatt. Clemens Moor begnügt sich damit, das Lokalblatt zu studieren. Auf der letzten Seite beginnend stößt er auf eine Gesellschaftsanzeige: *Ihre Verlobung geben bekannt: Monika Windhorst und Dr. med. Markus Sandmann. Die Feier findet ab zwanzig Uhr in der Kantine des Inselkrankenhauses statt.*

Dann blättert er zur Heimatseite und beginnt noch einmal den Bericht über die dramatischen Ereignisse der letzten Tage zu lesen:

Tatmotiv: Eifersucht!

Zwei zufällig aufeinandertreffende Eifersuchtsdramen haben unsere Insel erschüttert. Alles begann mit dem Fund einer Wasserleiche am Oststrand, die unsere Polizei einem hohen Beamten aus der Landeshauptstadt zuord-

nen konnte. Dieser weilte zufällig zur Sommerfrische auf unserer Insel und hatte die Beziehung zu einer jungen Frau gesucht. Deren Bekannter M., der am Oststrand als Direktor ein bekanntes Apartment-Hotel leitet, erwischte das Paar in flagranti und schlug wie besinnungslos zu. Er wurde kurz darauf verhaftet und sieht einem Prozess wegen Totschlags entgegen.

Nur wenige Tage später kam der Vorgesetzte des Verhafteten unter ähnlich dramatischen Umständen ums Leben. Seine Ehefrau, die sich bereits im Hinblick auf ihre psychische Labilität in Behandlung befand, erfuhr von einer außerehelichen Beziehung ihres Mannes und stach mit einem Messer erbarmungslos zu. Zeugen sprachen von einem Dutzend Stiche und einem regelrechten Massaker.

Die gemeinsame Tochter M. hatte die junge Frau bereits aus einem Krankenhaus entführt, wo sich das Kind zuvor wegen einer schweren Vergiftung in Behandlung befand. Sie konnte unter dramatischen Umständen gerettet werden, nachdem die Polizei einen gezielten Hinweis auf ihren Aufenthaltsort erhielt. Wir werden in der Samstagsausgabe ausführlicher darüber berichten. Die offensichtlich geistig verwirrte Frau versuchte durch einen Sprung von der Brücke aus dem Leben zu scheiden, wurde aber gerettet und befindet sich in der geschlossenen Abteilung der Psychiatrie. Näheres über ihre Erkrankung konnten wir bislang nicht erfahren, da der Therapeut der jungen Frau leider nicht erreichbar war.

Die Orts-Polizei, die durch ihr entschlossenes Handeln Schlimmeres verhinderte, sieht keinen Zusammenhang zwischen den Taten. Auch ein politischer Hintergrund scheidet nach den zwischenzeitlichen Erkenntnissen aus.

Der Bürgermeister stand leider nicht für ein Interview zur Verfügung. Sein Stellvertreter teilte uns auf Befragen mit: »Wir sind glücklich und erleichtert, dass sich alles aufgelöst hat. Offensichtlich handelt es sich um unglückliche Verkettungen und die schreckliche Wahnsinnstat einer geisteskranken Frau. Zu keinem Zeitpunkt bestand eine Gefahr für unsere Bürger oder Touristen. Auch dem zügigen Ausbau unseres Erlebnisbades steht nun nichts mehr im Wege. Anstelle des verstorbenen Dr. M. hat ein Konsortium die Regie übernommen. Wir rechnen mit der Fertigstellung rechtzeitig zur Saison im nächsten Jahr!«

Clemens Moor schüttelt den Kopf und blickt hinüber zur *Sonnenburg*, die in diesem Augenblick ihrem Namen alle Ehre macht. Dann reicht ihm unvermittelt Fenderling seine Zeitung über den Tisch und zeigt offensichtlich fassungslos auf ein Foto. Auf der Landesseite sind ein Mann und eine Frau abgebildet, die sich zärtlich umarmen. Darunter findet sich ein kurzer Bericht:

Neues Glück am Rande der Messe: Der Staatssekretär eröffnete gestern nicht nur die diesjährige Tourismusmesse, er zeigte sich auch erstmals offiziell zusammen mit der neuen Frau an seiner Seite. Von seiner Noch-Ehefrau hatte sich der Politiker vor kurzem nach zwanzigjähriger Ehe überraschend getrennt. Insider rechnen mit einer baldigen Wiederheirat.

Fenderling blickt grimmig über den Tisch und bestellt zwei neue *Küstennebel*. Währenddessen betrachtet Clemens Moor das Foto und die darauf abgebildete Frau genauer. Dann erstarrt er förmlich und murmelt fassungslos: »Anette Witte!«

Kapitel 43

Clemens und Greta haben Anna zum Zug gebracht. Nicht nur diese beiden sind traurig, auch Melli wird ihre neue Freundin sehr vermissen. Sie ist daher auch nicht mit zum Bahnsteig gekommen. Selbst Henry kneift die Rute heute etwas stärker ein, als dies bei seinen Artgenossen schon für gewöhnlich der Fall ist, und übt sich erneut in diesem herzzerreißenden Gewinsel.

»Bis bald«, sagt Clemens, als er Anna noch einmal von Herzen drückt.

»Es war ein wunderschönes Wochenende!«, erwidert seine Tochter, auch in Gretas Richtung, dann verschwindet sie in den Tiefen des Zugs, der sie hinüber nach Europa bringen wird, wie Fenderling für gewöhnlich formuliert.

Als der letzte Wagon in der Ferne verschwindet, atmen Clemens und Greta noch einmal tief durch. Dann gehen sie untergehakt zurück zum Wagen. »Der könnte mal eine Wäsche gebrauchen«, spottet Greta, »falls du auf dieser Insel Karriere machen willst, könnte das den Ausschlag geben.«

Clemens hat ihr von der mittäglichen Arbeitsbesprechung mit Fenderling, der Springprozession und den Arbeitern berichtet und auch erwähnt, dass der Posten des Revierleiters neu zu vergeben sei. Er hatte Greta letztlich auch davon überzeugen können, dass es sich bei dieser verwirrenden Geschichte nicht bloß um ein *Küstennebel*-Syndrom handelte. Ein Blick auf die Landesseite und auf das Foto mit Anette Witte hatte sie schließlich überzeugt.

Seitdem zieht sie Clemens bei jeder Gelegenheit aber mit der Stellenausschreibung auf. Ein bisschen vielleicht auch, weil sie gleichfalls Wehmut erfasst, wenn sie an die Rückkehr des Geliebten in die ferne Großstadt denkt, wie Moor zumindest hofft.

Für den Abend haben sie sich mit Hubert Fenderling und seiner Frau zum Umtrunk auf dem Campingplatz verabredet. Es soll möglichst stilvoll laufen und irgendwie den krönenden Abschluss eines gelungenen Falls darstellen.

Clemens hat Greta gebeten, auch die psychologischen Hintergründe noch einmal zu erläutern, schließlich sei sie ja maßgeblich an der Klärung beteiligt. Und Greta hat sich geschmeichelt gefühlt.

Auf dem Campingplatz werden Clemens Moor und Greta Bartholdi bereits von Henri XVI. erwartet. Ungeduldig fragt der Junge: »Wo wart ihr denn bloß? Ich habe euch die ganzen Tage nicht gesehen, morgen fahren wir doch nach Bremen zurück!«

Clemens und Greta berichten auch ihm von den vergangenen Tagen, allerdings in kindgerechter Form. Henri XVI. kommentiert die ganze Geschichte mit einem staunenden »Oh ha!« und betrachtet die Vorbereitungen zum Abendessen. »Warum deckt ihr nicht eure Tafel auf dem Surf-Anhänger?«, fragt er neugierig. »Das wäre doch ziemlich lustig!«

In der Tat finden Greta und Clemens den Vorschlag genial. Der verreiste Nachbar würde ihnen diesen kleinen Übergriff auf sein Eigentum bestimmt nicht verübeln. Clemens betrachtet den länglichen Anhänger mit der leicht verblichenen Aufschrift *Horbie-Car*, den er auch gerne anzüglich als Schwiegermutter-Sarg bezeichnet, und zieht ihn zusammen mit Henri XVI. in Richtung des Weges. »Ganz schön schwer für so ein Surfbrett!«, schnauft der Junge ganz außer Atem, als sie endlich die richtige Position gefunden haben.

Eine Stunde später ist der Anhänger kaum noch wiederzuerkennen. Greta hat Tischdecken daraufgelegt, Clemens hat Kerzenständer aufgestellt. Das Arrangement verströmt im Licht der untergehenden Sonne einen festlichen Glanz. Buddi, der Platzwart, radelt des Weges und ruft: »So kommt ihr bestimmt noch mal in die Zeitung!«

Und der wenig später seine Abendrunde drehende Eigentümer Herr Kuntz fällt vor Erstaunen fast vom Rad. »Das Foto wäre was für den neuen Campingplatz-Flyer. Aber leider nimmt mir das ja doch keiner ab!«

Kaum sind sie mit den Vorbereitungen fertig, biegen auch schon die Fenderlings um die Ecke. Sie hatten bis eben noch gehörigen Streit, zum einen wegen der Bewerbung um die Revierleitung, zum anderen wegen diverser Kleiderfragen. Und schließlich war die Einladung auch ziemlich kurzfristig erfolgt, so dass sich Eva mit einer schlichten Gurkenmaske als Vorbereitung zufriedengeben musste. Fenderling hatte dann aber jede Kritik mit dem geschickten Hinweis erstickt, dass eine künftige kriminalistische First Lady auf solche Fälle eingestellt sein müsse.

Hubert Fenderling stellt eine Flasche *Küstennebel* neben den Anhänger und befüllt die leeren Gläser mit einer Runde Champagner. Dann bringt er einen charmanten Toast auf die Damen aus. Nachdem auch diese Hürde genommen ist, widmet sich die fröhliche Runde dem gelungenen Essen und bewundert Greta, der auf einem dreiflammigen Gaskocher ein kleines Wunder gelungen ist. Später muss die Köchin aber auch noch über den Fall berichten, was sie mit der ihr eigenen Bescheidenheit in wenigen Worten versucht. Am Ende des Berichts ergreift Fenderling das Wort: »Also, in groben Zügen habe ich das ja begriffen, soweit ein schlichter Mensch wie ich das überhaupt versteht. Aber was ist das denn nun für eine Krankheit, wenn Menschen sich selbst schneiden?«

Greta hat diese Frage befürchtet, schließlich gehört es zu den größten Herausforderungen an eine Psychologin, seelische Zusammenhänge in knapper Form zusammenzufassen. Sie nimmt gedanklichen Anlauf und legt schließlich los: »Man spricht dabei von selbstverletzendem Verhalten. Darunter versteht man, kurz gesagt, dass sich Menschen Schaden zufügen, um sich selbst zu spüren und die Kontrolle über ihren entfremdeten Körper zurückzugewinnen. Und gleichzeitig wollen oder müssen sie sich bestrafen. Meistens finden sich in der Vergangenheit kindliche Traumatisierungen, bei Mädchen nicht selten sexuelle Gewalterfahrungen. In ihnen entsteht ein unerfindlicher Druck, den sie kaum noch beherrschen, außer mit dem erlösenden Schnitt. Man spricht in diesem Zusammenhang in manchen Fällen auch von Borderline-Störung.«

»Aha!«, ist Fenderling spöttisch zu hören. »Das erscheint mir überschaubar, keine weiteren Fragen, Euer Ehren!« Nach kurzer Pause fügt er wieder ernster an: »Was hat aber das Ganze mit Bianca Münchenhagen zu tun?«

Greta denkt kurz nach und doziert weiter: »Das wiederum ist eine ganz besondere Form solcher Störungen. Manche Menschen erfinden auch Krankheiten, man nennt das ein *Münchhausen-Syndrom*. Das kann dann so weit gehen, dass sie sich regelrecht schädigen und ärztlicher Hilfe bedürfen. Und schließlich können auch deren Kinder herhalten, wie es in unserem Fall mit Melli geschah. Man nennt diese Variante dann Münchhausen-by-proxy-Syndrom. Melli wurde ständig behandelt und bekam am Schluss von der Mutter sogar Tabletten. Es handelte sich um eine gefährliche Vergiftung mit Paracetamol. Daran kann man qualvoll sterben. Gut, dass Dr. Sandmann es bemerkte und tatkräftig half!« Und nach kurzem Nachdenken schließt sie mit der Feststellung: »Vielleicht findet sich ja ein Gutachter, der Bianca Münchenhagen verminderte Schuldfähigkeit bescheinigt.«

Als es schon etwas dämmerig geworden ist, bittet Fenderling schließlich Clemens um seine kriminalistische Analyse. Dieser wirkt seltsam nachdenklich und zögert lang. Schließlich nickt er und beginnt seinen Bericht: »Im Grunde ist das, was in der Zeitung steht, nicht wirklich falsch, zumindest was die strafrechtliche Seite betrifft. Tatsächlich haben wir zwei Morde und ein jeweils gleiches Motiv, die Eifersucht. Was ich mich nun frage, ist ein anderer Aspekt: Wie kommt es zu dieser Häufung und wo liegt deren Sinn? Und so komme ich zu merkwürdigen Parallelen.«

Fenderling nippt voller Spannung an seinem Glas, während Eva aus den Augenwinkeln Greta betrachtet, um deren Geheimnis zu lüften, in Bezug auf ihr blühendes Aussehen. So entgeht ihr leider aber ein entscheidender Teil der weiteren Analyse.

»In beiden Fällen«, fährt Clemens Moor fort, »war verletzte Eitelkeit die mörderische Triebfeder. Beide

Täter waren missachtete und gekränkte Menschen, die blutige Rache nahmen. Das war die vordergründige Ebene. Dahinter jedoch gab es eine weitere, schwer durchschaubare, vermutlich aber entscheidende: Sie handelte von Geld und Intrige, von Einfluss und Macht. Mau und Bianca waren zwar Täter, eigentlich aber nur Werkzeuge. Das hat auch am Ende Bianca intuitiv erkannt. Als wir mit ihr auf der Brücke standen, hat sie es uns erzählt.« Clemens macht eine kurze Pause und zitiert Biancas Worte aus der Erinnerung: »Es war meine Hand, ja, meine Hand, aber sie war nur ein Werkzeug!«

Dann fährt er nachdenklich fort: »Die weiteren Rollen gehörten zwei Frauen: Ludmilla Gors und Anette Witte. Aber auch sie waren wohl bloß Gehilfinnen, im eigentlichen Sinne. Ludmilla Gors kam zum Einsatz, weil der *Cluster*-Manager störte. Vielleicht wollte er mehr Einfluss oder durchschaute das Spiel. Jedenfalls wusste der Drahtzieher, dass Mau kränkbar und labil war und Ludmillas Seitensprung nicht verkraften würde. Der Rest war dann einfach, die Ermordung des *Cluster*-Managers durch den eifersüchtigen Mau das Ziel. Gefährlich war wohl auch der Therapeut, dieser von der Felde. Er kannte Bianca und wusste sehr viel. Außerdem hatte er eine Schwäche für Frauen, besonders für diese. Ein Glück, dass Bianca die Behandlung abbrach, sonst wäre vielleicht noch mehr geschehen.«

Während dieser Satz noch unheilvoll in der Luft hängt, ist Clemens Moor sichtlich irritiert. Schließlich scheint auch der Therapeut wie vom Erdboden verschwunden.

»Und nun zu Anette Witte!«, drängt Fenderling. Er kann es kaum erwarten, von Clemens die Fortsetzung zu hören.

»Sie ist ein Rätsel, das gebe ich zu. Vor allem fiel mir

immer wieder der Brief ein, den sie rein zufällig schrieb. Am Ende war das doch kein Zufall, sondern minutiös geplant: Sie erwartet Bianca Münchenhagen, dann lässt sie den Brief so ungeschickt verschwinden, dass Bianca förmlich drüber fällt. Als der Fisch an der Angel hängt, verschwindet sie zum Zahnarzt, das Alibi ist perfekt. So tötet sie indirekt ihren Chef, Harald Münchenhagen, aber ihre Weste bleibt rein!«

»Aber was steht dahinter? Warum musste das geschehen?«, fragt Fenderling fast verzweifelt. »Was ist das für eine Welt?«

»Das kann ich dir nicht sagen, aber einen Grund gibt es sicher. Vielleicht stand auch er im Wege, vielleicht wollte er mehr? Jedenfalls ging man über Leichen, das ist uns jetzt klar.«

Die Stimmung wirkt gedämpft. Jeder hängt seinen Gedanken nach und grübelt. Selbst Eva schweigt sichtlich betroffen. Die aufgeräumte Stimmung ist verflogen. Die Fragen, die beantwortet schienen, stellen sich plötzlich neu.

Schließlich ergreift Fenderling das Wort. »Ich habe nur eine Sache, die will mir einfach nicht aus dem Kopf. Da fehlt ein Teil des Briefes und findet sich hier auf dem Platz, ganz in der Nähe. Und als wir Anette Witte danach fragen, da hat sie sogar eine ganz absurde Begründung: Sie habe Münchenhagen geholfen, das Surfbrett zu transportieren. Mit diesem Anhänger hier!«

»Ja, das war ihre einzige gute Tat!«, scherzt Clemens Moor, klopft auf den Anhänger und erhebt das Glas. Der Bann ist gebrochen, man lacht und erzählt. Bis Clemens sich plötzlich ganz unvermittelt langsam erhebt. Es geschieht wie in Zeitlupe, so dass es zunächst niemand merkt. Dann beginnt er wie selbstverständlich, die Gläser abzuräumen, schließlich die Teller.

»Was machst du?«, staunt Greta. »Der Abend ist doch noch jung! Lass uns später abräumen, das ist ungemütlich!«

Aber Clemens wirkt wie in Trance. Er räumt immer weiter, bis nur noch der Anhänger im Abendlicht glänzt. Über den Schriftzug *Horbie-Car* hinweg beugt er sich über die Kiste und löst die Riegel. Einer nach dem anderen schnappt auf. Noch ein kurzes Zögern und Moor öffnet langsam den Deckel. Ein Aufschrei gellt durch die Nacht, als Greta hineinsieht. Dort liegt ein Toter, grässlich entstellt. Sein Blick ist gebrochen, überall sieht man Blut. Seine Hände wirken gefaltet, wie in stillem Gebet. Greta sinkt Clemens kraftlos in die Arme und stöhnt: »Um Himmels willen, das ist mein Kollege, das ist Raul!«

Kapitel 44

Clemens Moor und Hubert Fenderling sitzen in ihrem vertrauten Café und sind einsilbig. Beiden ist bewusst, dass nun der Abschied unmittelbar bevorsteht. Nach einem mehr als aufregenden Abend auf dem Campingplatz ist fast alles erledigt. Die Spurensicherung war tätig, Raul von der Felde oder besser das, was von ihm übrig geblieben ist, liegt in der Kühlkammer der Rechtsmedizin und erwartet den unbarmherzigen analytischen Blick eines Dr. Tomie.

Moor und Fenderling vermuten, dass Münchenhagen der Täter war, da er von der Felde und seinen Einfluss auf die Ehefrau fürchtete. Mit dem Therapeuten gab es einen Mitwisser, dem sie sich anvertraute. Zu viele Familiengeheimnisse machten Münchenhagen angreifbar. Auch die Blutspuren auf der Kleidung des Investors weisen in diese Richtung. Sie gehören eindeutig zu Raul von der Felde. Aber: Ob es tatsächlich so war? Moor spürt, dass ihr kriminalistisches Handwerkzeug hier an seine Grenzen gerät. Anette Witte eine Beteiligung nachzuweisen, dürfte wohl kaum gelingen. Als künftige Ehefrau des Staatssekretärs bleibt sie Moor und Fenderling ein einziges Rätsel. Und wie hatte der Staatssekretär doch zu Beginn, anlässlich der Feierlichkeiten, seine austernschlürfenden Zuhörer instruiert? »Jeder, der sich diesem Projekt in den Weg stellt, wird unsere entschiedene Entschlossenheit zu spüren bekommen!«

Für Clemens Moor bleibt im Grunde nichts mehr zu tun. Sein Auftrag ist beendet. Gründe, um länger auf der Insel zu bleiben, gibt es nicht. Er hat bereits Vorkehrungen für die Abreise getroffen. Herr Kuntz hat ihm angeboten, einen Saison-Platz zu mieten, und Clemens Moor will ernsthaft darüber nachdenken.

»Sag mal, Hubert, wie steht es eigentlich mit deiner Bewerbung um den Posten des Revierleiters?«, fragt Clemens Moor in die Stille hinein.

Fenderling verzieht sein Gesicht und antwortet gequält: »Es gab ziemlichen Stress mit Eva, aber ich habe abgesagt. Endgültig! Hauptsache, die setzen keinen feinen Pinkel aus Schudeldudei vor meine Nase, das wäre tödlich!«

»Ja, das kann man mit dir nicht machen, Hubert!«,

antwortet Moor. »Da spüre ich förmlich die Verantwortung, weißt du?« Dann zieht er einen Umschlag aus der Tasche und meint: »Das sage ich dir, das Passbild war das Allerschlimmste und noch mal tust du mir das nicht an, hörst du? Hier, nimm meine Bewerbung und schiebe sie rasch auf den Dienstweg, bevor ich es mir anders überlege!«

Fenderling sitzt wenige Sekunden wie erstarrt, dann beginnt er zu strahlen.

»Na, wie war ich?«, fragt Clemens Moor über den Tisch.

Und Fenderlings Antwort folgt prompt: »Einzigartig, Clemens!«

»Ich weiß«, vervollkommnet das Naturereignis von Kriminalhauptkommissar mit Zufriedenheit in der Stimme, während die Sonne hinter dem Hügel des Bolzplatzes verschwindet, und hebt zwei Finger in den Himmel: »Zwei *Küstennebel*, bitte!«

Nachwort

Eben spricht mich meine Frau an, ob ich die ganze Thematik nicht etwas zu »heiß« finde, wegen politischer Verwicklungen und Anspielungen und so. Das hat mir zu denken gegeben und ich überlege, ob ich das ganze Buchprojekt nicht doch lieber einstampfe oder vielleicht umschreibe, mit ganz individuellen Schicksalen, ohne Andeutungen auf politische Hintergründe oder zwielichtige Verwicklungen.

Aber lassen Sie uns das Ganze mal kurz durchspielen: Was kann eigentlich schon passieren?

Variante 1

Also, folgende völlig wild fantasierte und ausgedachte Wendung des Ganzen erscheint mir sehr wahrscheinlich.

Der Staatssekretär X. aus sagen wir mal K. hat einen strebsamen Mitarbeiter. Dieser verbringt nun seinen Urlaub auf irgendeiner dieser Ostsseeinseln, in denen die Welt noch in Ordnung ist und alles schläft, nehmen wir mal spaßeshalber Fehmarn. Da sitzt er nun herum und meditiert im zarten Alter von vielleicht zweiunddreißig Jahren über das, was ihn immer interessiert: seine politische Karriere. Um aber nicht gänzlich unerholt zu bleiben, geht er in eine Buchhandlung und macht das, was alle tun, wenn es regnet und nichts ansteht, er kauft ein Buch, einen Kriminalroman sagen wir mal, über obskure Inselbegebenheiten mit Investoren und so. Das erinnert ihn dann irgendwann an etwas ganz Entferntes.

Zurückgekehrt nach K. kauft er sich noch ein zweites Exemplar, was Autor und Verlag sehr freut, aber einzig dem Umstand geschuldet ist, dass er auf seinem ersten Band einen großen Ketchup-Fleck hinterlassen hat und das nicht gut aussieht. Nun umgeht er, wie alle in so einer Behörde, kurzerhand den Dienstweg, bezirzt die Sekretärin vom Chef und referiert diesem zwischen Tür und Angel wie folgt: »Lieber, sehr geehrter Herr Staatssekretär, da habe ich doch im Urlaub ein bisschen die Leute befragt und recherchiert, schließlich geht es um unser Land und die große gemeinsame Sache und was fällt mir in die Hand? So ein Pamphlet von einem gänzlich unbekannten Schreiberling. Und der verfasst da so Sachen, die mir irgendwie verdächtig vorkommen. Also denke ich: ran an das Werk, Sachlage gecheckt und hier haben Sie das Ergebnis. Ich empfehle: hartes Durchgreifen!«

Das hat er aus so einem Rhetorik-Seminar entliehen, noch nicht mal richtig gut und deshalb steckt der Staatssekretär mit einem beiläufigen Brummen das Werk in seine Tasche. Aus der Tasche purzelt das Werk am Abend beim gepflegten Entkleiden wieder spektakulär heraus. Da liegt es jetzt herum und macht Probleme, es gehört eigentlich in den Umlauf oder in die Wiedervorlage, denn der Herr Staatssekretär achtet auf Ordnung. Da es aber nun mal so herumliegt, ergreift er es und schleppt es in seinen separaten Schlafraum. Den hat er, weil er schnarcht und sagen wir mal die Ehefrau das nicht schätzt, außerdem wird es auch mal später im Büro. Herr X. liest das Buch in einem durch, die ganze lange schaffensarme Nacht und lacht sich schlapp, weil er sich so nett beschrieben wähnt, vor allem mit den Austern und dem Schampus, dem erotischen Naturereignis und überhaupt. Und weil er ein netter Ehemann ist und seiner Ehefrau eine Freude machen will, schenkt er ihr das Büchlein, damit sie in der Nacht auch mal Spaß hat.

Der Mitarbeiter sieht in dieser Variante allerdings alt aus. Er wechselt frustriert die Partei und das Referat und arbeitet sich zum Hauptsekretär hoch, vermutlich A 16 und Pensionsberechtigung.

Also, diese Variante findet meine Frau allerdings naiv, sie befürchtet viel schlimmere Verwicklungen. Ich mache dazu mal einen zweiten Entwurf.

Variante 2

Der Staatssekretär nimmt seine Tasche mit dem Buch, es ist schon ziemlich spät geworden im Büro, deshalb auch die getrennten Schlafzimmer. Seine Ehefrau hat trotz oder aufgrund zwanzig entbehrungsvoller Ehejahre für seine Nachtsitzungen kein Verständnis. Wohl aber die neue schmucke Praktikantin, nennen wir sie einfach mal Anette.

Und so geht man flugs noch mal um die Ecke zur Nachbesprechung bei Candle-Light und später aufs Zimmer, weil da die Gesprächsatmosphäre noch angenehmer ist. Während X. nun abermals aus seinen Beinkleidern schlüpft, rutscht wieder dieses verdammte Buch raus. Anette sieht es, schnuppert rein und lacht sich die ganze Nacht schlapp, was Verlag und Autor freut, weil sie eine

Klatschbase ist und es am nächsten Tag gleich sämtlichen Freundinnen empfiehlt. Und Herr X. bespricht alles weitere mit seinem Justiziar, wegen entgangener nächtlicher Freuden oder Ähnlichem.

Leider nutzt auch diese Variante dem jungen Mitarbeiter wenig, da ja Überbringer schlechter Nachrichten, wie wir seit der Antike wissen, wenig zu lachen haben. Er wird querversetzt in die Registratur, mit A 14, schätze ich.

Welche Variante nun zutrifft? Wir dürfen gespannt sein und wir ziehen daraus unsere heimlichen Schlüsse. Ganz bestimmt!

Danksagungen

Ich danke meiner Frau Beate, die mit mir und diesem Buch so intensiv gelebt hat und deren helles, fröhliches Lachen meine Arbeit begleitete.

Ich danke auch unseren Kindern, den Lehrmeisterinnen und -meistern in Sachen Erwachsenwerden und Altern, aus welcher Perspektive man es denn betrachten mag.

Schließlich vermisse ich den kritischen Rat meines Vaters, der dieses Buch sicher gerne gegengelesen hätte, wenn es ihm noch vergönnt gewesen wäre.

Das Übliche

Sämtliche Personen, Handlungen und Orte dieses Romans sind völlig frei erfunden. Ähnlichkeiten mit real existierenden Personen und Orten sind rein zufällig und nicht beabsichtigt.

Dietrich Petersen, geb. 1955, lebt an der »Wurster Nordseeküste«. Im Hauptberuf Kinder- und Jugendpsychiater und Psychotherapeut, betreibt er dort eine eigene Praxis. Seit langen Jahren ist Petersen als forensischer Gutachter in Strafprozessen tätig. Außerdem lehrt er als Professor in Hamburg.

Seine schreibende Ader hat nach vielen Jahren als Kolumnist verschiedener Zeitungen, Musikkritiker und Sachbuchautor zum Kriminalroman gefunden. *Strandraub* spielt auf Petersens Lieblingsinsel Fehmarn, auf der er viele Wochen im Jahr als Beobachter anzutreffen ist. Petersen ist Mitglied im Verband deutscher Schriftsteller (VS).

fehmarnkrimi@gmx.de
http://facebook.com/FehmarnKrimi